## À PROPOS DE L'AUTRICE

Isabelle Maltor a plus d'une corde à son arc. Elle est journaliste, autrice de guides de voyage et de romans, l'écriture fait donc partie intégrante de sa vie.

# Sensuelle odyssée

*Collection* : VICTORIA



**HARPERCOLLINS FRANCE**
83-85, boulevard Vincent-Auriol, 75646 PARIS CEDEX 13
Service Clients — www.harlequin.fr
ISBN 978-2-2804-9815-9 — ISSN 2493-013X

Édité par HarperCollins France.
Composition et mise en pages Nord Compo.
Imprimé en mai 2024 par CPI Black Print (Barcelone)
en utilisant 100% d'électricité renouvelable.
Dépôt légal : juin 2024.

FSC www.fsc.org MIXTE Papier issu de sources responsables FSC® C159065

Pour limiter l'empreinte environnementale de ses livres, HarperCollins France s'engage à n'utiliser que du papier fabriqué à partir de bois provenant de forêts gérées durablement et de manière responsable.

ISABELLE MALTOR

# Sensuelle odyssée

*Victoria*

HARLEQUIN

# 1

Ils cheminaient en silence dans la nuit étoilée. L'obscurité bienveillante des ténèbres éclairée par le halo rassurant de la lune argentée, le pas rythmé et familier de leurs chevaux et de la mule chargée d'une légère malle, leur souffle régulier dans l'air pur un peu frisquet gorgé des premières odeurs aimables du printemps renaissant sur sa terre de Périgord emplissaient le cœur de Tiphaine d'une sérénité nouvelle.

Elle avait tant pleuré, tant hésité, douté, redouté avant de prendre cette décision qui engageait sa vie. Des nuits entières à désespérer, à ruminer, à cogiter, à peser le pour et le contre, à imaginer le pire et le meilleur et, enfin, à trancher. Aujourd'hui, à vingt et un ans, son dilemme se transformait en acte. C'était fait : elle partait ; elle quittait Canterac. Le cœur en miettes mais la raison fortifiée par l'espoir, elle laissait derrière elle le château de son enfance, sa famille, tous ces êtres chers : son vieux père fatigué mais irréductible, sa très chère sœur Guenièvre, sa cadette, son tendre cousin Aubin, toujours accompagné de son grand et fidèle chien tricolore, Bradelin aux vastes oreilles, frétillant et joyeux, Blandine, la généreuse concubine de son père depuis le décès de sa maman alors qu'elle n'avait que neuf ans, merveilleuse cuisinière, Thibault son épatant beau-frère, Eleanor l'épouse anglaise d'Aubin qu'elle aimait comme une sœur, le Pitchoune, ce petit frère d'adoption adorable, et tous les autres... Tous ses parents, tous ses amis, ses fidèles serviteurs, son cocon, son monde connu, aimant et aimé. Elle n'emportait que ses souvenirs.

Elle n'avait pas eu le choix : après le siège du château par les Anglais dont ils étaient sortis victorieux[1], les années de grande peste noire, cette chape de plomb et d'horreur qui avait glacé le monde, son père avait repris de plus belle son projet de la marier avec un seigneur voisin. Il était grand temps au vu de son âge avancé, rabâchait le vieil homme qu'elle aimait tant pourtant ! Le promis était identifié et évidemment enchanté. Raisonnablement plus âgé qu'elle, il était respectable, gentil, correct de sa personne. Cependant l'existence rustique qui se dessinait avec cet homme, dans son domaine perdu au milieu de nulle part, aux confins de la Double, semblait à la jeune fille une inconcevable prison. La date du mariage avait été fixée. Tiphaine sentait le piège prêt à se refermer sur elle. Il y avait donc urgence. Pas d'autre choix que de fuir... Elle avait tant de rêves, d'ambitions, d'espérances à assouvir ! Un mariage d'amour peut-être... Une vocation à accomplir assurément. Un désir profond qu'elle brûlait d'exprimer. Une envie farouche, irrépressible, de découvrir le vaste monde, et le souhait d'en rendre compte grâce à ce talent inné pour le dessin et l'écriture qu'elle avait déjà démontré, et qu'elle souhaitait nourrir d'expériences et d'horizons nouveaux. Tel était le sens de sa vie.

C'est cette passion, cette soif de connaissance, cette aspiration vers l'inconnu qui avait déterminé sa décision de partir et qui, cette nuit, guidait son chemin. Mais aussi une rencontre improbable et surprenante, quelques mois plus tôt : celle du fils d'un armateur bordelais au soir du banquet de la victoire à Canterac. Le jeune homme accompagnait le comte de Sherborne, l'impitoyable chef de guerre anglais qui les avait assiégés pendant de

1. Voir *L'Amour pour étendard*, de la même autrice, dans la collection « Victoria ».

terribles semaines, auprès duquel il rédigeait la chronique de sa conquête de la Guyenne. Érudit, joli garçon très brun et de haute stature, avec ce soupçon de prétention dans la posture et le regard qui agace ou séduit, le jeune Bordelais avait immédiatement suscité sa curiosité et un certain émoi, un intérêt dont elle avait de son côté perçu la délicieuse réciprocité. Malgré la brièveté du moment – une courte soirée de liesse prolongée tard dans la nuit et assez arrosée –, ils s'étaient plu. Leurs deux esprits vifs, libres et indociles semblaient s'être trouvés. Cela ferait trois ans l'été prochain. Ils ne s'étaient pas revus à cause de l'épidémie de peste. Mais ils avaient échangé depuis plusieurs missives, des lettres qui leur avaient permis de se connaître, de se livrer, de dérouler les visions de leur avenir, de s'évader aussi de ces temps sombres et oppressants où le chaos de la mort noire avait succédé aux atrocités et aux incertitudes de la guerre entre la France et l'Angleterre, et à ces terribles hivers plus rigoureux que jamais. Oui, tous deux rêvaient d'horizons plus amples, plus neufs, plus affranchis, d'ailleurs immenses insoupçonnés et ouverts, de contrées inédites, de vents nouveaux irrésistibles !

Pour autant, aucun sentiment n'avait jamais été formulé entre eux, ni même suggéré. Dans le dernier courrier d'Amaury, elle avait juste lu une vague invitation à venir lui rendre visite « prochainement » dans l'*oustau* de sa famille à Bordeaux, « maintenant que les choses allaient mieux ». Alors n'était-ce pas bien mince pour partir cette nuit rejoindre ce jeune homme quasi inconnu ? Quel accueil allait-il lui réserver quand elle arriverait dans quelques jours, à l'improviste, cavalière échevelée et sale accompagnée d'un unique soldat, d'aucune servante ni chaperon, dans l'hôtel particulier des Gaillan de Lesparre ?

Était-elle folle d'avoir entrepris un tel voyage ? Car elle en avait conscience : celui-ci était sans retour. Elle le savait bien : après avoir fui ainsi, et proprement trahi et déshonoré son père, jamais elle ne pourrait revenir chez elle, à Canterac. Elle s'était bannie. Et son cher papa, à défaut de la comprendre, lui pardonnerait-il un jour en son for intérieur ? Question plus cruelle encore : se remettrait-il même de son départ, lui qui était de plus en plus fatigué et absent après la mort au combat de son fidèle compagnon et sénéchal Hubert Hautefort, errant dans les lointaines et obscures contrées de ses souvenirs évanescents ? Lui avait-elle définitivement brisé le cœur ce soir en fuyant et ôté ses ultimes forces ?

Elle avait été déchirée à l'idée de l'abandonner, de partir à son insu, sans un au revoir, sans un baiser, sans le serrer une dernière fois dans ses bras. Elle ne le reverrait pas. C'était certain. Certitude affreuse. Douleur insoutenable. Térébrante. Une flèche plantée au creux de son ventre. Mais, en même temps, au plus profond d'elle-même, elle éprouvait également l'intime conviction qu'elle devait donner une chance à ses rêves. Que son bonheur était lié à cet accomplissement, que ce dernier lui était indispensable, vital même, et aussi qu'elle avait des chances de réussir. Cette foi secrète la portait, partagée par son entourage proche. Sa sœur Guenièvre si raisonnable et douce, Aubin son cousin, successeur loyal du baron son père, ainsi que leurs époux respectifs s'étaient rangés à sa décision de partir. Mieux : ils l'avaient comprise, et ils l'avaient soutenue et aidée à quitter Canterac en lui permettant notamment de rassembler un solide pécule.

Après des adieux irréels qu'ils avaient tous voulus joyeux, elle avait franchi le pont-levis et s'en était simplement allée, escortée du jovial Arnaud Puymalet, le chef des arbalétriers du domaine, à qui Aubin avait confié la charge de l'accompagner jusqu'à Bordeaux, en la noble demeure des Gaillan de Lesparre, avant de s'en revenir lui-même au château. Après, ce serait à elle de jouer. Elle le savait aussi. Tant de responsabilités sur ses jeunes épaules, même si elle était forte et avait vécu déjà de rudes épreuves, au premier chef la mort de sa mère alors qu'elle n'avait que neuf ans.

Sur sa jument rouanne au pas nerveux, s'éloignant peu à peu de l'ombre imposante de la citadelle de son enfance, Tiphaine sentait monter en elle un étrange sentiment, un tiraillement extrême, un vertige. Elle tenta de l'analyser : c'était une mixtion de peur et de plénitude avec un goût à nul autre pareil. Doux, piquant, âpre, suave, sauvage. Était-ce cela la saveur de la liberté ? Derrière elle, elle laissait en effet les chaînes d'une existence prédestinée, verrouillée, étriquée qui ne lui conviendrait pas. Devant elle s'ouvrait un avenir incertain et périlleux qu'elle avait à construire tout entier, mais qu'elle était bien déterminée à bâtir selon ses propres aspirations. Était-ce cela aussi tisser son destin ?

Soudain, une étoile filante éclaira les ténèbres, phénomène exceptionnel à cette période de l'année. Était-ce le cosmos qui applaudissait son élan vers l'espace inconnu et merveilleux du monde ? Elle se retourna : Canterac avait disparu déjà de l'horizon, englouti par la nuit. Elle eut envie de hurler à la vie, à la mort. Sentant le trouble qui s'était emparé d'elle, Puymalet qui était resté mutique depuis leur départ, lui d'ordinaire bavard, volubile et prompt à blaguer, approcha son cheval de sa jument et, la saisissant doucement par l'épaule, lui confia avec chaleur :

— Mademoiselle, vous avez bien fait votre vœu ? Moi, le mien aujourd'hui était pour vous...

— Oh ! merci, Arnaud ! J'en aurai besoin sans doute, lui avoua la jeune fille, émue.

— Je sais que vous réussirez, Tiphaine. N'ayez pas peur ! assura le soldat avec force. Quant à votre père, hé bé, pardi, il vous pardonnera !

Mimant alors facétieusement le baron dans l'une de ses rodomontades qui les faisaient toujours sourire, il ajouta :

— Il sera fier même ! Fier de votre cran et de votre audace ! La digne fille de son père ! Bien sûr, il n'en dira rien. On le connaît si bien, le vieux bougre !

Alors Tiphaine eut une folle envie de rire. Et elle rit aux éclats, des visions de son père, des siens, de tous ces jours heureux à Canterac défilant sous ses yeux. Ah ! la douceur des souvenirs qu'elle emmenait avec elle ! Ils constitueraient un merveilleux viatique, le plus estimable des trésors, plus précieux que tous ces deniers d'argent, ces écus d'or, ces bijoux qu'elle gardait dans son escarcelle, soigneusement cachée sous sa chemise. Elle remerciait Aubin de l'avoir confiée à la bonne garde de Puymalet. Il n'était pas seulement un excellent soldat, mais aussi un formidable compagnon de route qui maniait l'humour avec autant de précision et d'intelligence que l'arbalète !

Réconfortée et allégée, Tiphaine sollicita tout à coup sa jument pour bondir au galop, promptement suivie par Arnaud. Quel bonheur de chevaucher dans la nuit à folle allure ! Tout oublier, un instant. Laisser ses longs cheveux bruns flotter au vent, éprouver la caresse de l'air frais sur son visage, accorder le battement de son cœur au rythme des foulées souples de sa jument ! Elle était libre !

Au bout de quelques minutes, les deux cavaliers repassèrent au pas. Il fallait ménager leurs montures pour gagner la capitale du duché d'Aquitaine distante d'une bonne trentaine de lieues. Tiphaine sourit à Puymalet, qui lui sourit à son tour, malicieux, comme satisfait d'avoir réussi son coup. Puis elle ferma ses grands yeux noirs et prit une inspiration profonde. Oui, elle était à sa place ! Sur cette route. Ce chemin était le sien. Celui de sa destinée, et la prochaine étape s'appelait Bordeaux. Un peu Amaury ? Elle verrait ! Une détermination sans faille avait gagné son être.

# 2

Ils arrivèrent aux abords de la cité aquitaine au midi du quatrième jour de leur périple. Ils avaient en chemin profité de l'hospitalité de seigneuries amies qui leur avaient offert le gîte et le couvert, selon la tradition en place qui voulait que l'on ouvrît les portes de son château au voyageur de passage, a fortiori quand il s'agissait d'un visiteur de marque comme la fille du célèbre baron de Canterac, chevalier du roi de France qui avait tenu tête aux Godons. Que faisait cette belle, grande et noble jeune fille en si modeste équipage sur les routes incertaines du duché d'Aquitaine ? Tiphaine expliquait brièvement à ses hôtes qu'elle allait rendre visite à son ami Amaury Gaillan de Lesparre pour des motifs de commerce, notamment l'écoulement de la production du vin produit en leur domaine, ralenti par le conflit entre la France et l'Angleterre d'Édouard III et sa conquête de la Guyenne. Maintenant que la peste était passée, aussi mystérieusement qu'elle était survenue à l'été 1348, il fallait relancer l'activité et profiter des échanges avec les Anglais.

De fait, les Gaillan de Lesparre figuraient parmi ces riches familles bordelaises jouant un rôle de premier plan dans l'exportation du vin de Bordeaux vers l'Outre-Manche, une activité avec laquelle ils s'étaient fort enrichis depuis que la ville, rattachée à la Couronne d'Angleterre après le mariage d'Aliénor d'Aquitaine avec Henri II Plantagenêt en 1153, devenu roi un an plus tard, avait finalement acquis le monopole de la production, de la vente et des expéditions vers le royaume anglais. La fortune des Gaillan de Lesparre, bâtie sur ce négoce florissant et le développement du vignoble bordelais tout au long du XIIIe siècle et de cette première moitié du XIVe, n'avait d'égal que leur pouvoir. Depuis plus de cent ans, ils étaient de ces trois uniques familles dérogeant à l'interdiction faite aux nobles d'être en sus bourgeois de Bordeaux. En prononçant leur nom, on était certain d'imposer le respect et le silence. Ainsi Tiphaine coupait-elle à toutes les supputations et se persuadait elle-même de la normalité de son expédition : un simple voyage d'affaires et d'agrément, alors qu'elle jouait son avenir et sa réputation ! C'était tout elle ! Cette propension à tourner la réalité en jeu, cette nature profondément facétieuse, imprévisible, primesautière, déroutante, la singularisaient, paraît-il. Elle s'accommodait assez de ce trait de caractère, même s'il lui jouait quelquefois des tours... Elle s'efforçait de refréner parfois ce naturel fougueux, mais il revenait au galop...

Ce matin toutefois, au fur et à mesure que les pas de sa jument la rapprochaient de sa destination, son cœur s'était mis à battre plus fort. Une impatience teintée d'une anxiété sourde que la nouveauté du paysage et les galéjades de Puymalet arrivaient à peine à distraire. Au réveil, pressentant sans vouloir se l'avouer un jour un peu spécial, elle s'était efforcée de mettre un peu d'ordre et de sophistication dans sa tenue de cavalière strictement masculine. Après ces quatre jours de longue chevauchée éreintants et poussiéreux, elle ne voulait pas ressembler à quelque sauvageonne ou huronne tout droit sortie de sa campagne ! Elle se devait d'être à la hauteur de son rendez-vous avec la capitale de la Guyenne, elle qui n'avait connu pour grande ville que Bergerac et Puy-Saint-Front ! Une banale question d'honneur et de respect de soi.

Sur ses chausses de velours brun ajustées, elles-mêmes

enserrées dans de hautes bottes de cuir mou dépassant le genou jusqu'à mi-cuisse et mettant en valeur ses jambes athlétiques, elle avait ainsi revêtu un pourpoint de soie dont le bleu éclatant, ressortant du col et des manches de son petit mantel de martre – son préféré, un cadeau de son père pour ses quinze ans, et si doux et si chaud avec ça qu'il la protégerait en toute occasion – irradiait littéralement le reste de sa mise. Pour s'accorder avec les règles de la bienséance, il lui avait également fallu domestiquer son abondante chevelure. Sans aller jusqu'à l'enfermer dans le carcan d'un voile, selon une mode un peu dépassée dont elle avait de toute façon horreur, elle avait attaché ses cheveux en une simple natte nouée par un long ruban bleu assorti faisant ressortir la pureté de son visage, son teint frais et mat, et l'intensité de son regard noir de jais.

De la sorte vêtue, sa féminité s'exprimait avec toute la puissance de la jeunesse, une énergie insouciante, un brin insolente. Une apparence dont elle avait vaguement conscience et qui lui donnait confiance, un peu. Puymalet l'avait d'ailleurs saluée ce matin par un tonitruant : « *Milladious*, mademoiselle ! Si le roi Jean était moins con, c'est vous qu'il aurait dû mander à reconquérir Bordeaux ! » L'astucieux soldat ! Il percevait sans doute la fébrilité qui gagnait la jeune fille alors que le but de leur voyage devenait plus proche, plus tangible et en même temps plus incertain. Il l'admirait tant pour son courage et éprouvait pour Tiphaine, la fille de son seigneur et maître, une affection quasi paternelle mêlée d'une crainte de plus en plus vive. Pourquoi le baron l'avait-il condamnée à partir en lui imposant ce mariage non consenti ? Le vieux fol... Personne n'était parvenu à lui faire entendre raison... Ne connaissait-il sa fille ? Ne l'aimait-il précisément pour ce qu'elle était, généreuse, rebelle, dotée d'un fort tempérament et d'une vive intelligence aussi ?

Tout à coup, comme ils arrivaient au sommet d'une haute colline, traversant une forêt dense de pins et de cyprès chargée d'une atmosphère mystérieuse, presque surnaturelle, la cité surgit face à eux : Bordeaux ! « *Bourdeou* » avec l'accent ! Ils en eurent le souffle coupé. Jamais ils n'avaient vu chose pareille, ville aussi étendue, crénelée, tendue vers le ciel. Face à eux, un panorama époustouflant. Dans un écrin de plaines basses et de collines douces, une cité hérissée de tours, de flèches d'églises, de cathédrales, de cloîtres, de couvents, de hautes toitures orgueilleuses, d'édifices civils imposants et spectaculaires, de demeures étroites, serrées les unes contre les autres : un entrelacs de tuiles, de pierres, des siècles d'histoire regroupés derrière le défilé grandiose des enceintes de la cité, hauts murs prenant le relais les uns des autres, rythmés de tourelles pointues et de portes ! Et devant cette enceinte immense, longeant la façade ordonnée et harmonieuse des quais, le ruban majestueux du fleuve.

Quel fleuve ! Un large cours d'eau comme ils n'en avaient encore jamais vu, et si rempli de navires de toutes sortes, de tout tonnage, gabares, barques, nefs à voiles à un ou plusieurs mâts, si grouillant d'activité que l'on aurait dit une immense armée de fourmis charriant denrées de toutes formes, couleurs et nature. Si vaste et si ouvert qu'il semblait donner la prémonition d'un horizon plus large, servant en attendant la cité bordelaise, s'abandonnant sagement à ses pieds, comme chevalier prêtant allégeance à son seigneur, dans la forme d'un méandre idéal, un parfait croissant qui lui avait donné son nom à la puissance poétique formidable : le port de la Lune !

Et puis ce serpent se mettait à cheminer dans une mer brune et vert tendre : une mer de vignes entourant la cité de tous côtés et la magnifiant. La vigne reine et souveraine ayant investi les moindres recoins de la ville et de ses faubourgs, déroulant son paysage de parcelles aux dimensions irrégulières, emboîtant leurs quadrilatères clairs et bien définis, bordés d'aubarèdes et de larges chemins. Le génie de la nature combiné à l'œuvre de l'homme en une sublime et géniale harmonie ! Tiphaine eut un frisson. Tant de beauté, de nouveauté, de promesses...

Après le premier choc, celui de la stupéfaction, elle ressentit l'exaltation. Elle brûlait d'envie de dévaler *illico* cette colline, de courir vers cette cité aux glorieuses murailles, de partir à la découverte de cet entremêlement, de cette vie nouvelle dont elle sentait déjà battre le pouls. Elle piaffait tout comme sa jument.

— Hâtons-nous, mon cher Arnaud ! J'ai bien envie de découvrir cette ville ! trancha-t-elle d'un air espiègle et volontaire.

— À votre commandement, mademoiselle ! Pour vous servir ! lui répliqua Arnaud, courbant ses larges épaules, portant une main à sa poitrine et tout en sourires.

Ils dévalèrent la pente au petit trot en direction du modeste bourg en contrebas. Là, ils devraient emprunter un bac de bois pour traverser la Garonne, et ainsi gagner la rive gauche et le port de Tropeyte, au centre de la cité.

Il leur fallut négocier un peu le prix du passage. Les affaires reprenaient à peine et les bateliers avaient grandement souffert de l'épidémie de peste. Du coup, ils tentaient de rattraper le temps perdu sur le dos des passagers. Tiphaine dut s'échauffer un peu et, finalement, le marché fut conclu avec un petit homme tout sec au visage buriné et à la mine résignée. La mule regimba un peu ; leurs chevaux étaient inquiets, mais aux ordres. Ainsi ils embarquèrent sur le grand fleuve aux eaux brunes. Une nouvelle expérience pour Tiphaine, une émotion inédite que de naviguer, respirer cet air neuf, à la fois agreste, marin et urbain, elle qui n'avait connu que la barque du grand étang de Canterac avec ses odeurs entêtantes de vase et de sureau. Elle décida de ne plus penser, juste profiter de l'instant présent, de l'émotion qui s'offrait à elle. Puymalet lui-même ne parlait plus, happé par le spectacle de la ville s'approchant, majestueuse.

En arrivant au port, l'agitation les saisit de nouveau. Il régnait là grande effervescence : un ballet de chevaux, de charrettes, d'hommes déchargeant force caisses, ballots et tonneaux, se hélant, s'apostrophant dans un brouhaha de jurons, d'invectives, de cris, de boutades. Et des bateaux longs et voilés comme elle n'en avait jamais observé sur les quais de la Dordogne, à Bergerac ! Oui, un nouveau monde dont la découverte, en cette belle journée de mai, valait bien à elle seule le déplacement !

Ils se frayèrent un passage à travers la foule en direction de la première porte de la ville se dévoilant à eux. Se présentant aux gardes pour montrer patte blanche et être ainsi dispensés de l'octroi réservé aux marchands, ils demandèrent leur chemin. La demeure des Gaillan de Lesparre, bien connue, n'était pas loin. À quelques minutes de cette porte Cailhau, sur la gauche, après le palais de l'Ombrière, siège de l'administration anglaise, bien avant l'hôtel de ville et la porte Saint-Eloy. Ensuite, ils devraient tourner à gauche, sur le pont Saint-Jean enjambant le Peugue, puis prendre à droite, à l'encoignure d'une petite niche où trônait une statue de la Vierge. Ils ne pouvaient pas se perdre !

Ils franchirent l'esplanade sous l'ombre effilée de ses donjons, puis obliquèrent dans un dédale de ruelles assez puantes. Quelques minutes presque en apnée qui lui semblèrent passer comme des secondes. Tout à coup, l'impasse de la rue Neuve flanquée de ses édifices récents. Une longue façade austère couronnée de hauts murs crénelés, percée seulement à l'étage de trois fenêtres à meneaux en ogives finement sculptées, seul signe apparent de richesse... Une lourde porte de bois armée de costaudes ferronneries savamment ouvragées... Ils semblaient arrivés. Ils descendirent de cheval sans un mot et sans se concerter. Arnaud s'effaça devant Tiphaine avec un geste de la main et lui décocha un brave sourire pour l'encourager. Ce fut elle qui actionna le heurtoir. Une main fébrile... Quelques mots bredouillés à l'œilleton... Déjà, on les faisait entrer...

# 3

Une fois à l'intérieur de la bâtisse, ils abandonnèrent leurs montures aux bons soins d'un jeune palefrenier. Une servante à l'air un peu austère et grincheux, vêtue avec recherche – un costume coûteux assez inhabituel – prit le relais. Elle leur fit traverser une première cour pavée et gagner l'étage d'un grand corps de logis à trois niveaux, en empruntant un monumental escalier de pierre tournant en forme d'hélice. Sans un mot et sans un regard, elle les installa dans un vaste salon ouvert sur la verdure et sur le ciel par une enfilade de fenêtres d'un verre si pur et translucide qu'il laissait parfaitement filtrer les rais du soleil provenant du jardin. Un jardin insoupçonnable depuis la rue, tout comme le luxe qui régnait dans cette pièce ornée de tapisseries et de tentures, de multiples sièges, fauteuils, chaires et autres bancelles travaillés de savants motifs floraux ou géométriques, garnis de coussins confectionnés dans des tissus précieux et chamarrés. Tiphaine n'avait jamais rien vu d'aussi beau, lumineux, raffiné, confortable. Elle était ravie comme une enfant, et son émerveillement naïf dissipait cette appréhension qui accélérait son pouls.

C'est alors qu'Amaury entra dans la pièce. Ses yeux sombres expressifs trahissaient sa surprise. Immobile, comme figé au seuil de la pièce, il lâcha pourtant d'un ton dénué d'émotion :

— Mademoiselle de Canterac ! Quelle surprise de vous voir en ces lieux !

Tiphaine fut soudain pétrifiée.

— Amaury, je vous prie de m'excuser de ma présence, disons inopinée, mais… comme vous m'aviez invitée… voilà… j'ai pris la liberté de venir vous rendre visite…, réussit-elle à bafouiller, réalisant soudain l'audace et l'incongruité de sa présence.

— Mais non ! Pas du tout… Ma chère amie, vous avez bien fait ! Je vous en prie, rasseyez-vous. Je suis juste étonné… Mais assurément bien ravi de vous revoir, Tiphaine…, poursuivait Amaury, un peu plus chaleureux.

D'un pas lent, emprunté, le jeune Bordelais s'avança et prit place sur un siège face à elle. Suivit un silence suspendu, un peu embarrassé. De quoi avait-elle l'air dans ses habits de campagne au milieu de ce fastueux salon ? Qu'allait-elle bien pouvoir lui raconter ? Il devait se poser la même question, pensa-t-elle, ce qui la rassura un bref instant… Mais non, quelle démente elle faisait ! De fait, le jeune Bordelais l'observait avec un air indéchiffrable.

Tout à coup, son visage s'éclaira d'un franc sourire. Et il enchaîna sur un mode totalement badin :

— Alors, quelles sont les nouvelles de votre beau Canterac ? Comment se portent messire votre père, votre sœur et votre cousin, tout ce joli monde ?

Tiphaine fit le tour de chacun, des événements récents survenus au domaine. Le flot de ses paroles lui redonnait contenance. Elle demanda à son tour à Amaury comment il se portait, comment s'étaient passés ces derniers mois pour sa famille et, à Bordeaux de façon générale, comment ils se remettaient de l'épidémie. La grande peste noire avait, dit-on, décimé plus de la moitié des trente mille habitants de la ville ; Jeanne, la fille même d'Édouard III, était morte, emportée à l'âge de quatorze ans, à la veille de ses noces avec le fils du roi de Castille. Il lui confirma que ces jours avaient été affreux, inimaginables, qu'ils s'étaient quant à eux reclus dans leur château du Médoc. En cela ils avaient grandement été privilégiés, épargnés tout comme eux à Canterac. Certes, le commerce du vin en avait grandement pâti, s'écroulant à moins de six mille tonneaux pour la vendange de 1348, contre dix-sept mille les années précédentes... Puis la peste avait pris fin aussi mystérieusement qu'elle était survenue, un an plus tard... Mais, même si les affaires avaient repris, chacun garderait à jamais en sa mémoire et en sa chair les souvenirs de ce terrible épisode. La menace continuerait de peser sur les corps et les esprits. En cela, rien ne serait plus pareil, lui confia Amaury avec une sincérité vibrante hésitant entre affliction, résignation et révolte.

Bien que son contenu fût grave, le cours de cette conversation naturelle, sincère rassérénait quelque peu Tiphaine. Amaury et elle devisaient comme des amis intimes de longue date. Il ne semblait pas qu'ils s'étaient connus à peine quelques heures, deux ans et demi plus tôt. Bien sûr, elle s'était prise à rêver qu'il la reçût avec plus de transport, qu'il se jette à son cou, à ses pieds, la fasse danser dans les airs, la couvre de baisers... Divagations de jouvencelle qui n'existaient que dans les contes et les romans courtois ! En réalité, elle ne devait pas céder à la déception. Au contraire !

Les mots choisis d'Amaury révélaient une intelligence, une finesse d'esprit et de jugement, une ouverture qui lui plaisaient et paraissaient confirmer son opinion à son endroit. Surtout, elle lui savait gré de ne pas l'interroger sur l'objet de sa visite et de ne pas plus s'enquérir de la durée de son séjour en la capitale aquitaine. Voilà qui était pour elle un vrai soulagement ! Un non-dit arrangeant qui créait entre eux une forme de connivence, une complicité amusante et réconfortante. Non, elle ne s'était pas trompée : ce jeune homme avait du tact et ils avaient tous deux des choses à se dire. Dans ses yeux sombres, il lui sembla lire, au bout de quelques minutes, cette même petite étincelle que le soir de leur rencontre à Canterac : une douce promesse...

Il lui proposa un déjeuner léger au vu de l'heure déjà avancée – mais ils devaient avoir grand faim après cette longue route ! – y conviant également Puymalet et insistant pour que ce dernier passe la nuit sur place, avant de s'en repartir pour Canterac. Il ne s'étonna d'ailleurs pas du départ du soldat, ni ne s'inquiéta de son éventuel retour à elle, ce qui allégea proprement Tiphaine d'un poids. Après ce repas détendu et agréable, il la convia à aller s'installer dans la chambre qu'il avait entretemps fait préparer pour elle. Il avait hâte de lui montrer Bordeaux ! Mais ce serait pour demain. Elle devait être fatiguée de son périple. Tout de même, elle avait eu du cran d'entreprendre une telle chevauchée, lui avoua Amaury, manifestement épaté par sa témérité. Après l'avoir félicitée, il lui renouvela sa satisfaction de la voir en sa demeure. Il semblait en vérité amusé et flatté qu'elle ait entrepris une telle aventure pour venir lui rendre visite. Mais de cela, il ne pipa mot bien sûr ! Ils se reverraient ce soir pour souper, en présence de ses parents qui revenaient d'un séjour au domaine.

— Ils seront ravis de vous rencontrer, lui assura poliment Amaury, avant de prendre congé. À ce soir, Tiphaine ! Reposez-vous bien !

— Oui... À ce soir, confirma Tiphaine, soudain à court de paroles.

— Vous voyez, tout s'est bien passé ! Ce jeune homme est fort avenant, lui glissa Arnaud avec un clin d'œil, avant de partir de son côté vers les communs de la demeure où il serait logé.

Accompagnée d'une nouvelle servante qui lui ferait office de chambrière – une blondinette gracieuse qui devait avoir son âge, portant le charmant prénom de Guillemette –, Tiphaine gagna ses nouveaux appartements situés au dernier niveau de la maison. La chambre – sa chambre ! – était vaste, délicieuse, dotée d'une grande fenêtre ouvrant sur un balconnet donnant sur le jardin. Et toujours le même verre délicat, transparent, la même lumière ! Un grand lit haut garni de coussins de velours incarnat et d'un épais couvre-lit couleur prune, un banc, un fauteuil, un bureau dans un coin et, dans l'autre, une cheminée de bonne taille. Au mur, une curiosité : un tableau de bois portant la peinture d'un paysage de vignes avec, dans le lointain, la silhouette d'un château. Le domaine de la famille ? Il y avait également là divers ustensiles : des chandeliers, un broc d'eau, un miroir, une brosse... Mais aussi, posée sur un coin du secrétaire, une ravissante écritoire... Elle l'ouvrit aussitôt et découvrit à l'intérieur des plumes de toutes sortes d'oiseaux – cygne, héron, canard, oie bien sûr –, ainsi que des pinceaux de martre et de vair, et différentes encres de couleur... Était-ce une attention d'Amaury avec qui elle avait partagé sa passion pour le dessin et l'écriture ? Probablement. Un présent de valeur, bien pensé et choisi. Elle était touchée. Un peu fatiguée aussi...

Elle se jeta sur le lit. Comme il était moelleux et l'édredon léger ! Elle serait bien ici, songea-t-elle. Allongée sur sa couche, elle déroula le fil des dernières heures. Intenses : tel était le mot ! Elle revit, non sans un certain contentement et une sorte de fierté, la sidération d'abord peinte sur le visage d'Amaury, puis le sourire qui l'avait gagné, adouci et conquis, et surtout, ce charme inexplicable qui se dégageait de sa personne.

Le jeune Bordelais n'était pas de ces beautés classiques, évidentes, ennuyeuses. Il était un peu trop grand. Un peu trop mince. Un peu trop tout. Ses jambes interminables. Un peu trop brun. Trop ténébreux. L'œil sombre. Les cils longs, féminins. Ses cheveux abondants légèrement désordonnés. Son buste étroit, trop délié, un peu courbé. Plus longiligne que massif. Un peu dégingandé. Une allure de jeune chien fou. Ajoutée à un air un peu flou, un peu vague, lointain... Un port un peu hautain, supérieur... Mais le tout contrastant avec son regard... Quel regard ! Si propre à se transformer, à passer de la neutralité absolue à la densité, de la froideur à la compassion, de la glace au feu. Un regard si ardent et implacable qu'il pouvait vous crucifier ou vous enflammer, s'imagina Tiphaine. Sous la carapace de la courtoisie, il y avait bien des choses à découvrir chez Amaury Gaillan de Lesparre... Sans compter une parole qui donnait corps à sa grâce...

Son esprit chamboulé divaguant dans les rais du soleil, Tiphaine finit par s'assoupir. Lorsqu'elle se réveilla, le soir tombait déjà. Au creux de son ventre, une étrange boule la surprit : une anxiété, un trac... L'impatience de le retrouver ?

Il fallait qu'elle se prépare tout de suite pour le dîner. Elle appela Guillemette pour qu'elle s'occupe de son bain. Une pièce était réservée à cet usage dans l'*oustau* des Lesparre. Tiphaine s'y rendit puis s'immergea dans l'eau chaude merveilleusement parfumée de laurier et d'écorces d'orange. Le bain était généralement pour elle un moment de bonheur et d'oubli. Ce n'était pas le cas ce soir. Elle comprit qu'elle appréhendait cette rencontre avec les parents d'Amaury, ce dîner auquel, bien sûr, Puymalet n'était pas convié, relégué quant à lui aux communs, avec le personnel de maison.

Elle réalisa soudain la bêtise de son inquiétude : Amaury lui avait expliqué que ces derniers seraient enchantés de la venue de son amie périgourdine. Il leur avait sans nul doute raconté le siège de Canterac et comment ils avaient vaincu, eux et leur troupe intrépide et valeureuse, le terrible comte de Sherborne grâce au tournoi décisif – une idée d'Aubin, son cousin –, puis le banquet de la réconciliation où ils avaient fait connaissance, ainsi que tous les autres événements de cette incroyable nuit : la relation surprise entre Aubin et Eleanor de Sherborne, la fille du chef, le courroux de l'Anglais, son retournement puis son adhésion et leur magnifique mariage quelques jours plus tard au château ! « Une histoire d'amour et de chevalerie digne des plus incroyables chansons de geste ! » avait résumé Amaury avec un enthousiasme qu'il avait dû savoir faire partager à ses parents. Pas de doute ! Elle devait donc se tranquilliser et aborder ce dîner avec la maîtrise inhérente à son rang, en digne représentante de sa noble famille qui n'avait rien à envier aux Gaillan de Lesparre, si ce n'était bien sûr l'ampleur de leur fortune et l'étendue de leur pouvoir… Mais fi de ces vulgaires considérations ! Elle avait pour elle la jeunesse et la gaieté. Allez ! Qu'elle s'habille du meilleur effet qu'elle pouvait pour séduire tout ce monde !

Bien sûr, elle n'avait pas amené l'ensemble de sa garde-robe dans son modeste bagage. Elle avait sélectionné ses tenues préférées, et ses bijoux les plus chers et les plus précieux à son cœur. Elle opta pour sa robe de soie amarante au décolleté assez sage contrastant avec sa couleur flamboyante et à la coupe près du corps, quelque peu osée. Elle noua autour de ses hanches cette ceinture ornée d'émaux et de pièces de métal qu'elle adorait, et à son cou, accrocha son collier d'or à larges maillons qui lui venait de sa maman. Un bracelet d'or à son poignet, un cercle de laiton pour retenir sa chevelure, un soupçon de rouge sur les lèvres et les pommettes : elle était prête ! Elle entendit à cet instant frapper à sa porte. C'était Amaury : il venait la chercher pour le dîner ; ses parents l'attendaient au salon. Encore une délicate attention, se dit-elle. Elle se dirigea vers le battant d'un pas léger.

— Tiphaine, quelle transformation ! Vous êtes superbe ! Vous irradiez ! s'enthousiasma le jeune homme en la voyant surgir de sa chambre, prenant soudain un drôle d'air du genre préoccupé.

— Merci, Amaury ! Allez, descendons ! Je suis impatiente de connaître vos parents, disposa-t-elle avec entrain.

Dès qu'elle pénétra dans le salon, elle sentit tout de suite le regard de Mme de Lesparre fondre sur elle et s'y attarder avec une scrutatrice acuité. Tandis que madame semblait la détailler de pied en cap, d'un œil peu amène, monsieur lui jeta une œillade un peu lasse.

— Mademoiselle de Canterac, bien le bonsoir ! Je me réjouis

de faire votre connaissance. Avez-vous fait bon voyage ? entama le père d'Amaury sur un ton de civile indifférence.

— Asseyez-vous, je vous prie ! poursuivait déjà madame. Amaury nous a conté son séjour chez vous, enfin si l'on peut dire... Que nous vaut le plaisir de votre visite ? attaqua d'emblée la maîtresse des lieux avec une fausse chaleur.

Voilà qui était clair. Le ton était donné. Après avoir cherché en vain un regard secourable du côté d'Amaury, qui détourna le sien, Tiphaine réussit à rassembler ses esprits pour répondre avec courtoisie et fermeté, sans se laisser impressionner, ni faiblir :

— Un grand merci de m'accueillir dans votre magnifique demeure, madame. Amaury m'avait conviée à venir lui rendre visite, ayant fort goûté son séjour « si l'on peut dire » à Canterac. Il m'a tant vanté les lieux que j'ai fini par me laisser convaincre. Et je dois reconnaître que je suis subjuguée par votre maison. Je suis également fort impatiente de découvrir Bordeaux et ses environs, toutes ces vignes, ce fleuve majestueux. Il faut avouer aussi que ces derniers mois ont été fort longs. C'est un souffle d'air pur que de venir s'évader ici, en compagnie d'un vieil ami et hôte aussi attentionné qu'Amaury. Nous nous sommes beaucoup écrit, vous savez...

Amaury esquissa un vague sourire au compliment de Tiphaine, et à son sens de la repartie peut-être. Quant à son père, il paraissait s'amuser de ce début de conversation prometteur. Son œil noir et vif semblait soudain s'être allumé sous la barre de ses sourcils broussailleux. Homme de taille moyenne, au cheveu gris et rare, Pierre Amanieu Gaillan de Lesparre, malgré son embonpoint aimable, n'avait pas l'air franchement bonhomme. Sa personne respirait la hauteur policée de son statut de patricien bordelais, l'assurance de l'élite, l'autorité du chef, la poigne du meneur d'hommes. Il paraissait direct, entier, sûr de lui, sans ambages ni retenue. Impressionnant sous le masque affable de son sourire...

Sa femme, Amélie Gaillan de Lesparre, n'essayait pas pour sa part de se présenter sous quelque jour agréable. Elle appartenait à l'une des plus vieilles familles de la ville, dont elle était l'héritière, et elle entendait le montrer. Grande, brune, allurée, d'une minceur squelettique – on voyait de qui tenait Amaury –, elle aurait été belle si la sécheresse de sa personne ne s'exprimait dans toute sa physionomie, des traits anguleux de son visage à ses yeux bleus étroits et resserrés, ses lèvres fines alternant moues de lassitude ou de dédain. D'emblée, Tiphaine la détesta. Elle sut immédiatement qu'elle avait trouvé en la mère d'Amaury une ennemie. Il faut dire qu'elle s'était tout de suite déclarée en tant que telle ! Pourquoi pareille hostilité ? s'étonnait Tiphaine. Quant au père d'Amaury, son sentiment était plus mitigé. Cet homme imposait le respect par son intelligence, mais aussi la crainte. À n'en pas douter ses décisions devaient être sans appel et ses jugements sans pitié. Mais il avait été plutôt avenant avec elle et, de son côté, elle avait perçu un certain intérêt de sa part, séduit peut-être par sa jeunesse, son audace, ses propos qu'elle s'était efforcée de rendre pertinents.

Tout au long du dîner, savoureux mais un peu chiche en quantités, présenté dans des assiettes et avec cuillers et fourchettes – on était loin des repas plantureux concoctés par la généreuse Blandine à Canterac ! –, arrosé du fameux claret de leur domaine dont elle les avait félicités benoîtement – elle réalisa instantanément qu'elle aurait mieux fait de se taire, son enthousiasme ayant sonné comme une trivialité –, servi dans des verres sur pied comme elle n'en avait jamais vu, Tiphaine s'était évertuée à paraître calme et détendue, confiante, mais au fond d'elle-même elle sentait son assurance s'effriter au fur et à mesure des piques habilement distribuées par Mme de Lesparre et autres compliments sur son teint hâlé, son abondante chevelure, le flamboiement de sa tenue, dans des échanges qui semblaient fort divertir son mari. Quelle drôle d'hospitalité que cette amabilité superficielle et glacée, supérieure, méprisante, hypocrite !

Mais c'était surtout l'attitude d'Amaury qui la décontenançait. Il semblait n'être plus tout à fait le même que tout à l'heure, un peu distant, raidi dans sa posture et son expression. Sans doute était-il embarrassé par les attaques à peine voilées de sa mère et le jeu de ses parents auquel il devait être accoutumé. Pour la mettre à l'aise, il avait évoqué le don de Tiphaine pour le dessin, cette chronique écrite et illustrée de la bataille de Canterac remarquable qu'elle avait elle-même conçue, tout comme cet ouvrage sur les plantes médicinales entrepris avec sa sœur dont elle réalisait les illustrations. Elle avait parlé de son art avec fougue et passion. Trop sans doute. Une erreur d'impulsivité. Une nouvelle faute de goût, percevait-elle. Ils avaient feint de s'y intéresser. La prenant au mot, Mme de Lesparre lui avait fait promettre de réaliser son portrait. Amaury avait changé de sujet, puis il s'était tu. Il semblait maintenant perdu dans ses pensées et la soirée traînait en longueur.

Soudain, Tiphaine ressentit un épuisement terrible. Elle décida alors de mettre fin à ce qui prenait le tour d'un supplice et se leva brutalement.

— Je vous remercie pour ce dîner délicieux. Je vais me retirer et vous souhaite la bonne nuit, déclara-t-elle en prenant congé.

Puis, s'armant de courage, elle ajouta haut et fort, avec une emphase joyeuse, droit dans les yeux d'Amaury :

— J'ai oublié de vous dire merci pour cette superbe écritoire que vous m'avez fait porter dans ma chambre. C'est un cadeau inestimable et si gentiment pensé qu'il me va droit au cœur, mon cher ami...

— Je vous en prie, Tiphaine. J'étais tombé dessus il y a quelques semaines et avais tout de suite pensé à vos travaux. Je comptais vous l'apporter moi-même à Canterac cet été. Ce ne sera pas le cas. À demain ! lui répondit ce dernier, à peine extrait de ses pensées, esquissant un geste de la main nonchalant.

Amélie de Lesparre, ne pouvant s'empêcher d'avoir le dernier mot, déclama alors de sa voix haut perchée, d'un ton trop protecteur pour être sincère :

— Reposez-vous bien, mon petit ! Ce long et insensé voyage a dû vous éreinter !

Ah, la garce ! L'horrible bonne femme... Elle avait osé ce « mon petit » condescendant, détestable, insoutenable...

En regagnant sa chambre, Tiphaine croisa l'accorte Guillemette qui sembla lui adresser un sourire désolé. Elles échangèrent leurs saluts.

— À demain, Guillemette !

— Reposez-vous bien, mademoiselle !

La jeune servante devait en savoir, des choses, se dit Tiphaine. Elle pourrait s'en faire une confidente, pourquoi pas une alliée. Les domestiques avaient tant de ressources et de finesse trop souvent ignorées...

À peine débarrassée de ses vêtements, elle s'affala sur son lit. Son corps et son cerveau étaient exténués ; pourtant elle ne pouvait s'empêcher de se repasser les images de ce dîner. Était-il réellement le désastre dont elle avait eu la vague et cruelle impression ? Pourquoi ce changement d'attitude chez Amaury ? Cette distance soudaine qu'il avait mise entre eux ? Quel était le vrai Amaury ? Ce garçon froid et hautain qu'elle avait connu ce soir ou le jeune homme pétillant, ouvert, sans doute un peu arrogant mais amical qui l'avait séduite à Canterac et qui l'avait accueillie à peine quelques heures plus tôt avec chaleur ? Ses parents l'empêchaient-ils d'être lui-même ? Quels secrets cachait cette famille d'un genre qu'elle ne connaissait pas ? Sa place était-elle dans ce monde nouveau et inconnu qui la méprisait poliment ? Avait-elle bien fait de quitter sa campagne et son doux cocon familial ? Avait-elle les capacités de son ambition ?

N'avait-elle surestimé ses forces ? Mais n'était-il pas trop tard pour se poser toutes ces stupides questions ?

Oui, trop tard assurément ! Elle avait quitté Canterac sans possibilité de retour. Mais elle avait échappé à la prison d'un mariage. Elle était libre ! Et cette liberté chèrement acquise, elle se devait aujourd'hui d'en faire bon usage. Il lui fallait aller de l'avant : « Ne pas réfléchir, avancer », selon la maxime que lui avait enseignée Aubin, son cher cousin. Il aurait été fier d'elle ce soir en la voyant, impassible et crâne, faire front aux perfidies de la rombière ! C'était sûrement dans la nature de Mme de Lesparre d'être agressive, acariâtre. Elle ne devait pas s'en formaliser davantage. Et pour le reste, elle-même était idiote, trop exigeante, maximaliste comme d'habitude ! En vérité, tout s'était bien passé et Amaury avait montré son contentement à sa venue, une joie non feinte, un étonnement empreint d'admiration et, surtout, un respect pour sa personne. Il s'était comporté en hôte courtois et civilisé, en pur gentilhomme. Qu'avait-elle imaginé de leurs retrouvailles ? Ils se connaissaient à peine ! C'étaient sans doute la fatigue et l'émotion accumulées ces derniers jours qui instillaient en elle ce flottement triste, ce doute lancinant. Elle devait dormir maintenant. Demain serait un autre jour. Et elle verrait les choses d'une tout autre manière.

# 4

— Mon cher Arnaud, soyez prudent sur le chemin du retour. Prenez soin de vous. Je vous dois reconnaissance éternelle pour les risques que vous avez pris en m'accompagnant ici. J'espère que tout se passera bien et que mon père ne vous en tiendra pas rigueur…

— Ne vous inquiétez pas, mademoiselle Tiphaine. Notre fable fonctionnera ! Je n'en doute pas. Aubin sera là pour me soutenir. Vous connaissez le poids de sa parole auprès de votre père. Et le baron finira par me savoir gré de vous avoir escortée. Mais, moi, je ne pouvais vous voir partir seule au beau milieu de la nuit sans vous accompagner ! Pardi, je ne suis pas de ces lavettes !

— Vous me faites rire, Arnaud ! Toujours… Pourtant, j'ai bien envie de pleurer un peu…

— Ma chère Tiphaine… Vous m'enverrez de vos nouvelles… Je suis certain qu'elles seront magnifiques. J'ai confiance en vous. Et tout le monde aussi là-bas chez nous, à Canterac.

— Merci, Arnaud… Tenez… Ça, c'est pour eux. Vous leur donnerez et les embrasserez pour moi…

— Évidemment… Allez ! Au revoir, Tiphaine ! Une belle journée !

— Au revoir, cher Arnaud ! Bon voyage ! Que dieu vous protège !

Ils étaient restés immobiles, comme pétrifiés par la solennité du moment. Soudain le soldat grimpa sur son cheval et disparut à l'angle de la rue. L'échange avait été bref, chargé, maladroit, émouvant, quelque peu irréel. Tiphaine était sonnée, chancelante. Elle se sentait seule, démunie, vulnérable.

Ce matin, elle s'était réveillée aux aurores, prise par le besoin d'écrire à ses proches avant le retour de Puymalet pour Canterac. Dans une urgence vitale, elle avait rédigé plusieurs lettres, l'une pour sa sœur Guenièvre, l'autre pour Aubin et une troisième, plus difficile, qui lui avait arraché les tripes, pour son père, dans laquelle elle tentait de lui expliquer son départ et sollicitait son pardon. Elle avait également réalisé des dessins, l'un de la vue depuis sa chambre sur le jardin des Lesparre à l'intention de Blandine, l'autre du panorama sur la Garonne et sur Bordeaux qui l'avait tant émerveillée en arrivant pour le jeune Pitchoune, que la famille avait pris sous son aile depuis qu'il était devenu orphelin. En voyant partir Arnaud chargé de ses missives dans la brume de ce petit matin, c'était une part d'elle-même qui s'en allait en direction de ces êtres chers. Elle y avait mis tout son cœur, tout son talent, toute sa force, pour leur apporter un peu de douceur, de réconfort. Les rassurer. Leur dire combien elle les aimait...

Une larme indocile surgit au coin de son œil, roula sur sa joue pour s'arrêter au bord du menton, en suspension. Fragile équilibre ! D'autres larmes affluaient à l'orée de ses paupières, prêtes à dévaler en un torrent irrépressible. C'est alors qu'elle sentit une main sur son épaule. Elle se retourna : Amaury !

Le jeune homme lui souriait avec un air grave, ses yeux marron profonds débordant d'une infinie douceur, la tête inclinée vers la droite et vers elle, répandant une mèche de ses cheveux bruns. Ils gardèrent le silence un long moment. Il n'y avait rien à dire en cet instant. Ils le savaient. Tiphaine apprécia cette retenue : une délicatesse, une élégance, une considération pour sa personne et les émotions qu'elle vivait. Juste le réconfort d'une paume chaude sur son dos. Cela suffisait et c'était bon...

Au bout de quelques minutes, elle prit une large inspiration et sourit à son tour à Amaury pour lui montrer qu'elle allait mieux.

— Que diriez-vous, Tiphaine, d'une grande promenade pour découvrir Bordeaux ? lui proposa-t-il alors, avec une sollicitude hésitante.

— À cheval ?

— Bien sûr !

— Je cours me changer et j'arrive ! acquiesça la jeune fille avec enthousiasme.

— Je fais seller votre jument. À tout de suite ! actait Amaury, assez soufflé par la gaieté recouvrée de la jeune Périgourdine.

Déjà Tiphaine s'était remise en mouvement. Elle courait, animée de sa coutumière énergie, de cette exubérance désordonnée, un peu brouillonne qui faisait son charme et son défaut. Elle revint dans son habituelle tenue de cavalière : hauts-de-chausses, bottes et tunique de serge marron, surmontés ce matin d'un long garde-corps de velours doré qui lui donnait l'apparence d'un soleil dardant ses rais dans les reflets châtains de sa chevelure. Tout à son empressement, elle ne perçut pas la furtive étincelle d'admiration qui traversa les yeux de son ami.

Amaury entreprit de lui faire faire d'abord un tour de la ville et de ses nouveaux remparts, successivement édifiés au début du siècle précédent pour protéger les quartiers neufs après le siège d'Alphonse III de Castille, puis au début de celui-ci, de 1302 à 1327 très exactement – là même où s'était installée sa famille pour profiter des grands espaces disponibles et construire leur nouvel hôtel particulier à proximité des principaux lieux du pouvoir civil, religieux et économique. Il voulait qu'elle ait un aperçu général de la cité et qu'elle puisse s'y repérer, « même s'il n'était pas là à ses côtés ».

Pourquoi cette précision oratoire ? s'interrogea Tiphaine, un peu interloquée. Mais déjà le jeune homme poursuivait. Ce système de fortifications de facture inédite, avec une double muraille percée de portes encadrées de quatre ou six tours, était remarquablement moderne, et témoignait bien de l'importance de Bordeaux au cœur du conflit entre la France et l'Angleterre pour la possession du duché d'Aquitaine, lui exposa-t-il d'abord. Émaillant leur chemin de précisions historiques et d'anecdotes, il la conduisit ensuite vers les murailles anciennes de la cité : le cœur antique de Bordeaux défini par le périmètre du castrum gallo-romain, limites de la ville, dans lequel elle avait vécu enserrée pendant plus de huit cents ans avant que l'âge d'or du commerce avec l'Angleterre ne la fît exploser hors ses murs, précisa-t-il d'un ton un peu trop docte où transparaissaient sa fierté pour sa cité natale et son orgueil d'y appartenir à la classe dirigeante.

Ils pénétrèrent à l'intérieur des vieux remparts brunis par l'âge. Une autre ville en effet ! Si les rues du nouveau quartier Saint-Éloi formaient un réseau complexe grouillant de monde et d'odeurs, le vieux Bordeaux constituait un échiquier encore bien plus inextricable : un dédale de ruelles étroites enchevêtrées, d'impasses, de placettes, un entrelacs impensable de vieux toits moussus, de pignons aigus, de cheminées, d'escaliers, d'andrones, de tourelles casquées de girouettes grinçantes, de clochers affrontant le ciel de leurs hauteurs rivales. Maisons, églises, édifices y étaient proprement entassés. Pas une place de perdue ! Tiphaine exprima son enthousiasme pour ce génie confus qui avait permis une telle profusion.

— Ah non, ma chère, c'est plutôt l'absence de réflexion qui a présidé à ce fouillis nauséabond ! la corrigea Amaury, un tantinet moqueur.

— Mais un désordre magnifique, créateur ! lui répliqua Tiphaine, vexée par ses accents un peu trop supérieurs.

— Je vais vous montrer en revanche l'un de nos joyaux qui ne donne lieu à aucune controverse et fait l'unanimité dans notre belle ville : notre cathédrale Saint-André ! annonça-t-il avec ferveur après un silence.

Sitôt dit, sitôt fait ! Sûr de lui, Amaury tourna brusquement bride et accéléra, obligeant Tiphaine à passer au trot pour le rejoindre au plus vite. Et celle-ci de gronder en son for intérieur : *Pour qui se prend-il celui-là ? Il commence à m'agacer avec sa morgue et son Bordeaux par-ci, Bordeaux par-là !* Mais soudain, au tournant d'une rue, adossée aux remparts, la haute façade de la cathédrale surgit, proprement impressionnante ! Dans un écrin de cloîtres, des contreforts joufflus surmontés de pinacles fleuronnés, quelques premières tours et d'autres en construction s'élevant vers le ciel, coiffées de flèches aiguës, une ceinture d'absides immense, en cours d'achèvement. Le tout s'imposait encore comme un immense chantier, où s'affairaient bâtisseurs, charpentiers, tailleurs de pierre, artisans et manouvriers de toute sorte. Tiphaine était ravie, subjuguée. Mais elle préféra cette fois ne pas trop le manifester : pas question qu'Amaury la prenne encore un peu trop de haut. De fait, ce dernier reprenait déjà son didactique exposé !

Érigée au XIe siècle sur les fondations d'une église du IIIe siècle détruite par les invasions barbares, consacrée en 1096 par le pape Urbain II venu y prêcher pour la première croisade, embellie continuellement tout au long de ces années – notamment sous l'impulsion de l'archevêque de Bordeaux, Bertrand de Goth, devenu pape en Avignon en 1305 sous le nom de Clément V, qui avait transformé l'édifice originel de style roman dans le plus pur style gothique en vogue aujourd'hui –, la cathédrale Saint-André témoignait de toute la riche histoire de la ville, de sa puissance, de sa position de capitale stratégique, de sa vocation à être une cité-État ! s'enflamma le jeune Bordelais. Des événements majeurs s'y étaient déroulés, comme le premier mariage en 1137, à l'âge de quinze ans, d'Aliénor d'Aquitaine avec le futur roi de France Louis VII.

Lassée par le ton trop professoral d'Amaury, et surtout grande admiratrice d'Aliénor et incollable sur son fabuleux destin, Tiphaine l'interrompit tout à trac :

— Avant que leur mariage ne fût annulé quinze ans plus tard et que la belle, rebelle Aliénor – et infidèle dit-on, y croyez-vous, Amaury ? ou n'est-ce selon vous que vile calomnie comme je le pense moi-même ? – n'épouse en secondes noces, à peine huit semaines après l'annulation de son mariage, le fougueux Henri Plantagenêt, et que ce dernier devenant Henri II d'Angleterre ne fît tomber dans l'escarcelle de la Couronne britannique notre bon duché d'Aquitaine, débouchant sur le conflit que nous savons… Mais assez de paroles ! Si nous entrions, mon ami… J'aime à vivre l'atmosphère des lieux pour mieux me pénétrer de leur histoire et de leur magie, voulez-vous ? suggéra-t-elle d'un ton aimable mais sans appel.

— Vous avez raison, Tiphaine, concéda celui-ci, surpris par l'aplomb frondeur de la jeune Périgourdine, décidément dotée d'un fort tempérament.

*Atypique et imprévisible Tiphaine !* se dit-il *in petto*. Devait-il se laisser porter ou s'en méfier et s'en éloigner ?

Ils descendirent de cheval pour gagner l'intérieur de l'édifice par son portail nord achevé quelque vingt ans plus tôt. Une œuvre vraiment remarquable par la profusion et la finesse de ses sculptures. En son tympan, des représentations de la Cène, de l'Ascension et du Jugement dernier. Dans ses ébrasements, six statues d'évêques et, sur son trumeau, celle d'un pape, sans doute Clément V, entouré de ses prélats.

— À moins que ce ne fût saint Pierre entouré des saints évangélisateurs de l'Aquitaine. Il y a débat, se contenta d'ajouter Amaury qui semblait avoir retenu la leçon, contentant ainsi Tiphaine, pas mécontente de s'être imposée dans leur petit duel verbal.

Ils pénétrèrent dans la nef aux dimensions monumentales.

Un large chemin qui devait approcher les quatre cents pieds de long ! C'était surtout la hauteur de la voûte qui était prodigieuse. Étourdissante. Vertigineuse. Tiphaine se sentit soudain minuscule. Une poussière dans l'univers... Un rapide frisson parcourut son corps. Ce n'était pas la fraîcheur de la cathédrale qui s'insinuait en elle et la faisait grelotter.

Ils avançaient vers le chœur, Amaury à sa droite, la devançant un peu, ce qui lui permettait de l'observer de côté. Le jeune Bordelais avait cessé tout commentaire. Il allait le regard fixe, un peu absent, sa haute silhouette légèrement courbée. Était-il dans un moment de recueillement, ou bien triste, ou bien vexé par les dernières réflexions qu'elle s'était permis de lui faire, un peu moqueuses ? Dans le demi-jour de l'église coloré par la magie des vitraux, sous l'arc de pierre magnifique et colossal, il avait perdu de sa hauteur et de cette noble arrogance qui était le sceau des grandes familles comme les Gaillan de Lesparre. Il était devenu soudain un jeune homme semblable à tous les autres. Humble et touchant. Dans la fragilité et la force de sa jeunesse. Un beau jeune homme tout de même...

Elle s'en voulait maintenant de l'avoir trouvé un peu pédant, de s'être énervée et de l'avoir rembarré tout à l'heure. Amaury était simplement cultivé et lui faisait les honneurs de sa cité, heureux de lui en expliquer la configuration et l'histoire. Quoi de plus normal ? Il agissait encore une fois comme un hôte courtois et plaisant. Que voulait-elle de plus ? Préférait-elle ces petits seigneurs campagnards, rustiques, rustauds et ignares, qu'elle avait croisés lors des joutes et des banques d'été en Périgord, et qui lui avaient dispensé une cour aussi lourdaude que pitoyable et lui avaient fait horreur ? Qu'elle s'en souvienne ! Depuis le départ de Puymalet aux aurores qui lui avait tiré des larmes, Amaury s'était efforcé, avec gentillesse et délicatesse, de lui égayer l'esprit, et il y était parfaitement parvenu. Elle devait le reconnaître. Et s'en réjouir. Au lieu de jouer les fortes têtes, les rebelles...

Au sortir de la cathédrale, Tiphaine remercia chaleureusement Amaury pour cette belle balade qu'il lui avait fait faire et tous ces détails passionnants qu'il lui avait délivrés au passage. On sentait toute la passion qui l'animait et un vrai talent de conteur. Après sa relation de la campagne de Guyenne par le comte de Sherborne, que ne songeait-il à écrire quelque histoire de Bordeaux, chronique de sa cité ou d'ailleurs, voire un récit de fiction, chanson de geste ou épopée ? l'interrogea-t-elle. Le visage du jeune Bordelais s'éclaira, flatté.

— Je cherche encore le sujet qui m'inspire..., coupa-t-il d'un air mystérieux. Mais vous devez mourir de faim, Tiphaine... Je manque à tous mes devoirs ! Si nous allions nous restaurer... J'ai mes habitudes dans une agréable taverne... Ce n'est pas forcément un endroit pour les jeunes femmes de votre rang. Mais dans notre ville, ces établissements sont fort réglementés. Celle-ci est assez civilisée et l'on y sert, outre bon vin, une nourriture délectable. Et il me semble de plus que vous vous moquez un peu des conventions ! lui lança-t-il d'un air rieur.

— Mon estomac crie en effet famine. Alors, en route ! lui rétorqua Tiphaine, se hissant avec vigueur sur sa jument, dans un rire franc, satisfaite de ce qu'elle prit à son tour pour un compliment.

L'établissement aux colombages de bois, signalé par une enseigne où était dessiné un tonneau d'or, était bondé à cette heure, mais Amaury y avait salle particulière réservée à l'étage. C'était un lieu qu'il fréquentait très souvent et où il retrouvait ses amis pour deviser de tout et de rien, échanger sur les affaires de la cité et du moment, parler de la vie, refaire le monde à leur façon, lui raconta-t-il d'un ton enjoué. L'aubergiste s'exprimait dans une drôle de langue avec des mots qu'elle ne comprit pas immédiatement. Devant sa mine interrogative, Amaury, amusé, lui expliqua qu'il parlait en bordeluche, une variante du gascon mélangeant mots occitans, landais, espagnols, et d'autres encore plus exotiques, dans cet accent « un peu particulier ».

Le bonhomme était jovial et savait vendre. Ils lui commandèrent un pichet de ce rouge clair léger tant apprécié des Anglais, qui lui avaient donné le nom de « claret » en opposition aux vins sombres de l'Espagne ou du Portugal, un pâté en croûte confectionné avec un poisson de la Garonne nommé lamproie ressemblant à une anguille, des huîtres – elle n'en avait jamais goûté – grâce à Dieu accompagnées de savoureuses saucisses plates qui lui permirent de les avaler ! –, du jambon basque, un ragoût de moules au safran produit dans les environs – un coquillage auquel elle n'avait non plus jamais goûté –, un salmis de perdrix qui se révéla plus rassurant et délicieux.

Les vapeurs du vin lui montaient un peu à la tête déjà quand déboula Bertrand, le meilleur ami d'Amaury. Fils de bourgeois de Bordeaux, le jeune homme, petit et rondouillard, l'antithèse de son ami, s'assit joyeusement avec eux. Vif et aimable, il bombarda Tiphaine de questions sur son domaine de Canterac, les raisons de sa venue à Bordeaux et ce qu'il pensait de leur cité. Elle éluda habilement le deuxième chapitre pour livrer ses premières impressions, et s'enquérir à son tour de son sentiment et de lui. Bertrand avait le projet de devenir médecin. Pour ce faire, il allait quitter Bordeaux et rejoindre la célèbre université de Montpellier, un voyage qu'il avait été contraint de différer avec la survenue de la peste. Un habitant de Bordeaux sur trois était mort, la moitié des habitants de l'Europe. Si les hommes étaient devenus fous, accusant tout le monde, les marchands, les juifs, les apothicaires, les médecins, les progrès de la médecine seraient leur seul salut ! Car la mort noire reviendrait, prédit le jeune homme. Tout comme la guerre entre l'Angleterre et la France qui ne pourrait tolérer pendant des siècles que l'Aquitaine restât anglaise. Que deviendraient alors leur belle cité et ses privilèges de commerce qui avaient fait sa richesse et son rayonnement ?

Amaury partageait les vues de son ami, mais ce dernier y opposait sa foi, sa passion et sa vocation. La médecine sauverait le monde, arguait Bertrand. Amaury lui emboîta le pas : seul le savoir en général ferait avancer l'humanité, la découverte de nouvelles techniques, de nouvelles cultures, l'élargissement des horizons du monde, seraient la clé d'un avenir meilleur.

— Encore faudrait-il que la religion ne s'en mêle, osa Tiphaine. Ne voyez-vous pas comment l'esprit de curiosité reste mal vu. Saint Augustin lui-même n'a-t-il pas dénoncé « les hommes qui s'en vont admirer les cimes des monts, les vagues de la mer, le cours des fleuves, le circuit de l'océan, le mouvement des astres et oublient de rechercher en eux-mêmes ce qu'ils sont » ! Alors que voyager c'est aussi partir à la rencontre des merveilles que Dieu a créées pour les admirer ! Une élévation vers le sublime de la nature comme le défend *a contrario* le poète Pétrarque, s'emballa-t-elle devant les regards médusés des deux jeunes Bordelais.

— Ma chère, je vous rejoins absolument. Saint Augustin est ambigu, il est vrai. N'a-t-il défendu que le monde était un livre et que ceux qui ne voyageaient pas n'en lisaient qu'une page ? Je me réjouis de ce débat. Quelle chance avez-vous, Amaury, d'avoir une amie si clairvoyante et cultivée ! s'enthousiasma le cordial Bertrand. Trinquons à votre bel esprit, à notre jeunesse, à nos espérances ! conclut ce dernier, levant déjà son gobelet devant un Amaury un peu rouge et confus de l'élan de son ami pour Tiphaine.

Ils parlèrent fort longtemps et se quittèrent en fin d'après-midi en se promettant de se retrouver un jour prochain dans l'*oustau* de famille de Bertrand, rue de la Rousselle, ou bien pour une visite de leur bourdieu situé dans l'entre-deux-mers. Quel joyeux moment ! Tiphaine se sentait détendue, prise d'une douce langueur. Alors qu'ils reprenaient leurs montures, Amaury lança d'un air timide :

— Seriez-vous partante pour une surprise ? J'ai un autre lieu à vous montrer...

— Alors en route ! ordonna malicieusement Tiphaine, rejetant ses cheveux en arrière, dans un flot de boucles altier et volontaire.

Ce lieu qu'il lui tenait à cœur de lui faire découvrir était l'entrepôt des Gaillan de Lesparre, situé à proximité du quai de la Grave. Un long bâtiment de pierre monotone ouvert de trois larges portails de bois en arcs armés de ferronneries massives et de chaînes. Amaury en possédait une clé. Munis d'une torche de résine, ils entrèrent dans l'édifice. Une forte odeur la saisit, combinaison entêtante de bois, d'humidité, de salpêtre et de ferment. L'odeur âpre et sucrée du moût de raisin alliée à celle du chêne des barriques sans doute, mais pas seulement. Il y avait là d'autres senteurs indéfinissables, des parfums inédits...

D'abord un gigantesque alignement de tonneaux. Si les vins des propriétaires bordelais partaient vers l'Angleterre, à peine faits, dès les vendanges terminées, et avant que les tempêtes de l'hiver n'empêchent la navigation, il restait là le reliquat de leur production, et surtout celle des vignerons de l'intérieur du pays, Dordogne, Cahors, Béarn, attendant de partir à leur tour, selon la réglementation en vigueur, dans les prochaines semaines de mai et juin à bord des navires anglais qui ramenaient en échange le fameux drap et la laine qui faisaient le fleuron de leur pays, expliqua Amaury.

Après l'espace réservé au vin, une partie de l'entrepôt était quant à elle dédiée à une multitude de marchandises qu'elle n'aurait pas imaginées : tout un amoncellement de caisses, sacs, balles, ballots contenant sel, poisson salé séché, huile de noix et d'olive, fameux pastel venu du haut du pays toulousain, safran local, kyrielle d'épices et autres trésors lointains, même de l'encens et de l'ivoire ! lui précisa-t-il avant de devenir silencieux.

Probablement avait-il entendu les remarques de Tiphaine et voulait-il laisser opérer la magie des lieux…

Cheminant à travers les vastes allées encombrées de l'entrepôt, dans l'obscurité vacillante de la torche, la jeune fille se sentit progressivement emportée, glissant vers d'autres rivages, un peu floue, un peu grisée. Amaury perçut-il ce flottement, ce tremblement ? Il lui prit la main doucement pour guider ses pas dans la pénombre et sur le sol parsemé de gravier. Pour la deuxième fois aujourd'hui, le contact de cette paume large et chaude, délicate et vibrante. Tiphaine se laissa mener… Ils ressortirent au grand jour. Enfin, au presque soir ! Déjà le crépuscule tombait sur la ville et la brume avait envahi les quais. Ils n'avaient pas vu le temps passer. Bientôt il ferait nuit noire. Ils devaient rentrer maintenant, disposa Amaury d'un ton plat, étonnant.

En arrivant à l'*oustau*, à peine entrés dans le vestibule, ils tombèrent sur Mme de Lesparre. Elle leur décocha un bref salut assorti d'un soupir désapprobateur. Était-ce l'heure tardive de leur retour, la tenue d'homme de Tiphaine ou sa seule présence qui indisposaient la harpie ? ragea intérieurement la jeune Périgourdine. Se retournant vers Amaury, elle le remercia encore. Avec vigueur. Trop sans doute. Pour braver inconsciemment la mégère.

— Cette journée fut magnifique, riche en découvertes, en émotions et en partage. Je suis vraiment heureuse d'avoir pu admirer votre belle ville et rencontrer tous vos charmants amis. Un grand merci, mon cher Amaury !

— De rien, Tiphaine. Bonne nuit et à demain ! se contenta-t-il de lui répondre sans la regarder, déjà ailleurs, le buste raidi, semblant empêtré soudain dans son grand corps ou dans le carcan de ses pensées.

Grimpant les escaliers quatre à quatre, elle regagna sa chambre. Sur le balconnet, une rose avait fleuri. Guillemette la chambrière lui avait empli un broc d'eau fraîche, et un autre d'eau chaude et parfumée. Comme elle entreprenait de se dévêtir et de faire sa toilette, il lui sembla distinguer, venant du salon à l'étage inférieur, les éclats d'une discussion où dominait la voix grave de M. de Lesparre s'adressant à son fils dans des inflexions autoritaires qu'elle ne lui avait jusque-là pas entendues. Un échange bref mais virulent qui la laissa pantoise et interrogative. Cette famille était décidément bien complexe, et Amaury, un personnage secret et troublant. Avait-elle rêvé ce sourire enfantin qu'il avait parfois quand il s'enthousiasmait, ce port altier avec lequel il considérait les autres, cet air tantôt supérieur, tantôt timide, cette moue épatée et ravie lorsqu'elle avait osé ses reparties, déballé ses théories, cette main nonchalante qu'il passait dans sa mèche de cheveux lorsqu'il semblait réfléchir ou hésiter, cette même main chaude qui avait saisi la sienne lorsqu'ils se promenaient dans l'entrepôt ? Était-elle bien réelle, cette paume ferme et douce qui avait serré ses doigts tout à l'heure et s'en était allée ? Amaury était une énigme, et son mystère la défiait et la perturbait aussi.

# 5

Trois semaines maintenant qu'elle était à Bordeaux, séjournant dans l'hôtel particulier des Gaillan de Lesparre. Trois semaines au cours desquelles Amaury avait continué de jouer l'hôte dévoué et le cicérone parfait. Il lui avait fait visiter Bordeaux en long, en large et en travers avec la même distance polie. La vénérable basilique Saint-Seurin recelant les sarcophages des saints fondateurs du christianisme et le non moins vénéré cor de Roland, déposé sur l'autel par Charlemagne de retour de Roncevaux avec la dépouille du preux chevalier. L'église et l'abbaye de Sainte-Croix, Saint-Rémi, Saint-Sauveur, Saint-Cristoly, Notre-Dame-de-la-Place, Sainte-Colombe, Saint-Projet, Saint-Éloi, la petite église Sainte-Hélène, le grand chantier de Saint-Michel. La rue Sainte-Catherine, sa chapelle et ses échoppes. La rue Saint-James, passage des pèlerins de Compostelle, et son hôpital du même nom, la mairerie, le tout nouvel hôtel de la Monnaie, la vieille tour où flottait l'étendard anglais avec sa légende du dragon vaincu. Le *gran mercat* de Bordeaux, la rue des Herbes, rue des épiciers, la rue de la Bouquière, celle des bouchers, la halle bien gardée du poisson à l'angle de la rue des Ayres, la rue des Argentiers, celle des Faures, les forgerons et armuriers travaillant le fameux acier du Pays basque, la Carpenteyre, celle des charpentiers et tonneliers, la rue du Loup et ses cabarets, celle de « La Truye qui file » et son auberge. Et même les coins plus mal famés de la rue de Londres et du palais Galien délabré, véritable cour des miracles ! Il ne lui restait plus qu'à lui faire découvrir la ville et ses vignobles hors les murs, vers le nord et ses paluds, et notamment à l'emmener au domaine où les Lesparre avaient leur château et leurs chais pour quelques jours. Amaury avait prévu cela pour après-demain...

Trois semaines déjà qu'elle était là. Elle commençait à connaître la ville comme sa poche. Pour l'arpenter à cheval, elle renonçait de plus en plus souvent à sa tenue de cavalier pour ne pas attiser l'indignation et les critiques de Mme de Lesparre. Avec une joie patente, Amaury lui avait présenté tous ses amis ou presque : Bertrand, sa sœur Auriane qui allait bientôt convoler en nobles noces, Gailhard le jeune comte de Fronsac, aussi laid qu'il était drôle, Aëlis sa cousine par la branche des Grassies, avec qui elle s'était liée, Maieul le fils du meilleur faiseur d'épées de la ville – ses chefs-d'œuvre valaient le prix d'une barrique de vin et sa réputation allait jusqu'à Londres –, Paulin l'apothicaire rêveur, Michel appartenant à la célèbre famille des Montferrand qui avait fait plusieurs maires et avait lui une passion pour les chiffres, Guilhem qui étudiait au séminaire, Jehan de Gaujac le timide, Pierre Ayquem l'exubérant érudit, Grimon Gallan l'inventeur de machines, Colin Makanan l'intrépide fils de marchand écossais devenu jurat de Bordeaux. Une bande hétéroclite et attachante venue d'horizons divers, nobles et bourgeois partageant une aisance certaine et un investissement dans les affaires de la cité. Un nouveau monde en soi, urbain, plus divers, plus ouvert, moins figé que celui auquel elle était accoutumée dans sa campagne de Périgord, un univers où les barrières de rang s'estompaient, s'entremêlant par le jeu des affaires, des alliances et des mariages. De nouvelles têtes aimables et bien faites qui l'avaient accueillie avec simplicité et bienveillance, et sans sous-entendus, et avec lesquelles elle s'était sentie bien et en affinité.

Ainsi, en leur compagnie ou sans elle, Amaury et Tiphaine

avaient discuté abondamment, ri assez, refait le monde souventes fois, échangé leurs visions parfois et s'étaient livrés un peu. Cependant, rien ne s'était passé entre eux. Pas un mot. Pas un geste. À peine quelques furtifs rapprochements. Rien d'aussi flagrant que le soir dans l'entrepôt : c'est donc dire ! Juste de brefs instants où Amaury s'était détendu, pour ainsi dire laissé aller, après lesquels il s'était de nouveau assombri, éloigné, égaré en lui-même. Comme une sorte de mouvement de balancier aussi inévitable que celui de la lune et du soleil, songeait Tiphaine, de plus en plus décontenancée par sa personnalité. C'était sans doute une force supérieure inéluctable qui l'accaparait, s'emparait de lui à son insu et l'aimantait vers les contrées sombres de son être, supposait-elle. Mais après tous ces jours, elle en avait désormais assez de s'interroger, de conjecturer, de chercher des explications et des excuses : de le défendre en somme !

De manière moins rationnelle, épidermique presque, il commençait d'ailleurs à l'exaspérer terriblement avec son humeur changeante, imprévisible, ses allers et retours permanents entre gaieté et morosité, entrain, éloignement, chaleur, froideur. Elle voyait avec une clarté de plus en plus nette sa personnalité de garçon trop compliqué, trop « torturé », qui feignait d'ignorer la réalité de la situation. Car c'était surtout sa présence à elle dans la demeure des Lesparre qui commençait à outrepasser les règles de l'hospitalité et de la bienséance. Lors d'un après-midi chez elle à deviser, Aëlis de Grassies lui avait d'ailleurs laissé entendre, à mots couverts, qu'elle devait faire attention à sa réputation, que les raisons de son trop long séjour pouvaient paraître bizarres, voire suspectes ; du coup elle l'avait invitée à venir loger dans sa demeure plutôt que dans l'hôtel des Lesparre. Et de cela, bien sûr, Amaury ne disait rien, ni ne s'inquiétait ! Était-il trop centré sur lui-même pour se préoccuper d'elle ? Ce silence avait de quoi la contrarier.

Que faisait en effet cette noble jeune fille dans la maison de ces riches patriciens bordelais, aux côtés de leur fils célibataire, un beau parti en âge de se marier, seule, sans chaperon ni servante ?

Oui, que faisait-elle précisément ?...

Elle avait eu à subir l'indifférence caractérisée de M. de Lesparre, qui feignait maintenant de totalement l'ignorer. Une négation glacée, emplie de mépris, attitude d'une violence inouïe à laquelle elle préférait encore peut-être l'attention aiguë et aiguisée, clairement hostile, de Mme de Lesparre, toujours prompte à lui tirer ses sagettes empoisonnées. La mère d'Amaury ne ratait pas une occasion de lui montrer qu'elle n'était pas la bienvenue. De cela, Amaury ne pouvait pas ne pas se rendre compte. Or il n'avait jamais tenté de la défendre en opposant le moindre mot à sa mère... À peine osait-il de temps à autre détourner la discussion... Cela jusqu'à ce soir... Au cours du dîner, Amélie de Lesparre avait sans ambages « mis les pieds dans le plat » : au détour de la conversation, elle lui avait demandé quand elle comptait s'en retourner chez elle, dans son « castel de Périgord », expression emplie de dédain perfide, rompant sans vergogne avec les usages élémentaires de la courtoisie.

Tiphaine avait cru défaillir, se fendre en deux. D'abord interdite, elle avait cherché le regard d'Amaury. En vain : elle n'y avait rien trouvé qu'un vide, une esquive. Amaury était resté mutique. Était-il vraiment absent ou profondément embarrassé ? Ou tout bonnement un lâche, un petit couard sans envergure devant sa gaupe de mère ! Tiphaine avait réussi crânement à bredouiller :

— J'ai encore plusieurs choses à voir. Votre cité recèle tant de trésors... Je ne saurais cependant abuser de votre accueil, madame. Mlle de Grassies m'a proposé de me recevoir chez elle, ainsi que Bertrand Bordes. Il souhaite m'accueillir dans la demeure de sa famille, qui est toute proche et assez vaste, à ce que l'on dit...

— Mais non ! Vous pouvez rester, mon petit... Enfin, comme

vous voudrez..., avait répondu l'odieuse femme avec un geste de la main désinvolte, détestable.

Ainsi Tiphaine, qui se sentait de plus en plus seule au fil des jours, s'était couchée ce soir avec un sentiment proche du désespoir, l'impression de se retrouver désormais solitaire et peut-être perdue... La réalité était brutale et elle ne pouvait se voiler la face : sa vie et sa réputation étaient au bord d'un précipice, et d'une telle falaise, on ne réchappait pas. Que devait-elle faire ? Quitter la demeure des Lesparre ? S'en aller... Mais où ? Elle se trouvait au pied du mur. Et ce dernier était celui d'une citadelle : une forteresse bien plus haute et infranchissable que les murailles de Canterac. Ah, Canterac ! Une lame se planta dans son cœur au souvenir du château de son enfance, à ces douces images de son passé révolu, aux visages aimants de sa famille, de ses amis, de ses serviteurs. Tout ce petit monde familier, sans danger et rempli d'amour. Qu'avait-elle fait en le quittant ?

Elle pleura longuement. Puis, vidée de son chagrin, elle releva la tête, rejetant sa crinière en arrière pour aérer ses idées et mieux penser. Penser droit, pragmatique, efficace. Avait-elle accompli tout ce chemin jusqu'à Bordeaux pour s'en retourner maintenant chez elle, affronter la colère de son père et se résigner à ce mariage forcé ? Ce serait un enterrement. Chaque jour la sensation d'une nouvelle pelletée de terre jetée sur elle qui l'ensevelirait vivante... Devait-elle à tout le moins se résoudre à trouver mari ici ? Épouser quelque bourgeois honorable qui serait attiré par sa jeunesse et sa noblesse ? Aisé... Mais la même chose, au fond... Lui fallait-il gagner quelque couvent et se faire nonne ? Cette perspective lui semblait une prison, pire encore que les deux premières options...

Devait-elle au contraire avoir le cran de tenter une vie d'aventure ? Mais possédait-elle suffisamment de force ?... Elle pouvait convaincre Bertrand de partir avec lui à Montpellier pour étudier et trouver là-bas un moyen de subsistance ? L'argent, problème crucial ! Son pécule n'était pas illimité. Elle ne savait rien faire... Devenir copiste ? Vendre ses dessins ? Hasardeux, elle était une femme... Quelle crédibilité aurait-elle ? Pourvu qu'elle n'en fût jamais réduite à vendre son corps et à devenir l'une de ces ribaudes errant dans les rues et sur les chemins, des esclaves, des moins-que-rien... Elle frémit. Elle préférait mourir. Proposer son instruction, sa maîtrise de l'écriture à quelque marchand bordelais ? S'engager à bord d'un navire anglais ? Se transformer en homme pour faciliter les choses et acquérir la liberté ? Ou assumer d'être une femme seule, indépendante, et se mettre ainsi au ban de la société ? Les questions tournaient dans sa tête, dans une affreuse mélodie sans réponses. « Ne pas réfléchir, avancer » : elle s'accrochait désespérément au précepte d'Aubin.

Sa nuit fut brève et peuplée de lourds et tortueux cauchemars. Après un réveil pénible, elle erra toute la journée, traînant de sa chambre au jardin. Ce merveilleux et embaumant jardin des Gaillan de Lesparre empli de buis, de lauriers, de sauge, d'aubépine, de roses et de pivoines venues de Chine lui procurait un certain apaisement. Assise sur le banc de pierre au bord du bassin, elle s'absorba dans le spectacle d'une abeille butinant du serpolet en fleur. Elle aurait bien voulu être cet insecte léger, flottant et sans conscience. Se gorger du nectar odorant d'une fleur, s'en enivrer jusqu'à plus faim, plus soif, et s'évanouir dans une brise légère et les poussières d'un chaud soleil irrésistible. La voix modulée d'Amaury la tira subitement de ses songes.

— Que diriez-vous, Tiphaine, d'une promenade sur les rives de la Garonne ? Au couchant, la lumière y est magnifique... Vous devez voir ça !

— Oui, Amaury, avant de partir..., murmura-t-elle sourdement, sans qu'il pût l'entendre.

Puis à voix haute, se levant du banc où elle s'était alanguie, selon la formule consacrée entre eux, elle proclama :

— Alors en route, mon cher ami !

Ils déambulaient à présent à pied, sur les quais. Déjà l'astre avait disparu vers l'est, caché par les édifices de la cité, mais il irradiait dans le ciel pur, à peine voilé de quelques nuées légères, vaporeuses, ses rougeoiements délicats, traînées roses, mauves, dorées, orange, illuminant d'un côté les pierres de la ville de lueurs chaudes, et se reflétant de l'autre dans les eaux du fleuve aux tonalités de caramel changeantes et profondes, dans un tableau extraordinaire. Happés par la magie du paysage enluminé par le couchant, ils marchaient côte à côte, distants et silencieux. Amaury vêtu comme à l'accoutumée avec cette sobriété qui le caractérisait : ses hauts-de-chausses bruns, ses grandes bottes de cuir marron, une chemise de lin blanc sous sa cape de drap de laine noir, une large ceinture ajustée portant son épée. Pas d'ornements, pas de fioritures, pas de couvre-chef non plus. Comme à son habitude, il préférait laisser flotter ses épais cheveux bruns au gré du vent. Cela donnait un air un peu moins sage à son allure dépouillée, un rien austère.

Tiphaine n'avait pas besoin de le regarder pour le voir. Elle connaissait cette élégance singulière et rare qui l'avait d'emblée attirée. Elle l'imaginait cheminant avec cet air pénétré, habité et lointain, toujours inaccessible, qui continuait de l'interpeller et de l'aimanter malgré elle et les exhortations de sa raison. Elle tentait de chasser la vague de désolation qui l'avait inondée depuis la veille au soir, mais elle avait envie de pleurer de nouveau. Était-ce la beauté envoûtante du spectacle alentour ? La nostalgie troublante, toujours un peu déchirante, procurée par le crépuscule, synonyme de fin ? L'annonce d'un lendemain nouveau pétri d'incertitudes ? La peur de l'inconnu qui l'envahissait ? Le désespoir qui la désagrégeait ? Une rage qui sourdait en elle ? Tout cela sans doute...

Tout à coup, le pas d'Amaury se figea. Il se retourna pour lui faire face, passa une main dans ses cheveux et ouvrit la bouche :

— Tiphaine, je vous propose de m'épouser.

Avait-elle bien entendu ? Un pavé dans la mare. Elle se répéta les mots intérieurement : c'était en effet une demande en mariage claire et nette ! Mais le ton n'y était pas du tout. Ni la gestuelle, ni le regard ! Pas un élan, pas un éclair de tendresse, pas un sourire dans cette annonce froide, formelle, sérieuse. Pire encore que celle d'un héraut qui devait au moins susciter l'attention d'un vaste auditoire : une formule de politesse dénuée de chaleur et de sentiment ! Un énoncé glaçant. Cruel. Monstrueux.

D'abord terrassée, interdite, muette, Tiphaine sentait monter en elle l'humiliation tôt suivie par la colère. Le flot de son ressentiment se déversa soudain avec toute la fureur dont elle était capable, parfois :

— Vous vous moquez, Amaury ? Vous vous sentez obligé de m'épouser pour sauver mon honneur ? C'est fort aimable à vous et chevaleresque ! Mais je n'ai pas besoin de votre pitié. Mettez-vous-la où je pense ! Pour qui me prenez-vous ? Je ne me marierai pas par convention et obligation, mais par amour, un jour peut-être, ou pas... Surtout pas dans un environnement qui m'est hostile ! Il est clair que vos parents me détestent... Quant à vous, Amaury...

Elle s'interrompit subitement. Elle réalisa soudain, et juste à temps, qu'elle ne devait pas aller plus loin et prononcer l'imprononçable. Elle sentait bien qu'elle y était allée un peu fort. Elle devait avoir l'air d'une folle, les joues rougies, les yeux humides, exorbités, dardant leurs flèches. Elle regrettait d'être ainsi sortie de ses gonds. Un défaut qu'on lui avait souvent reproché. Trop impétueuse. Trop intraitable. « Jamais tu ne trouveras à te marier ! » l'avait un jour admonestée son père.

De fait, devant l'assaut de Tiphaine, Amaury n'avait rien répondu. Il avait baissé le front et semblait s'être recroquevillé sur lui-même. Dans un silence pesant, ils reprirent leur marche. Des minutes passèrent. Chargées. Interminables. Comment allaient-ils pouvoir renouer le fil de leur conversation et même de leur relation ? s'interrogeait Tiphaine, anéantie. En même temps, Amaury l'avait un peu cherché. Pour qui se prenait-il, celui-là ? Pour l'auguste sauveur d'une petite campagnarde ? Ah, le preux chevalier de salon ! Quel fat ! Quel sans cœur ! Quel imbécile !

Mais si c'était elle la stupide ?...

Si elle avait dit oui, son avenir à cet instant aurait été assuré, et dans des conditions plus que favorables. Épouser Amaury Gaillan de Lesparre : toutes les jeunes filles en rêvaient – elle l'avait elle-même constaté de ses propres yeux... C'est sûr qu'il était mille fois mieux que le vieux baron de Jemaye auquel son père voulait la marier. Que lui avait-il donc pris de repousser un si beau parti et un si séduisant jeune homme ? Elle s'était sabotée ! N'était-elle pas elle-même bien prétentieuse ? Et n'en demandait-elle pas trop à la vie ? Le regret en elle passa cependant à la vitesse d'un éclair : non, elle ne pouvait aller contre sa nature et devait assumer ses décisions, quelles qu'elles fussent. « Ne jamais se renier », lui avait aussi enseigné son père, l'indomptable baron.

Alors qu'ils arrivaient au quai des Salinières, la silhouette d'une caraque énorme se dessina dans le lointain assombri, découpant ses trois mâts, son château et ses voiles sur l'horizon pourpre. La nef majestueuse glissait sur le fleuve tumultueux avec un mélange de force et de grâce, et semblait apporter un courant d'air océanique : le vent du grand large ? D'un geste ample désignant l'horizon, Amaury rompit l'étouffant silence :

— Cette nef n'est pas anglaise. Portugaise, ou bien génoise, ou encore vénitienne... Regardez comme elle est belle ! Puissante ici et, pourtant, comme elle doit être fragile dans l'immensité marine... Quelle poésie que ces grands voiliers traversant mers et océans, accostant des contrées inconnues, des terres nouvelles, étrangères ! Imaginez l'expérience folle de ces marins ! La précarité de leurs existences, leur courage, la richesse de leurs vies, leur liberté…, s'enflamma le jeune Bordelais avec un enthousiasme ardent, sans retenue, qu'elle ne lui avait jamais entendu.

Faisait-il diversion ? Ah ! l'incompréhensible, l'impossible, le lâche ! Comme d'habitude, Tiphaine ne réfléchit pas. Du tac au tac, les yeux fichés dans les siens, brillant d'un feu rageur, elle lança sa sagette enflammée :

— Alors en route ! Partons ! Oui, partons ensemble, Amaury, pour ces rivages lointains qui semblent tant vous inspirer ! Arrêtez de rêver ! Agissez !

— Vous feriez cela ? la défia à son tour le jeune Bordelais, soutenant pour une fois son regard avec une intensité glacée.

Puis comme elle ne répondait pas et continuait de le fixer, il lâcha d'un ton trop badin pour ne pas être clairement provocateur :

— Alors soit ! Partons ! Moi, je suis d'accord.

— Et moi, je suis votre homme… à défaut de devenir votre femme ! riposta-t-elle.

La plaisanterie cinglante, mais clairement réussie, déclencha le rire imprévu d'Amaury, et le sien du coup, médusé. Déjà, ce dernier lui présentait sa paume : marché conclu !

Leur conversation reprit, factuelle, précise, nourrie. Ils partiraient dès qu'ils le pourraient, à l'insu de tous ou presque, surtout de ses parents, disposa Amaury. Il ne fallait pas ébruiter le projet et le partager avec le minimum de personnes, juste leurs plus indéfectibles amis. Sûrement pas utiliser les relations des Gaillan de Lesparre et s'embarquer à bord d'un des navires marchands qui leur appartenaient ou avec lesquels ils étaient en affaires. Mais il avait lui-même des relations sûres et des contacts solides dans le port parmi les armateurs et les capitaines, lui assura-t-il avec une détermination joyeuse. De fait, son visage s'était soudain transfiguré, son regard sombre illuminé et son grand corps déplié, épanoui dans l'espace. Il n'était plus le même. Et cette fois, encore un autre, différent de l'Amaury qu'elle avait connu ! Combien de personnes dans cet obscur garçon ?

Mais peu importait à Tiphaine en cet instant les raisons de cette métamorphose et l'étrangeté intrinsèque du jeune Bordelais. L'essentiel était qu'il avait accepté son idée, son défi, et que demain ils partissent ! Ainsi avait-elle désormais un but, un projet, à défaut d'un avenir bien assuré ! réussit-elle à plaisanter en son for intérieur. Un souffle de fierté regonfla la poitrine de la jeune Périgourdine alors qu'elle considérait son nouveau compagnon de voyage, radieux, rayonnant. Pour sûr, elle n'était pas au bout de ses surprises avec lui…

De retour dans la demeure de la rue Neuve et dans ses appartements, sa raison totalement revenue, elle tenta d'interroger Guillemette, sa chambrière.

— Guillemette, depuis combien de temps es-tu au service des Gaillan de Lesparre ? lui demanda-t-elle l'air de rien, au seuil de sa porte.

— Depuis toujours, mademoiselle ! Je suis pour ainsi dire née ici. Ma mère était déjà servante… Mais, hélas, la grande peste l'a emportée, lui livra la jeune fille, retenant avec peine ses sanglots.

— Oh ! Je suis désolée, ma chère Guillemette… Tu sais, ma maman elle aussi est partie lorsque j'étais encore enfant… Une maladie foudroyante qui m'a laissée désespérée… Je comprends et partage ton chagrin…, balbutia Tiphaine, profondément touchée.

— Faut se dire qu'elles sont mieux là où elles sont et qu'elles doivent toutes les deux veiller sur nous de là-haut… Elles en savent, des choses…, enchaîna la jolie blondinette, fine mouche, le regard égayé d'un éclair évocateur.

— Ah bon ? Et tu crois qu'elles nous éclaireraient sur quoi ? Les mystères de cette maison, par exemple ? lui suggéra malicieusement Tiphaine.

— Pour sûr ! Car il y en a… Et moi, je peux vous assurer

qu'elles vous diraient justement de vous méfier, lui souffla celle-ci à voix basse.

— Ah bon ?

— S'il vous plaît, ne m'en demandez pas davantage, mademoiselle. S'ils savaient que je vous parle, ils me renverraient sur-le-champ, l'implora la jeune fille, soudain effarouchée.

— Oh oui, bien sûr, pardon, Guillemette ! Merci de ce conseil et d'être si prévenante avec moi.

— À votre service, mademoiselle Tiphaine. Je vous aime bien, vous savez... Je sens que votre vie n'a pas toujours été facile... C'est pour ça que je vous dis de faire attention à vous.

— Toi aussi, Guillemette, prends soin de toi ! Crois-moi, je ne t'oublierai jamais...

— Oh ! merci, mademoiselle Tiphaine ! Pareillement...

La jeune servante s'était éclipsée soudain, tout émue et un peu rouge. Tiphaine en avait-elle trop dit, laissant échapper ce « jamais », ébauche d'adieu et donc de départ ? En tout cas, avec sa spontanéité, sa bienveillance malicieuse, la sagace et accorte Guillemette avait corroboré ses doutes. Du coup, elle s'en voulait de ne pas avoir questionné davantage Aëlis. Elle aurait dû la pousser dans ses retranchements. La cousine d'Amaury bien sûr savait tout, ou presque, des secrets de famille des Gaillan de Lesparre. Mais Tiphaine n'avait pas osé lui soutirer des confidences par bienséance, par courtoisie... Par pudeur aussi : elle ne voulait pas lui montrer son intérêt pour Amaury, qui n'était manifestement pas réciproque. Quelle stupide fierté !

Restait que maintenant ils étaient engagés tous deux d'une tout autre et imprévue manière ! Et ce voyage, leur secret, la faisait frémir, tantôt d'effroi, tantôt d'excitation. « Ne pas se retourner. Avancer ! » Qu'aurait pensé Aubin, son intrépide, indocile et brillant cousin, en la voyant aujourd'hui prête à s'embarquer pour un long et lointain périple, et à tirer un trait sur son passé ? Elle aurait payé cher pour avoir son avis et pouvoir parler avec lui. L'aurait-il encouragée ou dissuadée, lui qui la comprenait si bien ? Elle devait se résoudre à ne le savoir jamais. Le temps des « plus jamais » était-il advenu ? Un vertige à double tranchant : était-elle en train de jouer sa vie à pile ou face ?

En moins d'une semaine, pris d'une frénésie joyeuse, Amaury avait quant à lui tout organisé. Par l'entremise de Colin Makanan bien implanté dans le port et jusqu'à Londres, Marseille et même Valence, il était entré en relation avec le capitaine d'une nef vénitienne qui devait s'en repartir vers la république de Venise, ses cales chargées de vins du Bordelais, de tissus d'Angleterre, de pastel de Garonne, qu'il prévoyait de compléter par diverses autres marchandises sur les étapes de son retour – vins du Portugal, huile d'olive, amandes, céramiques de Majorque, oranges et vins de Sicile... Ils embarqueraient mercredi prochain, jour de Mercure, dieu du commerce, des voleurs et des voyages, et surtout, par beau temps !

Les Gaillan de Lesparre ne se doutaient de rien. Amaury et Tiphaine jouaient une parfaite comédie, et n'avaient rien laissé paraître des préparatifs du grand voyage qui les occupaient et de ce dessein enivrant, et un peu effrayant aussi, qui les portait. Il fallait avouer également que Tiphaine était assez satisfaite de jouer un mauvais tour à ces sales gens. En cela, elle se sentait parfois un peu honteuse. Enfin, juste le temps d'un bref instant : Amaury quittait ses parents comme elle avait pareillement laissé les siens. Ce n'était après tout que le juste rendu des choses et le cours d'une existence auquel ils imprimaient désormais leur propre impulsion. Ils prenaient en main leur destin, se lançaient dans une aventure unique, exaltante qui allait transformer leurs vies trop tracées, trop étroites, trop ternes, voire sombres... Bien sûr, ils avaient un peu peur. Ils se l'étaient avoué, un soir, sans s'appesantir. Mais cette peur les faisait se sentir si vivants qu'ils en balayaient tous leurs doutes. Ils vivaient des heures fiévreuses et jubilatoires.

Ils firent leurs adieux à Bertrand, Auriane, Gailhard, Aëlis, Maïeul, Michel, Paulin, Jehan, Grimon, Guilhem, Pierre et Colin au cours d'une soirée riche en effusions et en levées de coude, au *Tonneau d'or* bien sûr. Tiphaine confia aux bons soins d'Aëlis une lettre à transmettre à sa sœur. Elle lui annonçait avec le plus grand naturel entreprendre un voyage prochain en bateau jusqu'à Venise pour le compte des Gaillan de Lesparre, en compagnie d'Amaury. Elle ne voulait pas l'inquiéter. Juste les prévenir, tous, à Canterac. Les rassurer en les faisant rêver un peu tout de même !

Dans le cercle de leurs amis, chacun y alla de son cadeau porte-chance : qui une amulette, un onguent, un bijou précieux, un remède, un poignard, un livre, une bible, une boussole, une lettre de recommandation pour un notable lisboète, une autre pour un riche marchand de Venise, des pièces d'or, une bouteille de vieux marc au cas où… ils auraient le mal de mer… Façon de ne pas évoquer le regret du pays ! Ils se quittèrent les yeux embués en se disant *a bétlhéu* car ils ne voulaient pas se dire *adioù*. Ils se reverraient, c'était certain !

— À bientôt, les amis ! Que les bons vents vous portent ! Ramenez-nous des souvenirs en pagaille et de belles histoires à nous conter pour illuminer nos soirées !

— Et vous, préparez-nous une belle fête de retour ! En attendant, soyez sages… mais pas trop ! Prenez tous soin de vous…

Tiphaine n'oublia pas Guillemette. Avant de partir, elle déposa sur le secrétaire, dans un paquet soigneusement fermé, un bracelet d'or fin lui venant de sa mère, entouré d'un portrait de la jeune servante qu'elle avait dessiné et signé d'un petit mot : « Pour Guillemette. En souvenir de moi et de nos chères mamans. » Celle-ci découvrirait son cadeau au matin de leur départ, en rentrant dans la chambre pour y faire le ménage…

# 6

Ils partirent aux premières lueurs du jour. Ils étaient montés à bord du navire au cœur de la nuit, profitant du sommeil régnant dans la maisonnée des Gaillan de Lesparre pour s'esquiver, tendus, fébriles, le geste précis, économe, prudent, le cœur battant et la boule au ventre… Et voilà, c'était fait : le capitaine venait d'ordonner à son équipage de larguer les amarres ! Dans la brume de ce petit matin encore baigné par la pénombre, ils filaient toutes voiles dehors sur les eaux ocre du fleuve. Un fleuve ? Non, une « mer » disaient les gens d'ici, subissant lui-même le rythme des marées, la force obscure des courants, les turbulences des confluences, les entrées brutales de l'eau salée – le rare et impressionnant mascaret. Alors que la caraque vénitienne commençait à prendre de la vitesse, Tiphaine comprenait ce qu'ils voulaient dire : l'atmosphère n'était plus la même et fleurait déjà l'air marin, dans un avant-goût d'ailleurs.

Ce matin, le large fleuve était tranquille, fluide ruban les guidant vers l'estuaire. « Beau temps ! » avait prévu le capitaine, marin bourru et chevronné aux traits asséchés par le soleil et par le vent, qui les avait accueillis avec avarice de mots. Ils venaient de dépasser le croissant du port de la Lune, ce doux méandre, leur cocon, et laissaient la cité derrière eux. Ils entraient dans un paysage de plateaux et de douces collines envahis par la vigne reine, s'affaissant vers les eaux en basses plaines emplies de graves et en paluds, égrené d'un chapelet de petits débarcadères et de villages riants autour de leurs fiers clochers et leurs crânes châteaux.

Debout à la proue du navire, Tiphaine profitait de cette perspective où la nature s'alliait à la présence laborieuse de l'homme dans une parfaite harmonie. Comme elle se plaisait à le faire et possédait un certain talent pour y parvenir, elle avait décidé de ne pas penser, de ne pas réfléchir. Juste profiter de ce temps unique du départ, de la caresse de la brise sur son visage, des jeux de l'eau dans le sillage du bateau, de la combinaison des remous et de l'écume, de ses reflets iridescents. Elle s'absorbait dans la contemplation de ce spectacle inédit et prenant, et semblait s'y diluer imperceptiblement. Le soleil se leva enfin, incendiant le ciel de flammes d'or mauve. Elle pensa au vers d'Homère : « De son berceau de brume à peine avait paru l'Aurore aux doigts de rose »... Son odyssée à elle serait-elle aussi chargée de péripéties et de périls que celle d'Ulysse ? Elle frémit, un instant.

Déjà l'estuaire s'élargissait et la Dordogne les rejoignait à droite. Elle réalisa tout à coup dans sa chair que c'était sa terre, son Périgord natal, qu'elle abandonnait à l'est. Un terrible coup de poignard lui déchira les entrailles. Un vertige. Un déchirement. Brutal. Féroce. Insupportable. Elle comprit alors avec une affreuse clarté qu'il ne servait à rien de prévoir, de calculer, d'anticiper ses émotions. Inutile et vain de tenter de les imaginer, de les pressentir, de les contrôler : les expériences, il fallait les vivre avec leur lot d'erreurs et de réussites ! Leur cours était imprévisible comme les vents, comme les mers. Il convenait seulement de s'y adapter. La peur n'empêchait pas le danger. Et dans cette douleur vive qui la transperçait, au moins elle se sentait vivante. Terriblement vivante.

Progressivement, les îles et les bancs de sable apparurent, annonçant l'embouchure de la Gironde, la pointe de la Grave et Cordouan. Le vieux capitaine avait repris le gouvernail des mains de son second, portant son regard affûté sur les hauts-fonds qui, à cet endroit, se multipliaient et pouvaient faire échouer son navire. Il fallait trouver la bonne passe pour accéder à l'océan... Puis, soudain, ce dernier surgit. Pas besoin de l'annoncer, ni de le connaître ! Tout le monde savait que c'était lui. Un monstre fascinant et effrayant à la fois. Une masse impensable. Compacte et liquide tout ensemble. Fluide, enveloppante et inquiétante. Une couleur profonde, indéfinissable mixtion de gris, de bleu, de bistre. Une odeur sans pareille : puissante et fraîche, organique et végétale. Enivrante association. Et puis un souffle. Froid, piquant, autoritaire, impérieux. Et enfin, et surtout, un horizon. Quel horizon ! Tiphaine n'en avait jamais vu d'aussi vaste : illimité, magistral, souverain, ouvrant sur l'infinité sublime des eaux. Un bout du monde ! Là se situait le vrai début de leur voyage, jaugea-t-elle dans un frisson de tout son corps. Le vent se leva de face, faisant hésiter le navire. Puis la grand-voile carrée se gonfla. Et l'embarcation au ventre rond s'engagea résolument sur les vagues, virant au sud.

Exaltée, Tiphaine se retourna pour trouver le regard d'Amaury. Après ces heures de navigation silencieuses et solitaires, presque recueillies, elle avait envie de partager ce moment exceptionnel avec lui. Ils ne s'étaient pratiquement pas parlé depuis leur départ de la maison. Ils avaient échangé le minimum de mots, le nécessaire, pris par l'enchaînement rapide des événements, et l'émotion aussi. Le jeune homme se tenait loin derrière, vers la poupe, à bâbord. Accoudé au bastingage, sa haute et fière silhouette doucement recourbée, sa tignasse brune emmêlée par la brise de mer, il semblait contempler la côte qui disparaissait peu à peu et n'était plus, dans ce milieu d'après-midi, qu'une ligne vert sombre de plus en plus floue... Qu'exprimaient à cet instant son beau visage trop souvent impénétrable et ce regard brun profond, énigmatique et attirant ?

Tiphaine choisit de le rejoindre : une envie brutale et impérieuse d'en avoir le cœur net, de comprendre, de ressentir aussi sa présence à ses côtés. Sans doute le jeune Bordelais était-il en proie à la tristesse d'avoir quitté les siens et pris la fuite ainsi, sans un mot, sans un adieu pour ses parents. Regrettait-il ? Doutait-il ?

— Amaury, comment allez-vous ? Je crois que tous les départs sont déchirants... L'océan, l'aviez-vous déjà connu ? C'est si grandiose... intimidant... Mais je suis heureuse de vivre cela..., hasarda-t-elle pêle-mêle, un peu confuse, malhabile, en avançant une main timide vers son épaule.

Pour toute réponse, il leva les yeux vers elle : un regard sombre empli d'une sorte de désolation belliqueuse.

— Oui... c'est magnifique... sans doute..., marmonna-t-il avant de lui tourner le dos, ses yeux rivés de nouveau vers le lointain.

Quelle réaction insensée ! Tiphaine pouvait comprendre qu'Amaury fût en proie à la peine, au chagrin, à la nostalgie, à la culpabilité. Mais pourquoi une telle souffrance exprimée par tout son être, un tel vide, une telle violence crevant son regard ? Hier encore, il semblait si joyeux, content et impatient de ce départ. Radieux même ! La perspective de leur voyage paraissait l'avoir libéré, allégé du poids d'un obscur et indicible fardeau. Pourquoi ce revirement aujourd'hui ? Pourquoi aussi cette agressivité soudaine à son endroit ? Qu'avait-elle fait à part lui demander de ses nouvelles, tenter de partager avec lui ses impressions, son enthousiasme franc et spontané ? Hier ils étaient portés par le projet de ce voyage, leur aventure commune qu'ils avaient décidée, organisée, rêvée. Enviés et soutenus par le cercle de leurs amis. Si proches... Liés par leur secret. Une intimité nouvelle. Si douce. Prometteuse...

Et aujourd'hui, il entachait ce moment unique du départ par une mauvaise humeur outrageuse, injustifiée, détestable ! Il aurait pu lui aussi s'enquérir d'elle comme elle avait tenté de le faire... Quel égoïste ! Quel enfant gâté ! Morbleu, il allait être un sacré compagnon de voyage ! Comment avait-elle même imaginé que quelque chose pourrait se passer entre eux ? Qu'il reste seul avec ses affres ! résolut-elle, ulcérée. Après tout, elle était seule et ne pouvait compter que sur elle-même. Seule dans l'immensité bleue de l'océan… Qu'Amaury aille au diable ! En attendant, elle devait en savoir davantage sur cet élément inconnu et sauvage qui l'hypnotisait et l'inquiétait tout à la fois. *Profiter… Et apprendre…*

Elle décida d'aller parler au second d'équipage, un jeune homme à l'air avenant et volubile, qui paraissait maîtriser un peu mieux le français que le taiseux capitaine, afin d'en connaître un peu plus sur les lois de la mer et de la navigation. Il semblait un joyeux drille, une sorte de farfadet sautillant et plaisant. De taille moyenne, coiffé d'une tignasse blonde aux reflets roux, il parlait abondamment depuis qu'ils avaient embarqué, distribuant ordres, consignes et aussi ce qui avait l'air de blagues, haut et fort, riant, joignant au tourbillon de ses paroles celui de ses mains expressives. Il avait accueilli Tiphaine ce matin d'un œil fort intrigué.

Comme elle se dirigeait vers lui d'un pas encore hésitant, inaccoutumé aux mouvements du bateau, il l'apostropha avec malice :

— *Allora, signorina, como estai* [1] *? Prima volta… intendo…* Je veux dire, première fois que vous naviguez *sul mare ? Me chiamo Angelo*[2]… Angelo Barbani, pour vous servir… *Signorina…* ?

— Tiphaine de Canterac, répliqua-t-elle avec hauteur et fermeté, pour couper court au ton un peu audacieux du dénommé Angelo. C'est en effet la première fois que je m'embarque sur la mer. J'imagine que cela se voit ! M'enseigneriez-vous ainsi diverses choses ? enchaîna-t-elle avec plus de chaleur.

1. Alors, mademoiselle, comment allez-vous ?

2. Je m'appelle Angelo.

— *Con molto piacere*[1] *! Una volta de la nave,* je veux dire, un petit tour de ce navire pour commencer ? proposa tout de suite le jeune marin, ravi, tout en esquissant une révérence, la main portée sur le cœur, ce qui eut le pouvoir instantané de ramener le sourire sur le visage de la jeune Périgourdine.

Comme ce garçon semblait distrayant, léger, agréable ! Ça la changerait de l'autre rabat-joie morose et tourmenté, disposa-t-elle intérieurement. Elle s'en réjouissait. Déjà elle dressait la liste de toutes les questions qui se pressaient dans son esprit, et elles étaient nombreuses.

Angelo entreprit donc de lui faire faire la visite de son navire. Il se présenta, d'abord : il n'était que le deuxième maître à bord derrière le capitaine, Christos Marinakis, originaire de Grèce comme nombre de marins employés à Venise. Lui, Angelo, était le fils d'une vieille famille vénitienne de marchands. Il était là pour apprendre, étudier, se perfectionner afin de devenir un jour capitaine à son tour, dans l'entreprise de son père. Il commença par lui expliquer la différence entre le roulis et le tangage, ces oscillations qui perturbaient ses pas. Elle allait s'habituer, c'était certain ! Et si elle avait dû ressentir le mal de mer, elle aurait déjà été malade ! l'encouragea-t-il avec gentillesse et entrain, avant de lui décrire les différentes parties du bateau et de lui en exposer les particularités.

Cette nef était une *cocca* typique des embarcations marchandes vénitiennes de moyen tonnage qui sillonnaient la Méditerranée jusqu'au Levant. Elle était en fait issue des anciennes cogues du Nord auxquelles divers perfectionnements avaient été ajoutés, comme le gouvernail d'étambot, gouvernail central qui avait remplacé les deux anciennes pelles latérales et la rendait beaucoup plus maniable que son ancêtre. Sur le gaillard d'arrière, le mât d'artimon et le contre-artimon dotés des anciennes voiles latines triangulaires captant la direction du vent, facilitant les

1. Avec grand plaisir !

manœuvres, très pratiques pour remonter contre le vent. Au centre et à l'avant, le grand mât et la misaine étaient équipés de voiles carrées déterminantes quant à elles pour assurer la propulsion de la nef et lui permettre d'acquérir une grande vitesse, notamment en vent arrière, et cela en raison de leur grande surface qui pouvait de plus être réduite grâce aux bandes de ris permettant une adaptation à la force du vent. Bref, un navire des plus modernes !

— Deux cents tonneaux, un peu moins de cent pieds de long. Bien plus légère que les anciens galions et autres naves génoises et portugaises, mais non moins fiable. Au contraire ! *Più efficiente* [1] ! s'animait le jeune marin. Une ligne idéale pour naviguer, même par mer houleuse.

Angelo, à dessein, pour ménager Tiphaine, évita le mot tempête...

— Voyez cette proue haute et élégante, bien décorée, cette poupe déliée, ces bords solides, ces courbes arrondies, harmonieuses comme une larme délicate !

Angelo parlait avec une telle passion de son navire, un peu comme il l'eût fait d'une femme dont il serait tombé amoureux, s'avoua Tiphaine, un peu troublée, mais enchantée par tant de verve. Le mot « nef », *nave* en vénitien, n'était-il d'ailleurs féminin ?...

— Angelo ! hurla soudain le capitaine de sa voix autoritaire, rappelant son second à son service.

Déjà le jeune marin devait la quitter et bondissait vers le centre du navire, non sans lui avoir adressé un haussement d'épaules désolé.

— *Ciao signorina !* Nous reparlerons !

Évidemment, ils reparleraient ! Tiphaïne se retrouva seule sur le pont, un peu étourdie par le tourbillon de paroles du jeune marin, mais proprement enchantée de cette conversation

1. Plus efficace !

tout à la fois instructive et divertissante. Ah ! Que cet Angelo était plaisant ! Comme elle reprenait ses esprits, elle chercha Amaury du regard et s'aperçut qu'il avait changé de place. Il se tenait désormais aux côtés du vieux capitaine grec, avec lequel il était en grande conversation. Cependant, il semblait l'observer aussi, elle, les bras croisés et le sourcil froncé, dans une expression étrange, assez indéchiffrable. Lassée par les mystères du jeune Bordelais et fatiguée, encore un peu sous le charme du Vénitien aussi, elle résolut de quitter le pont et d'aller se reposer dans sa cabine.

En découvrant le lieu, elle reçut un choc. La cabine était si minuscule, si étroite : un réduit sommaire ! Comment allait-elle réussir à y dormir, à s'y laver, à y vivre même ? Ce modeste cagibi constituait désormais sa seule demeure. Telle était la réalité de sa nouvelle vie. Allait-elle s'y accoutumer ? Parvenir à s'aménager ici un lieu d'intimité, un espace vital minimum, un vague cocon ? Allait-elle survivre à de telles conditions ? N'avait-elle été encore une fois bien présomptueuse : une enfant gâtée, elle aussi ? Un sentiment de doute atroce la saisit. De honte aussi. Elle se laissa tomber sur sa modeste couche, et le flot de ses larmes trop longtemps réprimées jaillit. Violent. Désespéré. Mais finalement salvateur : quand elle s'arrêta enfin de pleurer, Tiphaine était à bout de forces et d'émotions. Vidée. Lavée de tout. Mais, quelque part, régénérée… Un doux sommeil ne tarda pas à l'emporter.

Une cloche tinta et la réveilla. Le soleil venait de se coucher. C'était l'heure de dîner. Dans le carré, elle retrouva Amaury, Angelo, Christos le capitaine, le lieutenant Giuseppe, troisième homme à bord, Mario le bosco dalmate et le Signore Foscolo, écrivain du navire tenant les comptes et les rapports. Le capitaine ordonna les places : elle à sa droite, flanquée à gauche d'Amaury. Face à elle, Angelo et son regard vert changeant, assez magnétique. Tandis que ce dernier se mettait à l'entourer de tous ses regards, Amaury prit place à ses côtés sans un mot, ni un geste à son endroit. Elle choisit de l'ignorer pareillement. Il faut dire que tout le monde mourait de faim, le déjeuner ayant été frugal pour cause de départ. La pièce était elle aussi exiguë, mais remarquablement confortable avec ses banquettes garnies d'épais coussins incarnats, ses lanternes de verre colorées diffusant une lumière douce. Il y régnait une atmosphère réconfortante comme les bonnes odeurs venues de la cuisine aiguisaient leurs papilles. Matteo, le jeune mousse employé au service, était d'une maladresse crasse, mais si expressif et comique qu'il déclencha les rires dès le début du repas, même ceux d'Amaury ! La soupe aux légumes et au lard typique, qu'ils appelaient la *minestra*, faillit ne jamais arriver dans les écuelles. Pour le vin, Mario préféra se charger de la manœuvre. C'était plus sûr !

Tiphaine se délecta de petits biscuits appelés *baicoli*, pour rappeler la forme des bars de la lagune de Venise, une spécialité créée pour les longs voyages en mer, recouverts d'une mixture de morue et de purée de maïs, la *baccala mantecato*, assaisonnée d'un hachis de câpres, puis d'un plat traditionnel constitué d'une superposition de couches de pâte et de farce de viande, d'œufs et de légumes nappée de sauce blanche. Pour clore ce festin aux saveurs insolites, de divins petits gâteaux secs trempés dans du vin doux, nommés *zaletti*. Dante, le cuisinier, était enchanté du vif appétit et des compliments de tous, en particulier de la jeune Française, seule femme à bord, et si ravissante – « *Bellissima !* » –, qu'on lui devait tous les égards, insista-t-il à plusieurs reprises avec un air béat théâtral.

En son genre, l'homme semblait s'imposer aussi comme un maître à bord, une sorte d'artiste intransigeant régnant non seulement sur ses fourneaux, mais également sur les âmes. Il considérait sa tâche comme de la plus grande importance. Pour lui, « bateau chanceux était d'abord bateau heureux ». Et le bonheur passait par la satisfaction des ventres et des palais. En cela, il avait parfaitement réussi ce soir. La conversation avait pris un tour enjoué. Le vieux capitaine livra quelques anecdotes. Même Amaury semblait se détendre, s'ouvrir, et adressa enfin quelques mots aimables à Tiphaine, qui le retrouvait un peu. Face à elle, Angelo, son pétillant visage piqué de taches de son, lui dardait tous ses sourires. Étaient-ce les vapeurs du vin qui commençaient à agir ? La présence d'Amaury à ses côtés ? Elle se sentit soudain en amicale compagnie, en sécurité, à sa place... À sa place, seule femme au milieu de tous ces hommes étrangers sur ce navire voguant en pleine Mer Océane vers une destination inconnue : était-elle folle ? Sans doute... Trop tard pour s'en alarmer. Elle avait assez pleuré. Elle devait recouvrer sa meilleure humeur et tout son sourire pour être de bonne compagnie avec ces gens affables et intéressants. Montrer qu'elle avait du cran.

— Votre cuisine est exquise, messire Dante ! s'enflamma Tiphaine. Merci, capitaine Christos, pour cet agréable dîner. Il règne dans votre bateau une belle atmosphère. Je vous sais infiniment gré de nous avoir acceptés à votre bord. Nous n'aurions pas pu mieux tomber, n'est-ce pas, Amaury ?

— Assurément, répondit le jeune Bordelais sur un ton laconique et sec.

Pourquoi la rembarrait-il ainsi soudain devant tous ? Était-il une nouvelle fois embarrassé par son élan, cet enthousiasme naïf, reflet de son exubérance naturelle qui avait si mal convenu aux codes de la rigide famille Lesparre ? Ou bien lui battait-il tout simplement froid, fâché par sa trop longue conversation l'après-midi avec le jeune second ? Avait-il jugé son attitude inconvenante ? Ou pire, blessante ? En dépit de l'agacement qu'Amaury avait suscité en elle – aujourd'hui comme bien d'autres fois ! –, loin d'elle l'envie de le piquer au vif ou de le contrarier. Bien au contraire ! L'idée qu'elle ait pu lui faire de la peine lui fut tout à coup, et curieusement, insupportable.

Que ne le savait-il d'ailleurs ? Ah, l'ingrat ! Ne lui avait-elle déjà montré sa bienveillance, son empathie, son soutien ? Elle jugea son comportement exagéré et, surtout, absolument injuste, suscitant en elle un mélange de colère et de tristesse.

Le dîner s'acheva. Les convives prirent congé, chacun saluant l'autre avec chaleur. Angelo tout particulièrement Tiphaine.

— *Dolce buonanotte mia cara ! Non vedo l'ora di vederti domani*[1], lança le jeune Vénitien dans un souffle.

*Ouh là là, il s'emballe un peu vite !* se dit Tiphaine *in petto*, tout en reconnaissant qu'elle était flattée par l'empressement du jeune Vénitien.

Se sentant un peu prise sur le fait de son assentiment tacite et coupable – elle savait bien qu'elle n'était pas très douée pour cacher ses émotions – suivit un silence gêné avec Amaury. Quelques secondes lourdes : elle honteuse n'osant pas se tourner vers lui, lui paralysé, mutique, ne sachant visiblement comment réagir et semblant hésiter à la raccompagner vers sa cabine. Finalement il n'en fit rien, ou plus précisément coupa-t-elle court à ses tergiversations.

— Bonne nuit, Amaury ! trancha-t-elle.

— Bonne nuit, Tiphaine... Reposez-vous bien... Cette journée fut riche en émotions..., enchaîna-t-il d'un ton peu assuré, le sourire indécis et le geste crispé comme dans l'attente de quelque chose.

Voulait-il à cet instant discuter, s'épancher, passer un dernier moment avec elle ? Se sentait-il confus, voire penaud, de son comportement insaisissable, soyons francs carrément maussade, jugea Tiphaine *in petto* ? Pour elle, c'était clair : elle n'avait plus envie de parler. Elle aurait bien le temps durant ces longs jours de traversée de voir ce qu'il avait à dire, statua-t-elle avant de tourner les talons et de le planter là, interloqué, un peu furieux

1. Douce et bonne nuit, ma chère ! Je suis déjà impatient de vous revoir demain.

contre elle ou contre lui-même – le savait-il seulement ? – et elle assez satisfaite de lui donner une petite leçon.

Elle regagna l'espace étroit de sa cabine. Elle y trouva un air de familiarité qui l'étonna. Un mince broc d'eau pour sa toilette. Une couverture de laine un peu rugueuse. Un coussin assez rembourré. Elle se cala du mieux qu'elle pouvait sur sa rustique paillasse. Contre toute attente assez confortablement installée, satisfaite, apaisée, elle ouvrit son nouveau carnet relié de cuir, celui que lui avait offert Bertrand la veille de leur embarquement. Hier ? Stupéfaite mais réjouie, elle prit l'une de ses plumes, cadeau d'Amaury lorsqu'elle était arrivée à Bordeaux dans sa demeure. Comme ce temps lui paraissait déjà lointain ! Quelques mois ! Une décennie ! Sur la première page, bien au centre, de sa plus belle écriture, elle inscrivit avec fierté et une certaine ivresse : « Jour premier du voyage de Tiphaine de Canterac sur les mers et les océans. »

# 7

Cinq jours maintenant qu'ils naviguaient. Ils avaient traversé sans complications les eaux redoutées du golfe de Gascogne, venaient de doubler le cap Finisterre au nord de la péninsule ibérique, longeaient maintenant les côtes de Galice au sud de La Corogne, au large de Saint-Jacques-de-Compostelle. Le temps était toujours avec eux, le vent modéré et soutenu, idéal. Si cela continuait ainsi, ils accosteraient à Lisbonne le lendemain, avait sobrement prédit le capitaine. La nef filait toujours, orgueilleuse, fragile et dérisoire esquif au regard de l'immensité océane.

Tiphaine ne se lassait pas de son spectacle sans cesse renouvelé, différent, prodigieux et banal à la fois. Elle s'abandonnait sans réserve à la contemplation, se repaissait des jeux du soleil dans les voiles, de ses reflets miroitants dans l'eau sombre, s'absorbait dans la vision du sillage du bateau, dans les jaillissements de l'écume, éprouvait les délices de leur gifle rafraîchissante, la caresse rude du vent sur son visage, le goût piquant du sel sur ses lèvres. Le soleil et l'eau ! Il lui semblait trouver là une formule magique, élémentaire, universelle, originelle. Elle s'étonnait de s'être si vite accoutumée à la vie à bord, avec son lot de contraintes, de monotonie et de rituels. Le sien était d'écrire tous les soirs dans sa chambrette, parfois fort tard dans la nuit, jusqu'au petit matin même. Son travail la happait, nourrissait son quotidien, lui procurait une joie simple et, défiant les lois du temps, lui ouvrait une liberté nouvelle, chapardée et jubilatoire. Elle avait adoré voir le jour se lever après une nuit sans sommeil, être éblouie par la lumière pure et crue, fermer les yeux en écoutant le chant du bateau et du vent. Une musique à deux instruments, grisante, mystérieuse, fascinante, qui recelait tant de variations et de secrets qu'elle ignorait encore ! Chaque jour lui procurait un nouvel apprentissage, une nouvelle connaissance, une nouvelle sensation... Elle se délectait de vivre ainsi.

Parmi ces sensations, les découvertes gastronomiques proposées par Dante, le virevoltant cuisinier, n'étaient pas en reste et faisaient partie du bonheur. Le voyage s'écoulait de la sorte, dans une sorte de temps immobile et heureux ponctué par les repas, moments de plaisir et de convivialité, et par les discussions animées, toujours riches d'enseignements et d'anecdotes, avec Angelo, lui-même toujours aussi enflammé et charmeur. Plus rares en revanche avaient été les échanges avec Amaury. Le lendemain de leur départ, ce dernier s'était certes excusé de son humeur un peu chagrine et renfrognée de la veille. Tiphaine lui avait accordé joyeusement son pardon en le moquant un peu, gentiment.

— Mon cher Amaury, vous me désespérez parfois. Mais je commence à vous connaître, vous savez ! Et je m'habitue à tout ! l'avait-elle taquiné, la chaleur de son sourire démentant la rigueur de sa sentence.

Il avait failli sourire ! Il avait passé sa main dans ses cheveux, l'avait fixée intensément, puis s'était renfermé dans ses pensées. Depuis, il continuait à promener son grand corps et son air absorbé, parlant peu et observant beaucoup. Ainsi Tiphaine quand elle papotait avec Angelo, ce dernier lui livrant avec force gestes toute sa passion pour la mer et la navigation, émaillée bien sûr de sous-entendus séducteurs et autres galanteries malicieuses et audacieuses, toujours agréables à entendre. Elle s'était rendu compte que le jeune Bordelais les observait toujours du coin de l'œil. Ce regard noir d'Amaury disait-il seulement sa propre tristesse d'avoir quitté sa famille ? Ou plutôt une vague réprobation ? N'aurait-elle pas préféré qu'il exprimât clairement de la contrariété devant cette affinité flagrante entre elle et le jeune marin ? Bien sûr… Elle aurait adoré qu'il en prît ouvertement ombrage. Mais cela n'était pas le cas. Alors, pour se protéger, elle préférait se dire qu'elle était lasse de s'interroger sur les sentiments d'Amaury et qu'il l'horripilait avec sa sempiternelle morosité.

De son côté, Tiphaine s'était livrée un peu à Angelo concernant son passé, ses liens avec Amaury et ses passions. Elle lui avait ainsi montré ses premières esquisses de la nef sous divers angles, et autres croquis colorés de la mer à différentes heures du jour et de la nuit. Le jeune Vénitien avait été impressionné par son talent à restituer la lumière, le mouvement, les expressions des hommes, et l'avait enjointe à dévoiler ses dessins au capitaine. Surpris, le vieux marin grec avait à son tour regardé la jeune fille sous un jour neuf, respectueux et admiratif, et s'était mis du coup à lui parler aussi.

Le ton des conversations avec lui était bien sûr d'un tout autre genre – paternel, bienveillant –, mais le fond assez similaire : il racontait la mer et disait sa ferveur pour elle ! Il lui avait ainsi expliqué le nom donné par les anciens Grecs à la Mer Océane, qu'ils appelaient « Atlantikós ». Ce mot, l'Atlantique donc, avait des origines obscures et multiples. Pour les uns, il serait tiré du titan Atlas à qui appartenaient, dans les temps anciens, les colonnes supportant la voûte céleste, dont faisaient partie les célèbres colonnes d'Hercule, le détroit de Gibraltar qu'ils allaient bientôt franchir pour pénétrer en Méditerranée. Pour les autres, il dérivait des Atlantes, décrits par Hérodote lui-même, qui avaient peuplé les rives du nord de l'Ifriqiya autour des montagnes de l'Atlas. Pour d'autres encore, il était tout simplement issu d'Atlas, premier roi de l'Atlantide selon Platon. Quoi qu'il en soit, le vocable désignait tout ce vaste espace inexploré à l'ouest de la *mare mediterraneum* qui avait englouti bien des navires et des marins, comme ceux de l'expédition des frères génois Vivaldi, partis en 1291 et jamais revenus…

— Une immensité qui n'en a pas fini d'aimanter le regard de l'homme ! lança le capitaine avant de proprement s'enflammer. Car la mer pour le marin est une femme dont il est tombé éperdument amoureux. Qu'elle soit douce ou furieuse, docile ou déchaînée, câline ou indomptable, il la veut dans toutes ses humeurs. Il les adore et les redoute. Elle est son amante, sa maîtresse. Il ne peut se passer d'elle. Il en est fou. Il l'aimera jusqu'au bout. Jusqu'au bout du monde et de lui-même !

Émue par cette ardeur qu'elle n'aurait jamais soupçonnée de la part du vieil homme et par le lyrisme de cette confidence semblant lui signifier qu'il l'avait adoptée, Tiphaine se dit que, décidément, cette comparaison avec l'amour d'une femme était partout chez les gens de mer.

Cependant, fait curieux mais évident, sa présence à bord n'était pas forcément bien vue de tous. Elle remarquait bien par exemple la méfiance de Mario le bosco à son endroit. Que faisait une femme à bord d'un navire, une si jeune femme de surcroît ? semblait questionner silencieusement le marin originaire de Dalmatie. Pour lui, elle paraissait clairement suspecte, et même néfaste, susceptible de perturber l'équipage ou, pis, de lui apporter la male-chance… Depuis trois jours, Tiphaine avait d'ailleurs troqué ses robes pour sa tenue de cavalier – bottes, hauts-de-chausses et simple tunique – tellement plus pratique pour se déplacer à bord du bateau, gravir les échelons du pont, se hisser ici ou là, sur un rebord, une caisse, un cordage, ou s'asseoir tout simplement pour observer et dessiner. Quelle drôle de femme assurément, devaient-ils penser ! Mais elle s'en fichait au fond car cette aisance de mouvement retrouvée se doublait aussi de l'impression de pouvoir mieux se fondre parmi tous ces hommes. Une sorte de libération de son être qui valait bien les coups d'œil ombrageux du Dalmate, largement compensés par ceux, enjôleurs, d'Angelo !

Plus équivoques, fuyants, insaisissables, étaient en revanche les regards d'Amaury. Elle sentait bien ses yeux se poser sur elle, la suivre, l'envelopper à divers moments de la journée, notamment lors de ses déambulations, ses pauses pour dessiner, nourrissant en elle un émoi, un trouble imperceptible et délicieux. Mais dès qu'elle tournait la tête vers lui, il se détournait ou regardait déjà ailleurs. Il lui échappait et semblait en réalité l'ignorer à tel point qu'elle se disait parfois qu'elle était en train de tout imaginer. D'autres fois pourtant, c'était lui qui venait la surprendre et lui parler avec une drôle de lueur dans les yeux, cette même petite étincelle fauve qu'elle avait vue le premier soir à Canterac, adjointe désormais d'une expression de candeur amusée coulée au creux de son visage. Jouaient-ils au chat et à la souris ? Ou se faisait-elle seulement des idées ?

Ce soir, ils avaient décidé de remonter sur le pont après dîner. Il fallait profiter du temps magnifique pour observer le ciel comblé d'étoiles, « *Una magia imperdibile* [1] *!* » avait imploré le jeune Vénitien. Et il avait raison. La Voie lactée leur offrait son infinité sublime, scintillante et silencieuse, renforçant le sentiment de leur minuscule et éphémère présence dans l'immensité de l'océan. Un point dans l'univers. Une goutte d'eau parmi des milliards de milliards de semblables. Une virgule d'instant dans un espace d'éternité. Voilà tout ce dont ils pouvaient se prévaloir ! pensa Tiphaine. Mais rien de triste dans cette conscience de n'être rien ! Une beauté sourde, profonde, étourdissante emplit son cœur à cet instant. Elle ferma les yeux puis, prenant une large inspiration, les rouvrit. Devant elle, vers la proue du navire, les silhouettes d'Angelo et d'Amaury éclairées par

1. Une magie à ne pas rater !

les reflets chauds de la lune pleine se découpant sur l'horizon noir bleuté. Comme ils semblaient beaux tous les deux dans l'inconscience de leur fragilité, dans la force de leur jeunesse orgueilleuse, mais tellement différents... Dissemblables ! L'un blond, de taille moyenne, d'épaules carrées, doté d'une physionomie harmonieuse, d'un tempérament allègre, toujours de joyeuse humeur, déjà endurci aux vicissitudes de la vie. L'autre grand, mince, ténébreux, excessif dans ses formes comme dans son caractère, taciturne, changeant, jeune, riche, privilégié, et pourtant si mélancolique... Le contraire exact l'un de l'autre ! L'un le soleil ! L'autre l'obscurité...

Et si elle préférait pourtant la nuit au jour ? s'interrogea-t-elle soudain dans une fulgurance de son esprit. Cette attirance secrète, inexplicable, perturbante suggérée par son cœur l'énerva aussitôt. Était-elle faible ou bien stupide ? Qu'elle oublie tout cela ! Qu'elle chasse ces errements de jouvencelle de son cerveau égaré !

Si ce fameux soir à Canterac quand elle avait rencontré Amaury, et tous ces longs mois ensuite lorsqu'ils s'étaient écrit et qu'elle avait pensé à lui jusqu'à décider de le rejoindre à Bordeaux, alliant l'intuition de son cœur à la nécessité de fuir, elle avait cru ressentir quelque chose de nouveau, d'indescriptible, un frémissement de tout son être, et imaginé que ce dernier pût être réciproque, elle semblait s'être leurrée. En fait, elle avait cru à quelque chose dont elle ignorait tout.

En effet, elle n'était jamais tombée amoureuse. Plus exactement, elle s'y était toujours refusée, révoltée à l'idée de s'assujettir à un homme et à la perspective de devenir l'un de ces oiseaux encagés, chétifs et invisibles : une épouse soumise dans l'ombre de son seigneur ! De fait, elle était partie pour échapper à un mariage, être libre, vivre sa vie, son aventure. Pour cela, elle avait pris tous les risques. Elle n'allait pas renoncer maintenant pour s'enticher d'un homme qui ne lui manifestait aucune ardeur ! Surtout, elle ne connaissait rien à l'amour... À peine avait-elle embrassé un jour, au château, adolescente, le jeune et beau Gérôme et, un soir d'été, son cousin Aubin alors qu'ils n'étaient encore que des enfants. Pour voir ce que cela faisait... Bon, voilà, elle avait vu : rien de fou !

Sans doute, avec le mariage de sa sœur avec Thibault le huron et celui d'Aubin avec Eleanor l'Anglaise ennemie, elle avait pu observer que l'amour était capable de faire gravir des montagnes, réaliser des choses extraordinaires et belles, renverser le cours des événements. Mais pour elle, dans la situation qui était la sienne aujourd'hui, il ne pouvait être la priorité. Il lui semblait bien trop compliqué, trop porteur de chaînes. Sa chère maman, disparue alors qu'elle n'avait que neuf ans, avait insisté pour qu'elle sût lire, écrire, compter, qu'elle acquière une éducation à l'égal des hommes afin de lui garantir une forme d'indépendance, la clé de sa liberté. Le savoir était une manière de pouvoir, lui avait-elle appris. Ainsi Tiphaine défendait-elle plus que jamais, forcée par les circonstances, cet enseignement précieux, chevillé à son être, comme un hommage aussi à sa mère, auquel rien ni personne ne pourrait lui faire déroger. Ces histoires de marins amoureux de la mer et de leurs nefs ne devaient pas lui tourner la tête ! Il lui fallait garder les pieds sur terre, le sens des réalités !

Précisément, Amaury avait largement montré qu'il n'éprouvait aucun sentiment pour elle. Sa glaciale demande en mariage, juste pour satisfaire aux convenances, sauver son honneur et les apparences, lui avait été un terrible coup de poignard, une odieuse offense. Force lui était de constater que, depuis qu'ils avaient embarqué, ils n'avaient échangé que des banalités, des propos restreints et convenus, rien de personnel, ni d'intime, ni même de vraiment chaleureux ! Les raisons de son départ, et même leurs impressions sur le voyage, la navigation en mer – autant de sujets passionnants et neutres qu'ils auraient pu commenter ensemble –, étaient demeurées des sujets interdits. Aucune empathie. Aucune connivence. Aucune expression d'affection. Si loin de leurs brefs rapprochements à Bordeaux… Un incompréhensible retour en arrière même… *Une forteresse aux hauts murs impénétrables… Rédhibitoires ! Voilà juste ce qu'est Amaury !* trancha-t-elle en l'observant d'un œil sans complaisance dans le clair-obscur de la nuit étoilée. En revanche, cet Angelo face à elle qui la regardait, l'œil pétillant, suave et charmeur, était quand même un bien séduisant personnage…

Il était délicieux même… Il y avait quelque chose en lui de terriblement gracieux, mais également si viril…, reconnut Tiphaine, troublée. Elle se mit soudain à imaginer ses bras larges et vigoureux, ses mains fermes, rugueuses, expertes, sa bouche charnue, ses lèvres au goût de sel insatiables… *Un baiser de celui-là devrait être une expérience exquise…*, se dit-elle. Elle devait rougir un peu sous l'effet de ces licencieuses pensées. Mais après tout n'était-elle pas partie pour parfaire son apprentissage ? Elle avait vingt et un ans. Il était temps. La nuit était douce, presque tiède. Elle se laissa porter par cet appel obscur venu de tout son être.

Un geste de la main faussement désinvolte… Une œillade appuyée droit plantée dans les prunelles bleu-vert d'Angelo… D'abord étonné, le jeune Vénitien se mit à la dévisager avec une intensité pénétrante. Quelques minutes, ils restèrent ainsi à se dévorer des yeux. Enfin, Tiphaine décida de quitter le pont et de regagner sa chambre. Elle dévala l'escalier, s'engouffra dans sa cabine et se jeta sur son lit. Elle frémissait encore de son audace, de leur duel de regards brûlant, exquis, effronté… Une divine torture… *Angelo, Angelo !* Lentement, elle déroula ses doigts. Leur caresse en elle se fit de plus en plus vive et profonde, figurant les assauts passionnés du jeune homme. *Angelo !* Quand elle ferma les yeux, un regard noir envoûtant surgit contre toute attente derrière une mèche brune arrogante et chassa la figure aimable du jeune Vénitien.

— Amaury ! murmura Tiphaine avant qu'un plaisir inédit ne la chavire.

# 8

— Tiphaine, Tiphaine ! Réveillez-vous !

Qui était cette personne qui tambourinait à sa porte, la tirant d'un profond et doux sommeil ?

— Tiphaine, ma chère, nous arrivons !

Il lui semblait bien reconnaître la voix d'Amaury, mais si enjouée d'un seul coup, qu'elle avait un doute... Était-elle encore en train de rêver ?

— Amaury ?

— Oui, c'est moi ! Tiphaine, nous arrivons à Lisbonne plus tôt que prévu. Vous devriez voir ça ! C'est assez formidable ! lui déclara-t-il, franchement enthousiaste.

— Laissez-moi deux minutes et je vous rejoins sur le pont ! bafouilla-t-elle, un peu déboussolée, se rappelant brusquement son abandon de la nuit.

— Mais non ! Je vous attends ici... Prenez le temps qu'il vous faut ! Ne vous inquiétez pas, lui assurait Amaury de l'autre côté de la porte.

Comme il semblait de bonne humeur ! Tiphaine n'en croyait pas ses oreilles. Ce devait être un sacré spectacle qui les attendait là-haut pour qu'il fût si gai. Il lui fallait donc se dépêcher !

Trois minutes plus tard, elle sortait de sa cabine devant un Amaury radieux. Le jeune homme avait recouvré son plus beau sourire, celui qu'elle lui avait vu lors des discussions joyeuses avec ses amis ou lorsqu'il s'était enflammé au passage de la nef sur la Garonne : un sourire d'enfant sur des traits d'homme, un sourire lumineux et rare, qui illuminait son visage et tout son être. Encore ensommeillée, un peu confuse, elle vacilla, saisie par cette transfiguration et happée par la beauté puissante du jeune Bordelais.

— Ma chère, je ne voulais pas que vous manquiez ce moment. Désolé si je vous ai réveillée. Vous avez l'air… disons… encore toute dans vos songes ! la salua-t-il avec délicatesse.

— Mais non, Amaury ! Vous avez bien fait ! Je suis ravie ! s'exclama-t-elle, ne voulant rien faire paraître de son embarras.

Et acceptant le bras qu'il lui offrait, elle reprit leur vieille formule consacrée à Bordeaux :

— Alors en route, mon ami !

Amaury émit un rire complice et la guida vers l'escalier qu'ils gravirent de concert quatre à quatre, déterminés et joyeux.

Sur le pont, l'animation était à son comble, et la lumière déjà vive, éblouissante même, éclairait de ses reflets matinaux tout dorés la cité qui se dessinait sous leurs yeux. Quel panorama en effet ! Face à eux, le port de Lisbonne fièrement dressé devant l'océan. Sa gigantesque rade, la courbe large de l'estuaire du fleuve s'avançant inexorablement vers eux, accueillante, magnétique… Et la ville ! Quelle ville ! La cité aux sept collines, coiffée de son imposant et majestueux château, ceinte de multiples murailles d'apparence antique et moderne dans un désordre parfait de bâtisses, de tours, de clochers, de coupoles, de maisonnettes accrochées miraculeusement aux flancs de ses pentes aiguës. Un tableau époustouflant rythmé par l'éternel ballet des vagues s'ébrouant sur les digues dans des cascades d'écume magnifiques !

Amaury serra un peu plus le bras de Tiphaine. Se tournant l'un vers l'autre au même instant, ils se sourirent. Un sourire franc, loyal, qui disait leur bonheur d'être là.

— Merci, Amaury. Je n'aurais pas voulu rater cela en effet…, déclara Tiphaine avec chaleur, s'approchant un peu plus de lui jusqu'à le frôler.

— Je n'aurais pas imaginé que vous ne fussiez là…, murmura Amaury d'une voix vibrante d'émotion qui la désarçonna et la toucha droit au cœur.

Quel étrange, versatile garçon ! Tiphaine repensa à cette étreinte virtuelle exquise que le jeune Vénitien lui avait inspirée et qu'elle avait finalement consommée dans les bras d'Amaury. À ses côtés ce matin, si prévenant, amical, ne se doutant de rien, elle se sentait engourdie, un peu honteuse, mais ce trouble était délicieux et lui donnait envie de recommencer. Le rouge aux joues, elle posa sa tête sur l'épaule d'Amaury et une main furtive sur son torse. Elle frémit au contact de son corps tiède palpitant sous sa fine chemise de coton grège. Il l'attrapa par l'épaule et la rapprocha de lui avec le plus grand naturel…

Les préparatifs de l'accostage, toute l'agitation des manœuvres interrompirent rapidement leur abandon. Un autre spectacle se jouait à bord : la danse de l'équipage se préparant à amarrer dans une joie collective à retrouver la terre ferme. Pour un marin habitué aux caprices de la mer, il y avait toujours là une forme de surprise et de contentement viscéral, leur avait expliqué Christos, le capitaine. « Jamais une évidence ! » Ils comprenaient désormais le sens de ses propos. Mieux : ils le vivaient ! Et encore n'était-ce que la première escale du voyage au long cours et sans destination précise qu'ils avaient entrepris. Leurs prochaines étapes, plus lointaines encore, devraient leur procurer tant d'émotions et de bouleversement !

Enfin, ils débarquèrent. Le port grouillait de monde, marins, dockers, marchands, mules, charrettes, carrioles débordant de caisses, de tonneaux, de ballots et marchandises à ciel ouvert. Que de visages divers et variés, singuliers, dans cette Lisbonne cosmopolite qu'on leur avait annoncée ! Ils seraient bien partis seuls, tous les deux, à l'assaut de cette ville nouvelle et verticale qui les aimantait de ses promesses, de sa lumière, de ses ombres aussi... Mais la veille, au cours du dîner, Foscolo, l'écrivain de bord, leur avait proposé de leur faire faire le tour de cette cité qu'il connaissait bien et qu'il adorait. Ils n'avaient pas osé refuser son aimable invitation. Ils regrettaient un peu maintenant la présence de ce guide empressé mais trop bavard. Le silence et le hasard auraient mieux convenu au charme de la découverte. Tiphaine repensa aux visites bien quadrillées et trop commentées de Bordeaux que lui avait fait faire Amaury. Elle lui décocha un coup d'œil amusé auquel il retourna une moue entendue, exagérément contrite, assez comique. Il avait saisi l'allusion à leurs pérégrinations bordelaises et faisait amende honorable avec une réjouissante dérision. Du coup, ils avaient bien envie de rire, mais s'efforçaient de garder leur sérieux pour ne pas risquer de froisser le trop prolixe et docte Signore Foscolo, et c'était compliqué ! Cette connivence inattendue la mettait en joie...

Déjà, le Vénitien avait entrepris de leur expliquer la légende de la fondation de Lisbonne. L'histoire racontait que, après avoir gagné la guerre de Troie, Ulysse et ses valeureux guerriers avaient entamé un long voyage jusqu'aux confins de la Méditerranée. Franchissant ses limites – les célèbres colonnes d'Hercule –, ils se seraient arrêtés à l'endroit de ce site exceptionnel à l'embouchure du Tage, fondant la cité à laquelle ils donnèrent le nom d'Olissipo, littéralement « la ville d'Ulysse ». Mais, en ces temps reculés, la déesse serpent Offiússa régnait sur les environs. Elle tomba éperdument amoureuse du héros d'Ithaque et mit tout en œuvre pour le séduire. Elle parvint évidemment à ses fins et leur romance se prolongea plusieurs années, jusqu'au jour où Ulysse, pris de nostalgie pour sa terre natale ainsi que pour l'amour de sa femme Pénélope, décida de reprendre la mer, déclenchant les foudres d'Offiússa. Folle d'une rage qui fit trembler la terre, la déesse serpent s'enroula alors en sept anneaux, provoquant ainsi l'apparition des sept collines caractéristiques de la belle et unique cité.

— Alors en route ! proclama Amaury, lassé des préambules du bonhomme, et avec un clin d'œil à Tiphaine.

— Oui, on a hâte, Signore Foscolo ! pouffa celle-ci.

— Ah ! jeunes gens, votre empressement m'enchante ! déclara Foscolo, ravi, qui n'avait rien compris.

Ils entamèrent l'ascension de la ville par la colline de São Vicente où se dressait le quartier fortifié de l'Alafama, fondé par les Maures, qui s'étirait jusqu'aux hauteurs du château. Si les musulmans s'étaient désormais rassemblés sur celle de São Jorge, formant le quartier de la Mouraria, Lisbonne tout entière gardait encore l'empreinte de son appartenance à l'empire d'Al-Andalus, dont elle n'avait été libérée que deux siècles plus tôt, en 1147, par les troupes de Dom Afonso Henriques – le jeune duc qui s'était autoproclamé roi du Portugal quelques années plus tôt, et avait libéré la terre chrétienne avec l'aide des croisés de retour de la seconde croisade –, expliquait l'écrivain tandis qu'ils marchaient. Lisbonne était devenue la capitale du royaume au milieu du XIII$^{e}$ siècle et s'était considérablement développée depuis, profitant de sa position de carrefour d'échanges entre la Méditerranée et les mers du Nord, notamment depuis l'ouverture des grandes routes commerciales du détroit de Gibraltar au siècle précédent. Elle devait compter aujourd'hui vingt ou vingt-cinq mille âmes. Un véritable assemblage de peuples. Les juifs avaient aussi leur quartier, la Judiaria, tout comme les chrétiens et les mozarabes, ces anciens chrétiens qui étaient restés sous la domination d'Al-Andalus et avaient pu y conserver leur religion.

— Une mosaïque : voilà qui fait toute la richesse de la ville ! résuma le bonhomme aux accents un peu trop affectés. Pêcheurs, marins, marchands de toutes origines et nationalités, anglais, bretons, rochelais, bayonnais, portugais, aragonais, galiciens, génois, vénitiens, grecs, arabes : ici tout le monde se croisait et se côtoyait, ajoutant au mille-feuille hérité d'une longue histoire, elle-même nourrie par Phéniciens, Carthaginois, Grecs, Romains, Vandales, Suèves, Wisigoths, Maures, Almoravides et même des colonies syriennes ou perses. Imaginez un tel mélange, une telle richesse ! s'enflamma-t-il.

Tout de même, il avait de la verve. Oui, il était soûlant, mais assez érudit, convinrent les deux jeunes Français à voix basse. De toute façon, tel qu'il était parti, on pouvait douter qu'il les entendît !

Bercés par le flot des paroles de l'écrivain, Tiphaine et Amaury gravissaient les ruelles escarpées et tortueuses ponctuées de volées de marches, de patios pavoisés de linge à sécher, de placettes ombragées recouvertes de treilles envahies par la vigne et les rosiers parfumés. Soudain, au détour d'une venelle, surgissait une grille ouvragée donnant sur un jardin secret, le porche armorié d'un ravissant palais, une façade délicate couleur de bonbon, ou mieux encore, la trouée spectaculaire d'un *miradouro*, l'un de ces innombrables belvédères offrant une perspective à chaque fois différente sur le bas de la cité, la mer des tuiles capitonnées de mousse, la vaste rade scintillante, les eaux vert-jaune du fleuve, le ballet des bateaux et l'infini bleu profond de l'océan rejoignant l'azur. Ils s'arrêtaient, reprenaient leur souffle, buvaient l'eau fraîche d'une fontaine et observaient, s'emplissant de la magie des lieux.

Ils parvinrent enfin au sommet de la colline où se dressait le Castelo. Cet emblème de la ville, qu'il dominait de sa massive stature et de ses épaisses murailles crénelées, était le témoin du passé de Lisbonne depuis des temps immémoriaux. Les fortifications mauresques avaient été augmentées au tournant du siècle par la construction du nouveau palais royal, et il était maintenant le siège du pouvoir portugais, précisa leur guide. Mais là n'était pas le principal intérêt, la surprise...

— Allez, encore un dernier effort ! les enjoignit Foscolo, frétillant d'impatience.

Ils gravirent les ultimes marches pour accéder au sommet des remparts et furent aussitôt récompensés. Le point de vue était proprement saisissant : l'horizon gigantesque se déroulant face à eux ! Tiphaine avait envie de crier, hurler sa joie, son ravissement. Tant de beauté ! Le sentiment d'embrasser la terre et le ciel !

— Lisbonne est un défi ! Un défi planté face à l'immensité de l'Atlantique ! La dernière limite ! Les confins du monde connu ! proclama-t-elle, transportée, ses bras levés vers le ciel.

— Attention, ma mie ! Cette ville est aussi un vertige ! Ne vous penchez pas trop, s'il vous plaît, répliqua Amaury, un peu inquiet mais charmé par l'inspiration de la jeune femme.

— Un appel vers le grand large ! Un rêve de marin..., enchaînait déjà Tiphaine, sa voix plus posée et plus basse prenant des accents étranges et son regard perdu dans le lointain.

— Un rêve ou... un mirage ? la coupa Amaury.

— Je vois là-bas des contrées nouvelles... Des terres aux richesses sans pareilles...

— Tout le monde en rêve, mais personne ne les a vues, remarqua Foscolo.

— Ou bien est-ce le bout du monde... Qu'en dites-vous ? interrogea Amaury.

— Pensez-vous vraiment que la Terre soit plate ? objecta l'écrivain, songeur.

— Plus rien d'un seul coup ? Le grand précipice et puis le néant ? Tu y crois vraiment, toi, Amaury ? l'interrogea Tiphaine, soudain incrédule, sérieuse, ses yeux noirs frondeurs fichés dans les siens.

Sans réfléchir ou presque, elle était passée au « tu ». Il faut dire que ce « vous » entre eux commençait vraiment à sonner bizarre et quelque peu ridicule. Ils avaient le même âge et se connaissaient depuis fort longtemps. Enfin, assez longtemps... Alors pourquoi maintenir cette distance verbale ? Comme à son habitude, le mot lui était sorti un peu vite de la bouche, benoîtement, à son insu. Amaury avait parfaitement entendu. Il scella leur accord implicite, sur le ton le plus détaché du monde.

— Que dirais-tu de poursuivre ce débat devant un bon déjeuner ? Cette promenade m'a ouvert l'appétit. Pas toi ? enchaîna-t-il.

— Avec ou sans lui ? chuchota Tiphaine, désignant Foscolo du regard avec une mimique réjouissante.

— Nous allons prendre congé poliment, lui glissa Amaury, l'œil rieur.

Ils remercièrent abondamment Foscolo pour sa visite « parfaitement instruite », « tellement intéressante » de Lisbonne. Il leur avait été « un merveilleux cicérone ». Comblé d'aise, le bonhomme leur fit encore promettre d'aller visiter l'église Santa Maria Maior, plus communément appelée la Sé, la plus ancienne de Lisbonne, construite au XIIe siècle par Afonso, premier roi du Portugal, à l'emplacement d'une ancienne mosquée pour marquer le triomphe de la reconquête de la cité. Avec son ancien style roman combiné à un cloître gothique plus récent, ses deux hautes tours carrées, elle imprimait le panorama de la ville de sa présence divine, un rien austère. Ils étaient passés tout à l'heure à côté, mais n'étaient pas rentrés. Ils ne pouvaient absolument pas rater ça ! Dans sa sacristie se trouvaient les reliques de saint Vincent, saint patron de la ville, premier martyr du Portugal au XIIIe siècle, ramenées par bateau par Afonso 1er. Ils devaient voir aussi la chapelle où Antoine de Padoue avait été baptisé en 1195. C'est là que ce dernier avait chanté, étudié et repoussé le diable en dessinant le signe de la croix, qui depuis avait été gravé sur le mur ! L'emblème de Lisbonne racontait l'épisode du rapatriement de la dépouille du saint depuis la pointe sud-ouest du Portugal – le cap portant son nom –, protégée par les deux corbeaux symboliques qui avaient veillé sur sa tombe pendant des siècles.

— Nous ne saurions manquer un tel lieu ! Merci encore, Signore Foscolo ! lui assurèrent-ils, amusés.

Puis l'écrivain, ravi des compliments adressés par les deux jeunes gens sur tous ces « précieux détails historiques », s'éclipsa soudain. Un miracle ! Amaury et Tiphaine se retrouvèrent enfin seuls. Il était temps ! Ils n'en pouvaient plus et ils avaient grand faim !

Ils dévalèrent quelques marches et trouvèrent une taverne signalée par un bouquet de branches vertes. Une odeur sympathique régnait dans la petite auberge d'apparence rustique. Ils s'attablèrent pour leur improbable festin, commandant au hasard, à la pure intuition de leurs estomacs affamés. De l'*açorda*, du pain trempé dans un bouillon d'huile d'olive, du *queijo de Azeitão*, un fromage de brebis odorant et coulant, des *pastéis de bacalhau*, petits beignets de morue qui se révélèrent excellents, un *cozido,* sorte de pot-au-feu de viande de porc, saucisses et boudin garni de légumes et de haricots rouges, un peu gras mais savoureux et roboratif, et des petits gâteaux aux pois chiches, amandes et cannelle, délicieux. Le tout arrosé d'un petit vin blanc frais, léger, un peu piquant et aux singuliers reflets verts, car ils avaient grand soif aussi après leur longue marche sous le soleil lisboète déjà chaud en ce jour de mai !

Tiphaine se sentait étonnamment tranquille, comme chez elle, dans l'atmosphère chaleureuse de la taverne qui lui rappelait les moments passés avec Amaury à Bordeaux au *Tonneau d'or* en compagnie de la joyeuse bande des amis du jeune homme. De fait, ce dernier avait recouvré toute son éloquence et ce demi-sourire mi-mystérieux, mi-amusé qui n'appartenait qu'à lui et le rendait si séduisant. Que n'enfonçait-il immédiatement ses yeux dans les siens pour s'y perdre ? Que n'aventurait-il sa main vers sa joue à la poursuite de sa nuque pour l'attirer doucement vers lui et l'embrasser là, tout de go, comme dans son songe érotique de la nuit ? Que ne poursuivaient-ils leur découverte dans un bouche-à-bouche gourmand et exquis ?

Ils plaisantèrent encore un peu de la faconde intarissable de Foscolo, livrèrent leurs premières impressions sur Lisbonne, reparlèrent de l'Atlantique et de ses mystères, évoquèrent les premiers jours de leur traversée, passèrent en revue leurs compagnons de voyage, les membres de l'équipage, de Christos le vieux marin empli de sagesse et de secrets à Giuseppe le lieutenant débonnaire et replet, en passant par Matteo le mousse malhabile et comique, Dante l'inénarrable et talentueux cuisinier, Mario le sévère bosco qui la regardait de travers. Quand ils en vinrent à Angelo, Amaury prit un air crispé et, fronçant les sourcils, il lâcha :

— Je vois bien que ce volubile jeune homme vous plaît.

— Il est simplement drôle et m'enseigne plein de choses ! se récria Tiphaine, secrètement enchantée par l'hypothèse qu'Amaury pût être jaloux.

Il soupira. Ils changèrent de sujet.

Le cours désordonné de leur conversation était agréable. Ils ne voulaient pas l'interrompre. Pourtant, il fut l'heure de partir, de regagner le bateau, d'aller aux nouvelles. Demain, ils reprenaient la mer. L'horaire n'était pas encore fixé...

Ils rejoignirent le port, cheminant lentement au hasard des ruelles, silencieux et méditatifs, s'absorbant dans la contemplation des points de vue. Lisbonne était-elle une cité de rêveurs ou une ville de marins tournée vers un nouveau monde ? se demandait toujours Tiphaine. Mais ces deux vocations n'étaient-elles pas en fait obscurément et étroitement liées ? La lumière du jour déclinant parait la cité de tonalités rousses, et l'océan au loin, d'une teinte violette presque noire qui semblait imprimer le ciel orangé de traînées pourpres et mauves dans une alchimie savante, et donnait à l'horizon une dimension féerique, presque mystique. Elle se sentait aspirée par une impression étrange...

À bord de la nef régnait un calme inhabituel. Les matelots devaient se reposer ; certains profitaient peut-être de leur escale en ville... Ils trouvèrent Christos assis dans le carré. Le capitaine leur demanda comment s'était passée leur journée, puis il les informa de leur départ le lendemain en fin de matinée pour profiter des courants ascendants de la marée montante. Mais il avait pour ce soir prévu quelque chose, une sorte de surprise qu'il voulait leur faire. En étaient-ils d'accord ?

— Bien sûr, avec plaisir ! répondirent-ils à l'unisson, intrigués et réjouis.

Ils partirent à la nuit tombée. « Direction la Mouraria », se contenta de leur annoncer le vieux Grec. Cette nouvelle visite dans les ruelles envahies par la pénombre du quartier des Maures prenait les accents d'une vraie aventure. Tiphaine frissonna. C'était bien la peur qui soudain l'envahissait, une crainte sourde, irrationnelle. Un chat rôdeur détala devant eux. Elle prit la main d'Amaury, cette paume vaste et douce dont elle se languissait sans se l'avouer, depuis Bordeaux. Ce dernier la serra dans la sienne.

Une impasse si minuscule que l'on ne pouvait y passer que resserrés à deux...

La façade d'une masure un peu moins délabrée que les autres... Une grille grinçante... Ils entrèrent dans les pas de Christos.

Ils ne distinguaient presque rien dans l'obscurité de la maisonnette. Ils avançaient, guidés par la faible lueur d'une bougie vacillant du fond de la pièce. Leur progression qui semblait interminable révélait progressivement les lieux : une sorte de caverne, un antre garni d'étagères encombrées de bocaux... Un atelier ? Une boutique ? L'officine d'un apothicaire ?

Soudain surgit une forme, une silhouette. Un homme ? Non, un géant comme ils n'en avaient jamais vu ! Un corps large, vaste et haut, une nuque de taureau, une tête énorme. Sous le dôme net et luisant d'un crâne rasé, un visage si couturé de cicatrices et de rides que l'on ne pouvait deviner la couleur de sa peau. Et au milieu de cette face, des yeux extraordinaires, perçants et étincelants comme l'acier d'une lame au soleil.

— *Bem-vindo*[1] *!* les salua le colosse d'une voix incroyablement mélodieuse.

— *Yassou filos mou*[2] *!* lui répondit dans sa langue natale le vieux Grec avant de tomber dans les bras formidables du géant.

Il leur présenta son ami, qui se prénommait Almas. Personne ne connaissait bien ses origines, à commencer par lui-même, vu qu'il était né sur un navire d'une mère capturée par des pirates barbaresques. Ces derniers l'avaient baptisé Almas[3] en raison de ses yeux qui ressemblaient à de purs diamants. Il avait ainsi passé son enfance comme esclave, avant de s'enfuir un beau jour et de se mettre à son compte. Son prénom en cela lui avait sûrement porté chance. Il était devenu un pirate fort réputé et prospère. Et avait amassé, tout au long de sa fulgurante carrière et de ses fructueux abordages, quantité de richesses, cargaisons de soieries, sel, épices, pierres précieuses, or, monnaies de tous pays. Quantité de savoir et une connaissance des langues, de l'esprit des hommes, de leurs croyances et religions aussi ! Depuis qu'il avait pris sa retraite dans la cité lisboète, il se consacrait à dispenser le bien, pour compenser un peu le mal qu'il avait pu faire – mais pouvait-on racheter ses fautes ? –, en offrant ses trésors aux plus démunis et sa sagesse à tous ceux qui passaient le voir.

— Dites-moi vos prénoms, jeunes gens ! sollicita Almas de sa même voix douce devant Amaury et Tiphaine tout intimidés.

1. Bienvenue !

2. Mon ami !

3. *Almas* signifie « diamant » en arabe.

Allez, allez ! Asseyez-vous, je vous prie..., leur intima-t-il avec une amène autorité.

Ils prirent place sur des tabourets faisant face au colosse.

Assis derrière son comptoir, ce dernier attrapa une fiole qu'il tenait bien cachée et renversa quelques gouttes d'un liquide bleuté dans une coupe qu'il fit tourner à plusieurs reprises avant de la reposer. Il observa longuement le récipient sous tous ses angles, le scruta, le huma. Il semblait tout à la fois concentré à l'extrême et ailleurs...

Les visages de Tiphaine et d'Amaury exprimaient un mélange de fascination et de tension vive. Quelle était la suite de cette scène invraisemblable, un rien angoissante, confusément effrayante même ? Qu'allait leur dire ou leur faire l'ancien forban ? Soudain, ce dernier releva ses yeux flamboyants vers eux et, leur adressant une sorte de sourire, se mit à débiter d'un ton calme, neutre, quasi descriptif :

— Vous êtes partis pour un très long voyage... Vous rencontrerez de nombreux périls... Mais finalement vous en triompherez... Au bout de ce périple, vous trouverez un trésor... Un trésor tout simple... Ce sera à vous, et vous seuls, de l'identifier, puis de l'apprivoiser pour savoir le faire vôtre...

Ébaubis, désarçonnés, Amaury et Tiphaine ne savaient que dire.

— Voulez-vous un conseil ? leur demanda alors Almas sur un mode badin, plus guilleret.

Ils hochèrent stupidement la tête.

— Vous ne pouvez contrôler tout ce qui vous arrive dans l'existence. C'est un fait, une loi intangible et universelle. En revanche, vous pouvez contrôler la manière dont vous percevez ces choses qui vous arrivent, les événements que la vie vous réserve, quels qu'ils soient, bons ou mauvais. Encore que rien ne soit jamais strictement bon ou mauvais, mais c'est une autre histoire... Ce que je veux vous dire, c'est que la seule vraie liberté de l'homme réside dans cette capacité à décider de sa propre perception des choses. Cette force, elle est en lui. Et pareillement en vous ! Faites-vous confiance ! Et repensez aussi au vieil Almas ! Je vous enverrai ma force où que vous soyez. Je serai là…

L'ancien pirate avait écarté les bras pour leur transmettre cette énergie fabuleuse qui semblait l'irradier.

Tiphaine lâcha un « Oh » tremblant, bouleversé. Avant de tenter de se reprendre :

— Oh ! Merci, merci, messire Almas ! Oui… nous penserons à vous… Souvent… Toujours…

— Nous ne vous oublierons pas, je vous l'assure, renchérit Amaury d'une voix qu'il s'efforçait de rendre ferme, mais qui trahissait son émotion vive. Je vous remercie de nous avoir reçus…

— Au revoir, chers enfants ! *Yassou Christos*[1] *!* conclut soudain Almas.

Puis il les raccompagna jusqu'à sa porte de son pas lourd et étonnamment vif.

Déjà ils étaient dehors dans la ruelle noire. Avaient-ils rêvé cette rencontre, les paroles, les prédictions de ce personnage extraordinaire ? Devaient-ils y croire ? Fallait-il s'en réjouir ou s'en effrayer ? Devaient-ils en discuter tout de suite ? Compliqué de commenter cette visite en présence de Christos, ami de longue date de l'ancien pirate manifestement… Chacun de leur côté, silencieux, Tiphaine et Amaury avaient l'intuition que ce n'était pas vraiment le moment. L'heure, de plus, était fort tardive. Et ils ressentaient aussi la douce fatigue de ces journées bien remplies et riches en événements, une sorte d'apaisement épuisé dont ils ne voulaient pas rompre le charme. Ils auraient bien le temps de reparler plus tard des visions du vieux Almas aux yeux de diamant. Demain, ils reprenaient leur traversée. Cap plein sud !

Ils se quittèrent devant la cabine de Tiphaine.

— À demain, Amaury ! psalmodia cette dernière de façon

1. Au revoir, Christos !

machinale, rejetant ses cheveux vers l'arrière, prise d'un irrépressible bâillement.

— Passe une belle nuit... ma chère Tiphaine..., s'enhardit le jeune homme en lui adressant un dernier regard onctueux.

Prise de court, désarçonnée, intimidée par cet élan inattendu, elle referma la porte mécaniquement derrière elle.

Le claquement lui fit réaliser : n'avait-elle été un peu brusque ? Ah, c'était tout elle... Jamais dans le bon à-propos, toujours légèrement décalée, ou à contre-courant, si ce n'était démesurée dans un sens ou dans l'autre ! Fermant les yeux, elle songea qu'elle aurait pu se montrer plus chaleureuse, expansive, affectueuse, et s'en voulut un peu... Un prompt et profond sommeil coupa court à ses fugaces interrogations.

# 9

Depuis le matin, tout l'équipage était au grand complet. Il régnait sur la nef une tension palpable. Le visage de Christos disait la concentration calme, la vigilance, la mise en alerte de tous ses sens. Même Angelo parlait peu et semblait se mouvoir avec application, exécuter ses gestes avec une lenteur précise, inédite, lui d'habitude si remuant, agité, virevoltant. Tiphaine s'était assise à la poupe pour mieux observer la scène dans son ensemble, le spectacle du bateau piquant du nez et remontant inlassablement dans les eaux bleu sombre froissées par la houle, le ballet appliqué des marins, son carnet dans les mains, mais sa plume indécise, troublée par la solennité du moment. Ils allaient pénétrer dans le fameux détroit, ce passage mythique : les colonnes d'Hercule ! Gibraltar !

Angelo lui avait expliqué l'origine du nom moderne : Gibraltar était une déformation de l'arabe « *djebel Tarik* », « montagne de Tarik », pour Tariq ibn Ziyad, le général musulman qui, en 711, avait franchi le détroit pour entamer la conquête de la péninsule ibérique. Elle se rappelait elle-même la légende du dixième des douze travaux du héros grec que lui avait contée sa mère quand elle était enfant. Chargé d'aller capturer les bovins du roi géant Géryon à l'extrême occident, Héraclès avait dû en ces lieux employer sa force surhumaine. Elle ne savait plus très bien si c'était pour y ouvrir une trouée à travers les montagnes, ou rétrécir au contraire le bras de mer afin d'empêcher le passage des monstres de l'Atlantique en le flanquant de deux massives colonnes rocheuses de part et d'autre de chaque continent, à moins que l'idée ne fût d'utiliser ces dernières pour alternativement fermer et ouvrir le passage...

Si ces souvenirs étaient un peu flous, son émotion ce matin était en revanche évidente et vive. À la hauteur du moment. Elle allait dépasser Gibraltar, limite fantastique, légendaire, envoûtante, inquiétante au fond, à la croisée de plusieurs mondes. Entre la mer et l'océan, la vieille Mare Nostrum et le nouvel Atlantikôs. Entre le petit monde connu et le vaste espace inexploré à l'est comme au sud. Une frontière aussi entre l'Europe et les royaumes lointains, effrayants, fabuleux de l'Ifriqiya ! Là semblait commencer pour elle une nouvelle partie de leur voyage : le début décisif de leur aventure !

Tiphaine chercha Amaury du regard. Elle ne le trouva pas. Elle éprouva un regret. Mais elle avait l'habitude... Comme souvent, le jeune Bordelais se tenait au milieu du navire, tourné vers la proue, regardant vers le large. Ils s'étaient à peine parlé depuis leur réveil. Amaury lui avait présenté un visage assombri. Pourquoi cette froideur soudaine ? Était-il contrarié, voire vexé, de sa brusquerie de la veille ? Devait-elle venir vers lui pour lui expliquer, s'en excuser ? Était-ce judicieux en cet instant ? Tout comme elle, il était peut-être simplement pénétré par l'importance du moment, recueilli, un peu soucieux, vaguement anxieux...

De fait, Christos leur avait décrit le passage du détroit avec précision, laissant entrevoir qu'il constituait un moment délicat de navigation. Le bras de mer, large de neuf milles marins au plus étroit et long d'un peu moins de quarante, constituait une sorte de goulet où les courants pénétraient avec force et les vents étaient susceptibles d'accélérer avec vigueur. Sans compter que l'on pouvait y croiser embarcations de toutes sortes venant de toutes directions – est/ouest et nord/sud. Un bon franchissement supposait donc une adéquate combinaison des deux forces : vents et courants. Or ces derniers pouvaient se révéler tout à fait changeants et capricieux, un phénomène lié à la rencontre entre des masses d'eau de salinité très différente, ainsi qu'à une disparité de niveaux entre l'océan et la mer, et à l'existence, d'une part, d'un système affecté par le mouvement des marées, tandis que l'autre en était quasiment dépourvu. Le courant naturel portant à l'est se renforçait lorsque la marée montait. L'idéal était donc de se présenter quelques heures avant l'étale de pleine mer pour s'insérer dans le détroit et y bénéficier ensuite de conditions optimales limitant les risques de coups de vent impromptus et de courants tourbillonnants ingérables.

Si le vent était bon, autrement dit d'ouest modéré, pas trop fort – dans la négative il faudrait attendre avant de se lancer – ils dépasseraient le fameux rocher signifiant leur entrée dans la mer intérieure en moins de six heures de route, leur avait annoncé le vieux Grec. Si elle faisait confiance au capitaine chevronné et flegmatique, Tiphaine avait quand même le sentiment de s'apprêter à affronter un invariable défi pour tous les marins qui passaient par là depuis des siècles. Ainsi, une appréhension logique le disputait à son exaltation certaine. Dommage qu'elle ne puisse la partager..., s'avoua Tiphaine, un peu déçue de l'absence d'Amaury.

Progressivement, la trajectoire du bateau s'infléchit vers la gauche, formant un arc de cercle. Christos, droit planté au centre de son navire, les mains rivées à son gouvernail, hurla un ordre sec répercuté aussitôt en une cascade d'injonctions, de cris et de réactions en chaîne. Les voiles semblèrent hésiter un temps, le navire regimber, se cabrer, puis bondir d'un seul coup. Brusquement, les latines se gonflèrent, engageant celui-ci dans son nouveau cap plein est. Incroyable ! Tiphaine aurait voulu capter sur-le-champ la beauté puissante de ce mouvement, son éphémère et sublime perfection, l'immortaliser dans un de ses dessins qu'elle enrichirait d'un texte descriptif ou poétique. Elle se saisit de sa plume. Mais déjà à tribord surgissaient les contours brun bleuté d'une terre et, plus loin devant, vers bâbord, l'ombre floue d'une pointe. Ils étaient lancés ! Merveilleux sentiment que de se glisser ainsi, gracile virgule, entre deux continents !

À un moment, alors qu'ils s'étaient rapprochés tout près du cap sud de l'Espagne, la mer devint plus forte : un bref déploiement d'écume, les prémices de ce que les marins appelaient des creux secouant le navire. Ils n'avaient jusque-là essuyé que quelques grains rapides, des arrosages frisquets aussi denses que brefs et sans conséquence. Là c'était autre chose… Tiphaine trembla, s'accrocha, esquissa une prière, formula un serment silencieux. Puis les eaux se lissèrent comme par une magie secrète venue des profondeurs, le pouvoir d'un Neptune tout-puissant et fantaisiste.

Angelo, qui avait dû sûrement remarquer sa mine effarouchée, vint promptement la rejoindre. Il lui apportait un morceau de *companaggio*, cette galette frite typique de la nourriture des marins vénitiens, composée de fromage, d'oignons et de poisson séché, dont elle raffolait, accompagné d'un calice de *vino rosso* pour lui redonner ses belles couleurs, lança-t-il avec tendresse, sans imaginer qu'elle pouvait se vexer qu'il ait noté sa frousse. Décidément, le jeune Vénitien agissait sans aucune arrière-pensée, préméditation, réflexion préalable sur ses propos. Il parlait et agissait comme il était : spontané, primesautier, libre ! Un enfant ! *Non, pas tout à fait…*, s'amusa Tiphaine *in petto*. Un coquin charmeur… Et charmant. Elle se remémora les mots formulés par Amaury, la veille, à son endroit, le regard noir contrarié du jeune Bordelais. Elle devait se rendre à l'évidence qu'elle avait éprouvé à cet instant une sensation nouvelle, piquante et plutôt plaisante… Cette rivalité entre les deux garçons la flattait…

Contraint de retourner à son office, Angelo la quitta au bout d'un petit moment passé à deviser de leur prochaine étape, une île délicieuse au large des côtes de l'Espagne appelée Mallorca où elle devrait absolument expérimenter les bienfaits des bains de mer – il l'emmènerait ! Tiphaine décida de gagner alors la proue du navire pour jouir de la seule vision des eaux et du paysage s'ouvrant devant eux. Elle s'était ce matin vêtue d'une simple chemise de lin blanc débordant largement sur ses hauts-de-chausses, sans aucune ceinture pour la resserrer. Pas plus d'attache pour contenir le flot de sa crinière bouclée. Quel bonheur de sentir sur sa peau, son visage, son corps tout entier, s'immiscer la caresse du vent et du soleil mêlés ! Dans ce midi étincelant, elle avait la sensation de flotter suspendue au-dessus de l'onde bleu marine !

Le soleil atteignait son zénith. Une brume de chaleur enrobait les côtes de l'Afrique d'un filtre poudré et floutait tout l'espace autour d'elle. Une tête apparut sur la gauche, puis une autre à droite, plus lointaine. Un mirage ? Non : deux véritables crêtes de calcaire majestueusement dressées l'une face à l'autre, formant une sorte de haie d'honneur, un portail naturel magistral, un chef-d'œuvre des dieux ! À gauche, Gibraltar, la chrétienne reconquise ! À droite, Ceuta, la Maure fortifiée de ses épaisses murailles !

Tandis qu'ils doublaient successivement les deux promontoires, Amaury avait rejoint Tiphaine à l'avant de la nef, sans mot dire. Elle goûtait sa présence aimable et rassurante, l'ombre familière de sa haute silhouette à peine balancée par le mouvement du bateau, son énergie douce et bienveillante. Instantanément apaisée par sa venue, soulagée qu'il ne fût pas fâché contre elle – heureuse même de cela –, elle n'osait cependant pas le dévisager et hésitait toujours. Devait-elle lui parler ? Mais que lui dire ? Il lui sembla qu'il valait mieux se taire pour laisser agir la magie du moment qui les réunissait mieux que de vaines paroles. Côte à côte, ils contemplaient l'horizon renouvelé, leur horizon tout neuf chargé de tous ses périls et de toutes ses promesses ainsi que le leur avait annoncé Almas le géant. Graduellement, le ciel se purifiait, se parant d'un azur soutenu et immaculé. Mais c'était surtout la couleur de l'eau qui s'était mise à se transformer, à se transfigurer dans un bleu tout à la fois profond, intense, translucide et miroitant : un élixir de bleu ! C'était donc cela la fameuse *mare mediterraneum*, ce milieu des terres connues, ce centre du monde, cette mer intérieure originelle et rassurante, bruissant de tous ses mythes et légendes, de ses récits de monstres et de pirates, sauvage et agréable à la fois, propice à l'imaginaire, fertile, cruelle, nourricière : le berceau de la civilisation humaine ? Et si belle ! Elle y était parvenue, elle, la petite campagnarde venue de son Périgord retiré et anonyme !

Tiphaine sentit son cœur déborder d'émotion. Une envie de rire, de crier, de pleurer. Elle se retourna violemment vers Amaury sans plus réfléchir. Or, contre toute attente, ce dernier l'attendait, l'observant déjà, attentif et curieux, guettant sa réaction. Comme son visage avait changé ! Le teint pâle du jeune homme avait pris des couleurs dorées, faisant ressortir la profondeur de son regard : un regard envoûtant et chaud qui lui était dédié et paraissait vouloir l'aimanter, elle, Tiphaine ! Quelle merveilleuse surprise ! Les yeux d'Amaury se fichèrent dans les siens. Un instant. Une éternité... Pour la première fois, ils se voyaient vraiment. Amaury prit les mains de Tiphaine et, de concert, ils partirent d'un immense éclat de rire. Quelques secondes suspendues, folles et douces qui disaient leur joie d'être là, leur incrédulité, le trop-plein accumulé de leur bouleversement, de leurs peurs, de leurs incertitudes, l'étendue de leurs doutes et de leurs espérances. Tant de sentiments et d'émotions mêlés : un chaos renversant ! Amaury attira Tiphaine vers lui avec fougue, un peu gauche aussi. Leurs lèvres hésitèrent un instant, proches à se frôler... Ils finirent par s'enlacer : une étreinte brève et intense dont ils se détachèrent un peu embarrassés. Pour rompre le silence, dissiper son trouble, Tiphaine enchaîna des mots confus, mi-graves, mi-joyeux :

— Nous voilà donc à la première étape de notre traversée... Aurions-nous imaginé un jour nous trouver ici ? Je suis fière... Contente aussi... Elle est belle, cette mer, non ? Si différente de l'océan...

— Ah oui ? C'est ce que t'en a dit ton cher professeur et chevalier servant Angelo ? Comment il va, celui-là ? Je l'ai vu te porter à manger tout à l'heure... Toujours aussi dévoué ! attaqua tout à trac Amaury.

— Juste aimable et courtois ! assura Tiphaine, prise de court et faisant mine de s'indigner.

— *Signorina !* imita Amaury, une main sur le cœur et l'autre tourbillonnant dans les airs, singeant le jeune Vénitien. Ah, le diable ! Énamouré, je te dis !

— N'importe quoi ! coupa-t-elle en levant les yeux au ciel.

— N'importe quoi, en effet. Le comportement de ce jeune homme me semble quelque peu déplacé. Tu ne vas pas me dire que tu ne vois pas clair dans le jeu de ce freluquet ? Tu es bien trop intelligente, Tiphaine... Fais attention à toi..., rétorqua Amaury d'un air pincé.

— Merci de ce compliment et de ta sollicitude, mon cher ! riposta Tiphaine dans un trait d'ironie que démentait la chaleur de son regard.

Était-il vraiment inquiet pour sa réputation ? Agacé par le zèle d'Angelo ? Tout bonnement jaloux ? Voulait-il la provoquer pour sonder son cœur ? Quoi qu'il en fût, il semblait enfin s'intéresser à elle et exprimer une émotion. Ressentiment ou sentiment, c'était déjà « quelque chose », et ce quelque chose était beaucoup et si doux : un baume, une vibration... Une promesse ?... Amaury se contenta de sourire à sa repartie. Dans ses yeux qui ne l'avaient pas quittée, elle crut lire une sorte d'indulgence confiante, une tendresse sereine qu'elle ne lui avait jamais vue.

Le soir même, Dante avait prévu un festin pour fêter leurs retrouvailles avec la mer Méditerranée, ces prémices à leur retour chez eux. Des mois qu'ils avaient tous quitté Venise, leur terre, leurs maisons, leurs familles ! Il fallait célébrer !

— Et pour ce faire, quoi de mieux que *la pasta* ! annonça le jovial cuisinier avant de s'enflammer dans un tourbillonnant panégyrique.

La *pasta* allait régner sur le monde, devenir un langage universel ! Elle était délicieuse, accommodable à souhait, douce, roborative, rustique, raffinée, souple, élégante, câline, créative, élégante, maternelle et séductrice : un trésor pour l'humanité. Et si pratique ! Sèche, elle pouvait s'emporter partout, se conserver et – hop ! – d'un seul coup, en un tournemain, se revêtir d'un rien pour devenir divine : une déesse au palais ! La *pasta secca* était une invention géniale que l'on devait à des peuplades nomades du désert arabique qui avaient eu l'idée de découper la pâte confectionnée avec du blé en diverses formes, tubes, sections, lamelles plus ou moins larges jusqu'à de minces fils, puis de la suspendre sur des cordes à linge pour la faire sécher et la conserver ainsi fort longtemps. Les pâtes n'avaient pas révélé encore toutes les formes, les configurations et les dispositions qu'elles pourraient prendre un jour, prédit avec certitude et passion l'ineffable et truculent Dante pour conclure son éloge vibrant : son ode à *la pasta* !

Ce soir, il les avait cuisinées en de fins *spaguetti* avec des *vongole*, des palourdes fraîchement achetées à Lisbonne, qu'il avait tout simplement fait revenir dans de l'ail, du persil, du vin blanc et adjointes quelques minutes à peine, pour les enrober de tous les sucs et parfums de la sauce.

— Une recette magistrale, mon chef-d'œuvre, qui va devenir un classique de la gastronomie ! prophétisa-t-il encore avec la même modestie qui faisait sourire tout le monde.

Mais un délice en effet qui ravit toute la compagnie attablée au carré. On but pas mal – un petit vin blanc du nord de la Vénétie qu'il avait conservé pour les grandes occasions –, on parla un peu fort et l'on rit beaucoup. Une belle soirée bercée par la houle douce qui faisait onduler le bateau, et apaisait les cœurs et les estomacs comblés. Tiphaine n'avait d'yeux que pour Amaury, son beau visage hâlé par le soleil et les embruns, et Amaury pareillement que pour elle, cette beauté brune, solaire, fougueuse, exubérante, ses yeux immenses et noirs, saisissants, leur lueur un rien sauvage dont il ne pouvait se détacher. Angelo de la même manière. Le jeune Vénitien cherchait désespérément à accrocher le regard de la jeune Française et les observait tous deux, Amaury et elle, tour à tour, surpris et chagrin, comme piqué au vif par la nouvelle indifférence de Tiphaine.

# 10

Après six jours de mer calme, contrariés sur la fin par un fort vent de face qui avait obligé Christos à dérouter leur trajectoire légèrement vers le sud, rallongeant leur parcours, ils arrivèrent à l'Insula Maior.

Maiorica, dans sa prononciation latine, était la plus grande île des Baléares, archipel dont la connaissance était fort ancienne : Phéniciens, Grecs, Carthaginois, Romains, Vandales, Byzantins, Omeyyades, Almoravides, Catalans, Provençaux, Almohades s'y étaient succédé. Sa position stratégique entre l'Europe et l'Afrique en faisait un endroit très convoité, n'avait pas manqué de leur préciser le Signore Foscolo, fidèle à lui-même et toujours satisfait de leur délivrer son savoir. Reprise au siècle dernier par les Catalans à l'issue d'une sanglante bataille qui avait vu la plupart de ses habitants arabes tués, les rares survivants s'enfuir et les autres réduits à l'esclavage, puis une épidémie décimer les vainqueurs ainsi punis de leurs atrocités, Mallorca – comme l'appelaient désormais ses autochtones – avait été fortement marquée par la présence des Maures – outre celle de l'Empire byzantin qui avait donné lieu à l'édification de nombreuses églises. Ceux-ci en avaient fait un carrefour commercial prospère, y avaient bâti des fortifications, un palais, développé dans ses terres fertiles la culture de l'olivier, de l'amandier, de l'oranger et autres fruitiers, ainsi que la fabrication de faïences appelées « majoliques », très en vogue à Venise en ce moment – ils devaient d'ailleurs en acquérir pour les charger à bord et les ramener avec provision de vins et de fruits.

L'île avait même connu, au début du XIII^e^ siècle, après la dissolution du khalifa de Cordoue, une période de relative indépendance au sein de l'empire d'Al-Andalus, autonomie qui s'était rééditée après la reconquête chrétienne et la fondation du royaume de Majorque par Jacques 1er. Ce dernier venait de mourir, en 1349, entraînant la fin de son royaume et le retour de l'archipel dans le giron du royaume d'Aragon. Mais la fille de Jacques, réfugiée près de Montpellier, continuait à réclamer ses droits et la souveraineté de Mallorca, leur avait raconté la veille au dîner Foscolo, toujours féru d'histoire. Escale majeure des circuits de navigation en Méditerranée, notamment génois et vénitiens, Palma, ville de seize mille habitants au moins, s'imposait aujourd'hui comme le point convergent d'un intense trafic entre les Baléares, les côtes africaines et ibériques. Devenue la voie d'accès privilégiée du commerce avec l'Afrique, l'île disposait de l'unique marine marchande desservant la totalité des côtes maghrébines, d'où l'excellence de leurs connaissances géographiques et le rayonnement de ses cartographes, parmi lesquels on comptait beaucoup de juifs. Mallorca avait également vu naître un grand homme, le philosophe, théologien, scientifique, poète et romancier Raymond Lulle, mort mystérieusement en mer de retour de Tunis quelque trente ans plus tôt. Il avait laissé une œuvre colossale et fourmillante !

Était-ce à cause de ce riche passé, de sa situation particulière, toujours est-il que les habitants de Mallorca possédaient un tempérament original, combinaison de nonchalance, de désinvolture, d'amabilité apparente, de réserve profonde et d'indépendance farouche. Une fierté et une méfiance insulaires ? Il faut dire qu'ils pouvaient s'enorgueillir de leur île, de sa douceur de vivre, de son climat agréable en hiver, hormis ses abondantes pluies et ouragans de novembre, de la beauté saisissante de ses paysages. Elle était une sorte de pays de cocagne ! les avait alléchés l'écrivain de bord toujours éloquent et, finalement, inspirant.

C'est donc avec une vive excitation que Tiphaine observait leur arrivée dans les rougeoiements du couchant. L'île se dessinait peu à peu devant elle. D'abord une grosse masse informe couronnée d'une haute barre de montagnes qui semblaient s'affaisser vers la mer au sud-ouest. Puis l'ourlet d'un littoral : une véritable dentelle d'anses, de criques, de brèves falaises, de rochers, révélant une infinité de couleurs. Enfin, la baie, assez large mais modeste, accueillante, offrant sa capitale : la « Ciutat », comme ils disaient ici. L'antique cité de Palma sertie de ses murailles mauresques, dominée par la large silhouette de son ancien palais arabe remanié et de sa cathédrale gothique nouvelle, tout auréolée de la chaude lumière du soir, ces pierres dorées de grès blond devenu incandescent. Et des arbres... Quels arbres ! Tiphaine comprenait désormais l'origine du nom de la ville ! Ces palmiers étaient si nombreux, si majestueux et délicats à la fois : des piliers semblant soutenir le ciel étincelant de mauve, audacieux et tranquilles, un jaillissement vers le ciel, fier et souple, leur extravagante et parfaite chevelure à peine agitée par la brise. Que ce port doré, rythmé de ces arbres incroyables et de plantes bizarres aux feuilles épaisses, pointues, dentelées, déroulant des nuances de vert et de gris, semblait charmant et pittoresque ! Une invitation à l'escale !

Ils avaient deux jours devant eux. Comme ils allaient débarquer, Amaury rejoignit Tiphaine et la convoqua avec entrain pour une promenade à la découverte de la ville, avant le dîner qui serait pris à bord, avait ordonné Christos, le capitaine. Demain, ils feraient ce qu'ils voudraient... Ils s'étaient peu parlé pendant ces derniers jours de traversée depuis Gibraltar, s'évitant l'un comme l'autre. Saisissaient-ils qu'ils ne devaient pas hâter les choses, mais bien plutôt se laisser porter, « lâcher prise », selon le conseil d'Almas, le géant lisboète ? Tiphaine se sentait bien, en paix avec elle-même. Elle goûtait le plaisir du moment, et ce frémissement de son être lui suffisait. Contempler, dessiner, écrire, penser à Amaury, repasser ses souvenirs avec lui, fermer les yeux et tenter d'imaginer l'expression de son visage à l'instant même : ainsi avait-elle passé ses journées, et une partie de ses nuits aussi, avec un bonheur évident et tranquille. L'invitation impromptue d'Amaury et son franc sourire lui confirmèrent la sagesse de leur attitude. Leur brève distanciation n'avait été qu'apparente, et avait nourri leur envie et leur joie de se retrouver aujourd'hui. Une exploration nouvelle les attendait, avec son lot d'émerveillements et de surprises...

Ils avaient jeté l'ancre à quelques encablures du port, dont le faible tirant d'eau ne permettait pas d'accueillir leur navire – un autre port plus profond et fortifié avait été créé à plusieurs lieues de là, pour le trafic des gros tonnages, le Porto Pi. Ils gagnèrent celui de la Ribera, situé au cœur de la cité, à bord d'une petite barque de pêcheurs qui était venue à leur rencontre. Arrivés sur les quais construits en pierre après quelques minutes de traversée, ils partirent tous deux à l'assaut des ruelles séparées par une sorte de torrent. Objectif : l'énorme cathédrale tout juste consacrée perchée sur la falaise.

— En route, mon ami ! décréta Tiphaine selon leur formule désormais habituelle.

Les mêmes mots, mais comme ils sonnaient autres, différents de leurs anciens échanges, parés d'une dimension nouvelle ! Emportée par ce souffle irrésistible, Tiphaine fit face à Amaury. Lentement, sûrement, sans ciller, une lueur mutine et provocatrice scintillant dans ses prunelles, elle le fixa. Pas de surprise dans les yeux d'Amaury. Au contraire ! Il soutint son regard avec une ardeur égale, une sorte de délectation. Imperceptiblement, le jeune homme avança sa main vers le visage de Tiphaine. Il écarta une boucle folle déroulée sur sa joue. Ah ! le contact de la paume d'Amaury sur sa peau ! Elle frémit. Il émit un petit rire clair et ordonna d'une voix chaude, impérieuse :

— Allons-y, ma chère !

Ils entamèrent leur promenade. Heureux de se dégourdir les jambes sur la terre ferme et de se dépenser enfin après ces longs jours passés en mer, ils atteignirent l'édifice au bout d'une marche rapide et joyeuse. Santa Maria de Palma de Mallorca, dénommée aussi localement la Seu, avait été construite à la place de l'ancienne mosquée de la médina en hommage à la Vierge Marie, à côté de l'Almudaina, l'ancienne citadelle mauresque convertie en palais surplombant la baie. Des travaux continuaient de s'y dérouler, mais ne gâchaient en rien le point de vue sur la ville et la mer tout à fait magnifique. Ils pouvaient apercevoir au loin, plus haut encore sur sa colline, l'impressionnant Castell de Bellver – « château de belle vue » littéralement, on imaginait pourquoi ! –, une massive forteresse circulaire récemment achevée. Le panorama sur la baie et, à l'opposé, derrière lui, sur les hautes cimes de la Sierra Tramuntana, et sûrement même sur toute l'île, promettait d'y être proprement saisissant.

— Nous pourrions y aller demain, proposa Amaury avec une joie tellement évidente qu'elle se passait véritablement de réponse.

Comme Tiphaine était contente qu'il ait eu l'initiative de leur escapade ce soir !

Des gouttes de sueur perlaient sur le front du jeune homme, sa peau mate, et faisaient scintiller ses yeux sombres. Il passa une main dans ses cheveux, les ébouriffant nonchalamment. Elle lui trouva des airs de prince maure, rebelle, fier, fidèle à lui-même, volontaire, mystérieux. Elle réalisa combien elle aimait ce geste machinal et inconscient, et tout ce qu'il disait de la personnalité du jeune homme : sa noblesse, son élégance, sa fausse désinvolture, sa timidité, ses fragilités, ses secrets peut-être.

Ils revinrent juste à temps pour l'heure du dîner. La cloche tintait déjà et tout le monde se pressait vers le carré. Il faut dire que Dante, l'artiste, ne tolérait aucun retard à sa grand-messe ! Ce soir, il leur avait préparé des spécialités locales : des calamars farcis à la viande, un ragoût de poissons et de crustacés qu'il s'était échiné à se procurer tout de suite en débarquant au port, concoctés avec le meilleur safran de l'île, bougonna-t-il, et pour le dessert une crème aux œufs parfumée à l'amande fraîche.

— *Tutto fresco e di prima qualità* [1] *!* chantait-il en apportant lui-même les plats.

Il avait en effet congédié depuis quelques jours le jeune Matteo, au motif qu'il était bien trop maladroit, et risquait à tout moment de renverser ses délicates préparations et gâcher la nourriture de tous. En réalité, le mousse malhabile volait parfois la vedette aux délices du cuisinier par ses contorsions cocasses et autres désopilantes mimiques. Dante en avait-il pris ombrage ? Lui qui défendait jalousement la primeur de son art, avait-il subodoré que le gamin se servait de cette scène quotidienne du dîner pour exercer son talent comique de façon plus délibérée que d'aucuns pouvaient l'imaginer ? Quoi qu'il en soit, Matteo était donc remonté du fond de la cuisine à la surface du pont, assigné à de nouvelles tâches comme le nettoyage, le service des casse-croûte, le gravissement de la hune pour seconder le gabier dont il apprenait du coup le métier. Pauvre enfant ! Il semblait ici s'en sortir encore plus mal et être plus terrorisé qu'emprunté. Que ce fût par jeu ou par nature, sa carrière était sûrement plus chez les saltimbanques que chez les marins et il faisait vraiment peine à voir. Mais l'on ne pouvait s'opposer à Dante sous peine d'être réduit au pain sec et à l'eau. Alors, même si chacun regrettait au fond la présence de l'attachant et divertissant Matteo, personne n'avait pipé mot. Il était là aussi pour apprendre le métier… Pas pour faire le bouffon, avait tranché le maestro des fourneaux.

Un invité exceptionnel avait été convié au dîner par le capitaine

1. Tout frais et de première qualité !

Christos, qui fit diversion au débat : un grand cartographe majorquin de confession juive de ses amis appelé Abraham Cresques. Ce dernier travaillait avec son fils Jehuda à la rédaction d'un grand atlas du monde, une somme des connaissances en matière de cosmographie, d'astrologie, de tables des marées et bien sûr de cartographie, avec le projet de réaliser une mappemonde de l'Atlantique à l'Asie. Il leur montra l'un de ses portulans : un travail admirable et moderne richement illustré et enluminé réalisé sur l'un de ces nouveaux vélins, plus blancs et plus lisses que les traditionnels parchemins. Le planisphère décrivait de façon très détaillée les côtes de l'Europe occidentale et du nord de l'Afrique, la Méditerranée bien sûr, la mer Noire, la mer Rouge – coloriée en rouge – mais aussi, fait nouveau le distinguant du style des portulans italiens, tous les intérieurs des terres ornés de symboles, de dessins représentant des villes, des chaînes de montagnes, des cours d'eau et même des personnages : un vrai tableau, un chef-d'œuvre esthétique et érudit ! Ainsi, le grand désert du Sahara si peu connu et, au-delà, l'empire du Mali de Mansa Moussa, le seigneur des Noirs de Guinée, souverain immensément riche grâce à l'or extrait en abondance sur son vaste territoire, dont le savant homme leur parla aussi avec passion. Pour une fois, Foscolo écoutait en silence, époustouflé par la science de Cresques comme tous et emporté par la magie de son verbe sur ces routes lointaines aux confins du monde.

— Et cette rose des vents apposée à gauche de la carte donnant les quatre points cardinaux et les vents avec leur nom de façon précise : quelle formidable nouveauté, quelle aide pour nous, navigateurs ! s'enthousiasma Christos, félicitant le génie de son ami.

— Merci, mon cher. Cela m'a semblé en effet une bonne idée... En revanche, pour l'Asie, je suis moins satisfait. Tout est encore un peu trop flou... Nous avons des progrès à faire ! concéda le bonhomme sans aucune fausse modestie.

— Croyez-vous, messire, à cette théorie que la Terre soit plate ? s'enhardit Tiphaine, férue de ce sujet.

— Absolument pas ! C'est une pure sottise, jeune fille ! Déjà les Égyptiens et les Grecs la savaient ronde, se référant aux observations et expérimentations qu'ils avaient pu faire. Après Pythagore, tenant de la primauté du modèle sphérique eu égard à sa perfection, deux siècles plus tard, Aristote en apportait la première preuve à partir de l'ombre en forme d'arc de cercle que formait la Terre sur la Lune lors des éclipses lunaires. Mais, alors, depuis Sacrobosco et son fameux *Tractatus de sphaera*, plus aucun doute n'est permis ! Ceux qui défendent encore qu'elle est plate sont des esprits obscurs, entêtés et idiots ! Arrêtons cette vieille lune, j'ai envie de vous dire ! répondit le savant homme avec un trait d'humour qui provoqua les rires et finit de les charmer tous.

Vers la fin du repas, le capitaine Christos leur annonça l'ordre du jour pour le lendemain. Cette fois, Angelo avait quartier libre. Le jeune second sauta sur l'occasion pour proposer à Tiphaine - comme il le lui avait promis - ainsi qu'à Amaury - car il ne pouvait pas raisonnablement exclure celui-ci tant par politesse que par respect des convenances vis-à-vis de la jeune fille dont il était l'ami, une sorte de chaperon de facto, protecteur en tout cas - de les emmener à la barque découvrir des criques de l'île et s'y baigner. L'eau y était transparente, fabuleuse, ils allaient adorer !

Rassurée et contente qu'Angelo les convie tous les deux, Tiphaine accepta immédiatement avec enthousiasme et sans réfléchir. C'était tout elle ! Amaury la foudroya du regard et lâcha d'un ton outrageusement affable que démentait la noirceur de ses yeux :

— Merci, l'ami ! Mais j'ai prévu d'autres plans. Je voulais me rendre au Castell de Bellver et tenter peut-être d'aller jusqu'au monastère de Lluc pour y admirer la statue de la Vierge noire. Le site est paraît-il incroyable, n'est-ce pas, Signore Foscolo ?

Mais allez donc tous les deux vous baigner ! Tu me raconteras, Tiphaine !

Elle était sidérée. Interdite. Quelle mouche avait piqué Amaury ? Quel pisse-froid ! Quel rabat-joie ! Quel emmouscailleur il faisait ! Bien sûr, ils avaient évoqué ensemble, tout à l'heure, l'éventuelle visite du Castell. Mais tout de même, un bain de mer était une expérience tellement plus nouvelle, différente, exotique, drôle : immanquable ! Elle aurait adoré la partager avec lui... Elle était déçue, mais aussi en colère et proprement blessée. L'éconduire ainsi devant tous résonnait en elle comme du mépris, un affront, un désaveu. L'avait-elle froissé en acceptant spontanément l'invitation d'Angelo ? Ou voulait-il la provoquer en refusant ? Mais il la poussait ainsi dans les bras du jeune Vénitien... Pourquoi une réaction si paradoxale ? Elle se dit que, après tout, elle s'en fichait. Amaury devait arrêter ses sautes d'humeur, ses bouderies proprement enfantines. Son esprit trop chagrin n'allait pas lui gâcher le moment ! Il ne savait pas ce qu'il perdait : cette promenade en bateau, cette baignade en mer aurait été une si belle occasion de se découvrir encore davantage... Quel sot ! Quel orgueilleux ! Était-il indécrottable ?

Dédaignant celui-ci, elle prit alors son ton le plus enjoué et son sourire le plus benoît pour s'adresser à Angelo :

— À quelle heure le départ de l'expédition, capitaine ?

— Le plus tôt qu'il vous sera agréable, Tiphaine. Je ne saurai trop vous vanter la lumière du matin. Elle est fabuleuse. N'est-ce pas, Signore Foscolo ? reprit à son tour avec malice le jeune Vénitien, copiant les propos du Bordelais.

— Je serai prête au lever du jour ! disposa Tiphaine avec une mimique résolue et enchantée.

Suivit un silence gêné autour de la table, tout le monde ayant perçu la passe d'armes qui venait de se jouer entre les deux jeunes gens. Puis la conversation reprit. Mais Tiphaine ignorait

Amaury, et Amaury ignorait Tiphaine. Ils se quittèrent pour rejoindre leurs cabines après un laconique et sec « Bonne nuit ».

Arrivée dans sa chambrette, Tiphaine réalisa qu'elle n'avait absolument aucune envie de dormir. Elle se sentait toute excitée à l'idée de cette partie de mer qui s'annonçait. Expérience inédite pour elle qui ne s'était baignée que dans l'étang de Canterac, les jours d'été lorsqu'il faisait une chaleur étouffante, en compagnie de sa sœur et de son cousin quand ils étaient encore jeunes adolescents. Ensemble, ils avaient appris à nager. Une chance ! Elle n'allait pas avoir l'air d'une ridicule empotée ! Mais comment allait-elle se vêtir pour l'occasion ? Une robe légère ? Une chemise ? Un tissu trop fin, une fois mouillé, pouvait révéler ses formes, voire sa nudité. Devant Angelo, ce serait hardi et éminemment embarrassant… Et quelle serait la sensation de l'eau salée et des vagues sur son corps ? Est-ce que cela piquait ou était plutôt suave ? Elle frissonna… Mais un pincement au cœur la surprit aussitôt : un sentiment confus et violent. Si elle était énervée par l'attitude d'Amaury, sa volte-face, cette mauvaise grâce dont il était trop souvent coutumier, si elle constatait ce même côté changeant, ombrageux auquel s'était adjoint ce soir un aspect provocateur et indéniablement trouble-fête de sa personnalité, son absence le lendemain l'affligeait. Cette peine n'était pas seulement le résultat de son amour-propre offensé. Elle venait de beaucoup plus loin : un manque profond, viscéral, contre lequel elle ne parvenait pas à lutter. Sa nuit fut brève, agitée : un magma d'anxiété et d'impatience qui la tira du lit aux aurores.

Quand elle monta sur le pont, vêtue d'une simple robe de lin pervenche largement décolletée flottant sur sa chainse, le jour se levait donc à peine. Mais Angelo l'attendait déjà de pied ferme, irradiant une joie claire, espiègle et communicative.

— *Buongiorno mia amica ! Dormito bene*[1] ? Il semble que oui. Vous avez une mine superbe ! J'ai tout préparé : de l'eau, du

1. Bonjour, mon amie. Bien dormi ?

vin, un casse-croûte, des oranges. Je vois que vous avez pris un chapeau et vous êtes vêtue légèrement. C'est parfait ! Il risque de faire chaud. Et cette tenue vous sied à merveille ! *Bella ! Bellissima !* Ainsi vous serez ma boussole, mon étoile ! décréta le jeune Vénitien, vibrionnant autour d'elle, déjà au meilleur de sa forme malgré l'heure matinale.

Les compliments d'Angelo la ravirent. *Tant de miel dans la bouche d'un si joli garçon !* se réjouit Tiphaine en observant la belle allure du marin, son visage aux traits délicats encadré par sa tignasse de boucles rousses. Bonheur éphémère et à double tranchant… Au même instant, elle ressentit comme un coup de poignard dans le ventre : pourquoi n'était-ce pas Amaury qui était là et prononçait ces mots doux ? Non, elle devait chasser au plus vite ce regret, cette amertume stupide et vaine. Amaury l'avait lâchée, laissée… en charmante compagnie. Dont acte !

Angelo lui fit enlever ses chaussures – elle eut un peu honte de dévoiler ses pieds, ce fragment de peau normalement caché –, puis lui tendit la main pour s'agripper à l'échelle de corde et gagner leur embarcation : une petite barque équipée de rames et d'une voile en trapèze. Angelo installa Tiphaine à l'arrière, se saisit du gouvernail et orienta la chaloupe qui prit doucement le vent. Un dernier coup d'œil vers la *Perla del Lido* dont ils s'éloignaient peu à peu. Tiphaine espéra tout à coup y apercevoir Amaury sur le pont pour pouvoir le saluer d'un geste ou d'un sourire. Hélas, il en était absent. Elle éprouva un nouveau pincement au cœur, et résolut tout aussitôt d'oublier le jeune Bordelais et sa mauvaise humeur chronique, pour se dédier à cette exploration du littoral majorquin et de ses *calas* secrètes dont Angelo lui avait tant vanté les délices. « *Carpe diem quam minimum credula postero*[1] » : le vers célèbre d'Horace devait littéralement la guider pour cette belle journée !

1. « Cueille le jour et sois la moins crédule possible en ce qui concerne l'avenir. »

L'astre levant diffusait ses lueurs subtiles sur la surface calme de la mer à peine animée de vaguelettes. Quelle lumière, quelle pureté, quelle profondeur de l'atmosphère ! Et cet air marin vif qui lui emplissait les poumons ! Tant de beauté pure, brute et apaisante ! Tiphaine fut tout de suite happée, tous ses sens emportés par la brise, le contact frais des embruns, le spectacle des eaux claires, transparentes à couper le souffle. Comme si le ciel lui-même avait déversé son bleu infini dans la mer, chaque nuance semblait ici représentée, du turquoise le plus dense, au céruléen cru, au cyan le plus clair, en passant par le marine obscur envoûtant des profondeurs insondables. Au loin, des falaises escarpées déroulaient leur dégradé de beiges et d'ocre tranchant sur la mélodie des bleus, tantôt plongeant dans des à-pics formidables, tantôt s'alanguissant dans des plages de poche coulées de sables blonds, tantôt s'entrouvrant à peine sur de sombres et mystérieuses cavités, replis secrets envahis par les eaux limpides.

Les premiers rayons du soleil faisaient scintiller l'onde en des myriades de reflets précieux, dansants, jamais identiques. À mesure que le canot glissait sur la surface miroitante, les étincelles de lumière créaient une vision hypnotique aux yeux de Tiphaine tandis que le clapotis des vagues semblait lui chuchoter des histoires millénaires de marins. Elle restait silencieuse. Il faut dire que, pour parler, il y avait Angelo : on pouvait compter sur lui ! Le jeune Vénitien babillait comme à son habitude. Si Tiphaine ne comprenait pas tout, le flot des paroles du jeune homme rythmé d'exclamations et de rires contribuait à la bercer doucement.

Ils s'approchèrent peu à peu d'un rivage. Le but de leur promenade ? Entre deux escarpements, ils se faufilèrent. Et là, au détour d'un rocher, elle reçut un choc : un pur éblouissement. Face à elle, une explosion de couleurs : de l'émeraude, du turquoise, le doré du sable, l'orange des rochers, le camaïeu des verts d'une végétation luxuriante. Ils avaient atteint l'endroit que voulait lui montrer Angelo. Elle comprenait pourquoi. Elle le remercia avec une émotion vive, naturelle. Il était aux anges, satisfait et fier comme un enfant. Rayonnant. Ils accostèrent au bord de la plage. Il l'aida à sauter. Elle trempa ses pieds dans l'eau fraîche. Ils s'assirent sur le sable. Quelques minutes muettes à contempler le paysage enchanteur de la minuscule crique. Puis Angelo se dressa et décréta, malicieux :

— Allez ! Il est temps ! On se baigne, Tiphaine !

Déjà il avait ôté sa chemise, dénudant son torse musclé, et il entrait dans l'eau. Tiphaine se leva et s'avança vers la mer cristalline. De nouveau, le contact mouvant de l'onde, la caresse sous ses pieds du sable à peine remué par le courant. Elle s'avança encore. La fraîcheur de l'eau la fit frissonner. Angelo rit, amusé par sa grimace surprise.

— *Vieni ! Forza !* l'encouragea-t-il à grand renfort de gestes.

Il se mit alors à l'éclabousser de toutes ses forces. Tiphaine fit mine de se fâcher. Puis plongea dans les flots. Pour l'épater un peu. Elle nagea, nagea, nagea encore. Quelle merveilleuse sensation que cette eau de mer tiède et douce qui la portait et glissait sur sa peau ! Elle regagna la plage et s'assit auprès d'Angelo. Elle se sentait bien, un peu comme une plante primitive endémique. En osmose avec la nature merveilleuse et sauvage qui l'entourait… La chaleur du soleil sur son corps – elle avait ôté sa robe pour la faire sécher –, la brûlure légère du soleil sur sa peau… Tant de délices inédits ! Les yeux d'Angelo aussi, s'attardant sur sa chemise de dessous trempée qui se collait à elle et révélait ses courbes… Contre toute attente, elle n'éprouvait aucune gêne, aucune honte. Au contraire : elle adorait s'offrir ainsi, impudique, voluptueuse, au regard cru du jeune homme. Elle ferma les paupières et se prit à imaginer que c'était Amaury qui était là à ses côtés, et la dévorait de ses yeux sombres et attisés. Son bien-être se transforma en extase. Non, il ne l'avait pas abandonnée dans cette crique : il était là, avec elle…

# 11

Trois jours qu'ils avaient quitté Palma la délicieuse. Trois jours de bonace, de vents faibles et de chaleur franche. Trois jours passés pour Tiphaine dans une douce léthargie, un exquis flottement nourri par ses pensées audacieuses envers Amaury.

Elle avait découvert le bonheur de marcher pieds nus ; comme la plupart des matelots, elle allait ainsi, éprouvant une sorte d'affranchissement, une désinvolture nouvelle, une forme de liberté primitive. Amaury l'avait mise en garde contre le risque de chocs ou d'échardes. Elle l'avait remercié, facétieuse, de sa sollicitude. Mais lui avait répondu qu'il devrait lui-même essayer de se séparer de ses bottes. Il serait tellement plus à son aise ! Cela pourrait alléger son humeur ! Il s'était à son tour moqué d'elle, ironisant sur son côté toujours « si aventureux ». Elle avait ri de ce cordial persiflage, heureuse de retrouver l'esprit taquin d'Amaury. Leur relation s'était détendue, réchauffée à la faveur de leurs piquants badinages, de leurs regards aussi, furtifs mais chargés d'intensité. Ce jeu – leur jeu ? – distillait son trouble et berçait Tiphaine, évaporée dans ses rêves, le bonheur du soleil, de la lumière sans pareille magnifiant l'espace marin.

Leur prochaine escale, prévue le soir même, était le royaume de Sicile et le port de Palerme, où ils devaient déposer tissus anglais et faire provision de vin et d'oranges. Le temps paraissait s'étirer en longueur et en langueur tant la mer était calme, plate, lisse, sans aucun souffle de vent venant rider sa surface. « Une mer d'huile », avait dit Christos, leur expliquant l'expression venue de ses ancêtres. Était-ce le vent trop absent qui l'inquiétait, retardant leur avancée ? Le vieux capitaine grec à la haute stature et à l'abondante chevelure grise se tenait immobile à la proue de la nef, scrutant l'horizon immuable, cette mer devenue lac, lustrée, étrange, ce miroir sans fin bleu sombre, chatoyant, impénétrable, cette vaste étendue de soie à peine moirée. Un monstre allait-il surgir des profondeurs ? Il semblait guetter...

Soudain, le ciel s'assombrit, le soleil disparut en quelques minutes, englouti par de grosses nuées noires, et le vent se leva. Christos hurla :

— À vos postes ! Les autres en bas !

Il regagna aussitôt le centre du navire et reprit aussi sec la barre des mains de son second. La mer déjà avait pris des couleurs de cendre et la houle devenait vagues. Quelques premières gouttes de pluie se mirent à tomber, froides et cinglantes. Puis bientôt, elles se muèrent en une déferlante, un pur torrent glacé et dru, un déluge qui flagellait les corps et giflait les faces. En quelques minutes, la mince brise s'était convertie en rafales terribles et assourdissantes, couvrant les cris des hommes, faisant claquer les voiles, résonner la nef de ses moindres parts, et la faisant tanguer violemment tel un jouet dans les mains d'un géant en colère. Christos réagit en mettant son bateau à la cape. Réduisant la voilure, il le planta crânement dans le vent formidable. Oui, il était trop tard pour esquiver la tempête.

Dans l'incendie des premiers éclairs déchirant le ciel, le grondement renouvelé effrayant du tonnerre, la mer se cabrait. Tout à l'heure si onctueuse, douce, aimable, elle était devenue folle, possédée : incontrôlable. Les vagues s'étaient muées en montagnes et le navire tout entier plongeait dans ces creux gigantesques qui semblaient prêts à l'engloutir. Contre toute attente, il parvenait à en resurgir à chaque fois. Mais les flots rageurs continuaient de déferler contre ses parois, faisaient craquer les mâts, crisser les voiles, rouler caisses, tonneaux, cordages, tout ce qu'il y avait sur le pont ébranlé de secousses formidables et sinistres, balayé par les giclées d'eau venant tout inonder. Un tremblement de terre. Une apocalypse ? Les vagues allaient-elles disloquer la nef ?

Par-derrière, des murs d'eau se succédaient qui semblaient pouvoir à chaque seconde submerger la *Perla del Lido* ou la faire chavirer si par male chance ils arrivaient à peine de travers. Mais toujours le bateau filait, piquait du rostre, puis remontait par un miracle inouï qui se reproduisait. L'ouragan était là, rugissant tel un fauve affamé de chair fraîche ; les marins s'accrochaient désespérément aux cordages, aux cadènes, aux taquets, à tout ce qu'ils pouvaient, pour ne pas être expulsés dans les flots qui les avaleraient sur-le-champ. Tiphaine vit Angelo s'arrimer à un mât, s'entourer avec une corde, la face livide déformée par l'effroi.

Soudain, une voile se déchira et se mit à claquer. Mario beugla son ordre pour aller la replier et tenter ainsi de la sauvegarder. On aperçut la frêle silhouette du jeune Matteo s'élancer sans que l'on sût pourquoi, et aussitôt rebondir, s'envoler, éjectée dans les airs telle une poupée de chiffon avant d'être propulsée vers la mer déchaînée. Ah ! l'imprudent gamin dévoré sous leurs yeux par les remous impitoyables ! À cet instant, Amaury se rua sur Tiphaine et, la tenant fermement, la tira vers l'escalier pour la mettre en sécurité à l'intérieur du navire.

Dans le carré, tout avait valdingué et n'était que désordre. Les mugissements du bateau étaient encore plus monstrueux, résonnant dans l'espace clos, effrayants et lugubres : un chant macabre qui leur glaçait les sangs... Mais ils étaient au sec et semblaient un peu plus protégés. Illusion ? Cauchemar ? Attendre que la furie passe...

Tiphaine s'était blottie contre Amaury. Elle tentait d'effacer l'image du corps fluet du jeune mousse expulsé, emporté, absorbé par la mer démontée. Vision d'horreur insoutenable qui disait leur propre précarité. Elle pensa soudain à sa mère disparue, emportée elle par la maladie. Son beau visage, son regard bleu si doux et expressif abîmés par la fièvre : ils restaient gravés dans sa mémoire depuis ce jour affreux de ses dix ans... Vivaient-ils eux aussi leurs derniers instants ?

Amaury tentait de la rasséréner en lui caressant les cheveux. Pas de mots possibles. De toute façon, ils auraient été pareillement ensevelis par le hurlement de la tempête.

Ils tremblaient tous les deux, ballottés par les éléments, par la peur aussi. Pour la première fois de leurs jeunes existences – la deuxième pour Tiphaine après le siège de Canterac, mais plus proche, plus virulente, immédiate ici –, ils expérimentaient l'imminence de la mort et son pendant consubstantiel : le fol et viscéral espoir de la survie. Tiphaine se noyait dans l'étreinte d'Amaury, respirait son parfum : fragrances de cuir, de pin et d'agrumes, élégantes, entêtantes, rassurantes. Elle aurait voulu y rester pour toujours. S'y dissoudre... Oublier qu'Amaury l'avait sauvée peut-être de la mort...

Puis, soudain, à travers les brumes de son esprit, elle perçut un apaisement. Le vent fléchit, la mer s'aplanit, le vacarme cessa. Du haut du navire leur parvint la clameur joyeuse de l'équipage. Sur le pont, tout le monde s'affairait à remettre de l'ordre. Christos et Giuseppe, accompagnés du charpentier, faisaient le tour des dégâts : la voile d'artimon déchirée, la bôme fendue, une drisse brisée, une planche du bastingage emportée... Rien de très grave, rien d'anormal ! Une sorte de routine. Visiblement, à part eux deux, personne n'avait eu le sentiment de se trouver en totale perdition. Tiphaine se sentit tout à coup stupide, désarmée, étrangère à ces hommes adurés aux épreuves des éléments.

Un morceau de *companaggio* à la main, Dante vint à leur rencontre :

— Sacrée tempête ! Votre première, les enfants ? les interrogea-t-il avec une incroyable gaieté.

Elle refusa poliment l'offrande du fringant cuisinier : elle avait l'estomac noué et ne pourrait rien avaler.

— Matteo..., balbutia Tiphaine, des sanglots dans la voix.

— Certes... C'était bien triste, il n'avait que dix ans, reconnut celui-ci avec un soupir résigné, assez peu affligé. C'est la loi des gens de mer... On a l'habitude... Et le gamin, faut dire, il ne s'y serait jamais fait !

Son cynisme la choqua. Christos rendit quant à lui un court et ferme hommage au jeune mousse :

— Un enfant disparu trop tôt. Paix à son âme innocente ! Mais si la mer donne et reprend parfois, commenta le vieux Grec, cependant elle ne vole jamais..., conclut-il en remerciant son navire d'avoir si bien tenu : là était l'essentiel...

Ils répareraient demain quand ils seraient à Palerme. Encore que la tempête les avait sûrement déviés de leur route et qu'il ne savait pas bien où ils se trouvaient, annonça-t-il aussi, le plus naturellement du monde, sans prendre de précautions inutiles, ni un ton alarmé et alarmant. Hormis Foscolo qui déjà se grattait le crâne et se lamentait du retard de la nef et des aléas des prochaines cargaisons, tout l'équipage encaissa l'information sans émettre le moindre commentaire. Le capitaine avait parlé. Bien parlé. Sa parole était d'or. On lui faisait confiance.

Les *pasta al ragú* de Dante ne parvinrent pas à égayer les pensées de Tiphaine au cours du dîner. Pourtant, tout le monde était là, heureux de se retrouver. Et tout de même, cette tempête qu'ils avaient essuyée en était une bonne, une vraie, une coriace ! Pas mécontents d'en avoir réchappé et de s'en être aussi bien sortis ! résuma le tonitruant et jovial Giuseppe en levant son verre. Et tous trinquèrent à leur bonne fortune dans un concert de tintements et de rires ! Elle aurait aimé à cet instant qu'Amaury croise son regard, lui offre un sourire de réconfort. Il ne lui avait pas adressé le moindre mot depuis leur étreinte dans la tempête. À l'autre bout de la table, il restait froid et distant, absent pour elle. Elle se sentit soudain seule, si seule au milieu de tous ces hommes... Si loin de chez elle. Au bout de son monde... Démunie. Fragile. Et misérable. Ainsi, dès la fin du repas, elle fila se coucher sans demander son reste et sans un regard pour Amaury. Penser à elle. Vite s'endormir, oublier, reconstituer ses forces. Se retrouver juste elle. Elle avec elle-même. Se recentrer. Se reprendre. Chasser ces visions de mort. Et s'assumer aussi.

Ainsi le soleil se coucha sur ce jour empli de moins d'enseignements que d'incertitudes. La nuit de Tiphaine fut peuplée de cauchemars terrifiants. Les visages de Matteo, d'Amaury, tournoyant dans les vortex des remous aspirés par les eaux, bouillonnantes émanations d'un enfer souterrain implacable. Puis, tout à coup, son père surgissant des profondeurs tel Poséidon armé de son trident, la face toute réjouie de sa bonne farce. À chaque bout de sa fourche, les têtes tranchées de marins dégoulinant de sang, leurs yeux blancs révulsés disant leurs dernières secondes et leurs bouches tordues dans d'affreux rictus de douleur. Elle bondit de sa couche en sueur. Elle avait cru entendre, au cœur de la nuit, la vigie crier : « Terre ! » Mais ce n'était pas Palerme...

# 12

En réalité, ils avaient dérivé vers le sud et semblaient être arrivés au large de la ville de Tunis. Ils jetèrent l'ancre à distance raisonnable de la côte, décidant d'attendre que le jour confirmât ce pressentiment du capitaine.

Christos et Giuseppe, les deux anciens, connaissaient la cité et y avaient des relations de longue date. Venise – vite imitée par les Amalfitains, Génois et autres Pisans – avait en effet noué depuis le XIe siècle tout un tissu de relations commerciales avec la capitale du sultanat hafside – auparavant dirigé par les Almohades, dynastie berbère précédente qui avait libéré le territoire de la domination des Almoravides arabes et fait de Tunis, foyer de l'opposition aux califes, la capitale de leur empire remplaçant Kairouan. De nombreux étrangers y résidaient ainsi, à côté de sa population constituée d'Arabes et de Berbères islamisés : commerçants, intellectuels, riches Andalous musulmans et juifs qui y étaient venus s'y réfugier après la Reconquête espagnole. À proximité des ruines de la mythique Carthage, face à la Sicile, bien positionnée à la jonction des grandes routes commerciales terrestres et maritimes, Tunis était devenue « l'une des villes les plus prospères du monde musulman, et fort belle et intéressante », leur précisa Christos. Il ne fallait pas s'inquiéter, leur assura le vieux Grec, plutôt satisfait de cette escale imprévue et de faire taire aussi, pour une fois, le pédant Foscolo. N'en savait-il autant que lui, voire davantage ? Il souriait benoîtement, content de son effet, devant l'écrivain ébaubi.

Dans l'attente des premières clartés de l'aurore, sur le pont enténébré peuplé d'ombres, Tiphaine avait cependant du mal à rester sereine. Était-elle encore bouleversée par ce trop-plein d'émotions qu'elle venait de vivre, la tempête, la disparition du jeune Matteo, son traumatisme d'enfance resurgi, son cauchemar affreux, si puissant qu'il lui avait semblé vrai ? Elle se repassait un vers d'Homère qui avait bercé son enfance, les récits de sa mère : « Elle est douce, la terre, aux vœux des naufragés, dont Poséidon en mer, sous l'assaut de la vague et du vent, a brisé le solide navire. » La musicalité des mots ne parvenait pas à chasser l'irrépressible appréhension qui la gagnait.

Elle avait tant entendu de légendes sur les razzias des pirates barbaresques, leurs trésors fabuleux, leur cruauté absolue, le sort qu'ils réservaient à leurs otages. Tant d'histoires sur les palais fastueux de leurs princes gardés par leurs esclaves à la peau d'ébène luxueusement vêtus, leurs décors insensés, leurs fontaines, leurs patios, leurs endroits secrets hébergeant des bains emplis de vapeur, leurs appartements privés avec leurs obligatoires harems où ils retenaient captives, à l'abri des regards, une multitude d'épouses au teint clair et aux yeux flamboyants sous leurs voiles cousus de fils d'or... Tiphaine trembla. Elle ne voudrait pas terminer ses jours ainsi : prisonnière, invisible, à la disposition d'un mari, assujettie à son maître. Même une chienne était moins docile et plus libre !

En même temps, il y avait dans cette soumission au mâle, révoltante, abjecte, quelque chose de sombrement attirant, un murmure indigne et exquis, une convocation obscure et affriolante... Elle eut subitement envie d'un baiser d'Amaury et se mit à visualiser la scène comme si elle la vivait. Qu'il la prenne dans ses bras, qu'il s'empare de sa bouche, qu'il la plaque contre son corps, qu'elle ressente la bosse dure de son sexe sur le sien. Qu'il l'empoigne et l'enfourche ! Non, vraiment, elle divaguait !

Ce devait être les premiers effluves de cette Afrique épicée de mystères, pétrie de sortilèges qui lui tournaient les sens. Il lui fallait décidément se reprendre, recouvrer la raison, cette petite voix qui l'avait toujours guidée à travers les méandres de sa trop grande sensibilité et de son impétuosité.

D'un pas volontaire, elle rejoignit Amaury en train de converser avec Christos. Le jeune homme l'accueillit avec un sourire bienveillant. Dans ses yeux, elle lut de la compassion, de la tendresse aussi, une envie nouvelle de la protéger, comme une onde douce enveloppante qui la réconforta enfin. Pourquoi ce matin et pas la veille alors qu'elle l'avait espéré en vain ? Toujours cette même énigme, cette part d'ombre en Amaury. Devait-elle s'en méfier ou s'en réjouir ? Inconsciemment, son cœur semblait opter pour la joie et sa raison lui souffler que « mieux valait tard que jamais ».

Le capitaine leur annonça qu'il leur faudrait passer probablement trois jours ou quatre à Tunis pour réparer les quelques avaries causées par la tempête. Il prévoyait de les faire loger avec lui, dans le fondouk de son ami Simone, un ancien marin reconverti en marchand, gérant le comptoir vénitien à Tunis. Ce lieu, tiré d'un mot grec signifiant auberge, encore dénommé « caravansérail », avait en fait une double vocation. Au rez-de-chaussée, autour d'une cour carrée, s'y trouvaient les entrepôts de marchandises ainsi que les charrettes, ânes, chevaux servant à leur transport. À l'étage, des chambres pour recevoir les voyageurs, notamment étrangers. Le fondouk de son ami était particulièrement grand et confortable, et lui allait être ravi de les recevoir et de leur faire découvrir la ville qui maintenant était devenue sienne quasiment...

Portée par l'enthousiasme de Christos, ses paroles rassurantes, Tiphaine se réjouit soudain de cette escale imprévue. Plus de crainte en elle, plus d'appréhension, plus de confusion. Amaury à ses côtés semblait aussi satisfait qu'elle et irradiait une sérénité joyeuse qui tout à la fois l'apaisait et titillait sa curiosité plus encore que cette ville inconnue. Elle repensa à cette étreinte qu'elle avait imaginée quelques minutes plus tôt. S'il savait... Elle émit un petit rire qui étonna Amaury. Qu'il était adorable avec cet air intrigué, un peu dérouté !

Le jour se leva enfin, découvrant le golfe et, au fond, une sorte d'isthme étroit débouchant sur un genre de lagune. Christos ordonna qu'on lève l'ancre et hisse les voiles à demi. La *Perla del Lido* s'engagea lentement entre les deux pointes de collines, et pénétra dans les eaux calmes et peu profondes du lac de Tunis. Quelques minutes de traversée jusqu'au débarcadère du port à côté de l'arsenal : ils étaient arrivés en plein cœur de la cité. Ils débarquèrent à quai. Après des « parlementations » en dialecte amazigh émaillé d'arabe que le vieux Grec leur avait dit être le parler local – des sonorités rugueuses et gutturales, assez singulières –, ils montèrent à bord d'une charrette tirée par un âne efflanqué et entrèrent dans l'enceinte de la cité par l'imposante Porte de la mer : « Bab-al-Bahr », ils disaient ici. Ils s'efforcèrent de répéter le mot pour se familiariser avec les accents de cette langue nouvelle. Direction : le fondouk de Simone !

Les rues étaient encore calmes à cette heure matinale. La médina de Tunis se réveillait imperceptiblement. Quelques rares passants se hâtant discrètement vers leurs destinations habituelles, vêtus de longues robes blanches ou de vastes tuniques de couleur agrémentées de broderies minutieuses et éclatantes. Mais déjà, quel choc pour Tiphaine ! Dans une lumière douce et blonde, un entrelacs de ruelles et d'édifices à l'architecture si différente de ceux qu'elle avait jamais pu observer. Une profusion de détails, crénelures, frises, inscriptions cabalistiques, sculptures aussi fines que de la dentelle ! Des murs de terre cuite et de pierres aux tonalités chaudes, des coupoles colorées, des terrasses, des maisons aux épaisses portes de bois ouvragées encadrées de marbre blanc ; de rares fenêtres croisées de bois laissant échapper les premiers murmures d'une vie domestique étrangère, ignorée ; les premières échoppes de marchands qui s'ouvraient ; des placettes pittoresques, délicates, ornées de fontaines dégoulinant de fleurs. Et toujours des palmiers s'élançant vers le ciel ! Et aussi des odeurs...

Quelles odeurs ! L'air frais du petit matin semblait porter avec lui un subtil mélange de senteurs : les effluves salins de la mer associés au parfum des plantes fleuries et à des fragrances d'épices. Cannelle, safran, cumin... et tant d'autres encore qu'elle ne parvenait pas à identifier : une marée nouvelle ! Une invitation à la découverte... Soudain, un cri impérieux, envoûtant, un rien effrayant, envahit tout l'espace. C'était le chant du « muezzin » qui déferlait depuis l'une de ces hautes tours carrées richement décorées et ciselées nommées « minarets ». Le religieux appelait les croyants de l'islam à la prière ! expliqua en riant Christos devant leurs mines ahuries. Ce cri rythmait la vie des habitants cinq fois par jour, de l'aube au crépuscule...

Était-ce parce qu'il avait perçu son léger tremblement et voulait la tranquilliser ? Amaury saisit la main de Tiphaine et y déposa un rapide baiser sans oser croiser son regard. Quelle surprise et quel ravissement pour Tiphaine que ce geste hardi et caressant ! Était-il spontané ou longuement réfléchi ? Elle frémit de plus belle, sa main toujours dans celle d'Amaury qui la serra davantage : une parfaite alliance de douceur et de fermeté... Elle ferma les paupières pour mieux la savourer...

Décidément, ce séjour à Tunis débutait comme il avait commencé : impromptu et inattendu. Allait-elle vivre de nouveaux bouleversements ? Hier, cela avait été cette effroyable tempête, ce chaos qui l'avait fait trembler, la mort abominable, insupportable du jeune et innocent Matteo, la peur et la peine, une lame de désespoir remontée à la surface d'elle-même, cette ineffaçable cicatrice de son enfance. Aujourd'hui, c'était la joie, l'excitation de la découverte. Comme l'existence était bizarre, immaîtrisable, et pouvait passer en un tournemain du cruel au délectable… au passionné ? Tout à coup, elle ne réfléchit plus et, se tournant vers le jeune Bordelais, darda son regard dans le sien. Que pouvait-il y lire à cet instant ? Du bonheur ? Un transport ? Un défi ? Une invite à poursuivre ? Un flagrant désir ? Elle rougit… Elle-même n'aurait su dire ce que ses yeux reflétaient. En tout cas, elle était bouleversée, enchantée, presque heureuse…

Tandis qu'elle le contemplait avec une acuité nouvelle, Amaury lui apparut sous un jour différent et fulgurant. Comme il était beau dans les lueurs dorées de ce petit matin insolite ! Ses épais cheveux noirs avaient poussé et s'étaient éclaircis de reflets châtains sous l'effet du soleil ; sa peau avait pris quant à elle une teinte ambrée qui faisait ressortir la pureté de ses traits et la profondeur de son regard. Quelque chose de neuf, de puissant et de fascinant émanait de sa personne. Avait-il changé ? Ou plus exactement mûri, se révélant aujourd'hui au plus vrai et au meilleur de lui-même ? Amaury lui décocha un de ces demi-sourires qui faisaient tout son charme, son côté agaçant aussi. Il avait l'air content et rieur, et semblait la provoquer en ne la lâchant pas des yeux, ou alors attendre on ne sait quoi… Mais déjà, ils arrivaient au fondouk du marchand vénitien. Amaury lui sourit, abandonnant provisoirement sa main pour sauter de la carriole, avant de la récupérer en bas afin de l'aider à descendre à son tour. C'est ainsi qu'ils entrèrent dans la demeure de Simone : main dans la main…

Ce dernier avait déjà été prévenu de leur arrivée et les reçut avec un empressement allègre. En hôte attentionné, papillonnant, il leur fit servir un petit déjeuner copieux. Une boisson infusée à partir de plantes venues d'Asie, macérée avec des feuilles de menthe, très sucrée et appelée thé, servie dans des petits gobelets de verre décorés de motifs ornés d'or ravissants, des petits sablés à la farine de blé ou de pois chiche garnis d'amandes ou de figues séchées, parfumés qui à la cannelle, qui au miel, des quartiers d'oranges juteuses, un caillé de brebis à la fleur d'oranger, des petites crêpes à trous pareillement recouvertes de miel : un pur festin !

Avec Christos, ils avaient beaucoup de choses à se raconter. Six années, peut-être sept, qu'ils ne s'étaient vus ! Cette tempête avait été finalement une aubaine ! Le petit déjeuner terminé, Amaury et Tiphaine laissèrent les deux compères au bonheur de leurs retrouvailles pour monter à leurs chambres qui étaient prêtes. Rapide tour de la demeure : des plafonds en bois de cèdre à caissons ouvragés, des cloisons de la même essence savamment ajourées de motifs géométriques découpant les espaces, agrémentant les fenêtres, filtrant les rayons du soleil et laissant passer l'air, juste ce qu'il fallait ; des murs de stucs déroulant leurs décors complexes précieux et savants. Le raffinement et l'intelligence de ces pièces émerveillèrent Tiphaine.

Amaury l'accompagna jusqu'à la porte de sa chambre, la sienne étant située juste en face... Proximité troublante qui les laissa empêtrés et silencieux quelques instants... Tout à coup, Tiphaine éprouva une sorte d'affolement, une envie brutale de fuir, la nécessité de réfléchir à toutes ces émotions fortes et mêlées qui l'envahissaient. Tout était allé si vite ce matin... Elle bredouilla un vague « À tout à l'heure », tourna les talons et pénétra dans la pièce sans attendre la réponse d'Amaury. Le vaste couchage qu'elle y découvrit la ravit : enfin un vrai lit moelleux garni d'une onctueuse couverture de soie pourpre brodée de fils d'argent, et de multiples coussins douillets dans un délicat camaïeu de rouges, de roses, d'oranges et de bruns. Cela allait la changer de sa rustique couche à bord du bateau et du réduit étroit de sa cabine auxquels elle avait fini par s'accoutumer, et lui promettait des nuits réparatrices et des siestes délicieuses ! Elle se jeta dessus pour en profiter sur-le-champ et s'endormit presque aussitôt. Elle s'était levée tôt, avait peu et mal dormi la nuit précédente, et se sentait épuisée...

Dans un demi-sommeil, elle crut percevoir des pas feutrés, un souffle ténu, contenu, qui se rapprochait d'elle, une présence.

— Tiphaine, ça va ?

Elle ouvrit les yeux : c'était Amaury...

— Oh oui ! Très bien... Je me suis assoupie..., murmura-t-elle, encore ensommeillée et terrassée par la surprise.

Il l'observait d'un air intimidé et anxieux, si touchant.

— Tu as dormi fort longtemps... Je me suis permis d'entrer... Je m'inquiétais un peu... Notre hôte se propose de nous faire visiter quelques endroits de Tunis..., l'invita-t-il d'une voix douce, debout à l'extrémité du lit, face à elle, n'osant se rapprocher.

Lentement, comme une chatte engourdie, elle s'étira. Amaury détourna les yeux, un peu gêné.

— Je t'attends dehors... À tout de suite alors ! conclut-il, sa voix pleine de sourire avant de ressortir d'un pas léger, comme soulagé.

Elle retomba sur son oreiller. Et ferma les yeux. Depuis combien de temps était-il dans sa chambre à la regarder dormir ? Pourquoi était-il entré ? Juste pour l'observer ? La réveiller ? Lui parler ? Ou pour la surprendre... Peut-être l'embrasser ? Peu importait, en fait ! Elle avait adoré ce moment : qu'il vînt près d'elle abandonnée dans son sommeil, qu'il fût sa première vision au sortir de ses songes. Quelques minutes à se repasser la scène, à en jouir, puis elle bondit de sa couche, se rhabilla et le rejoignit promptement. Il semblait radieux. Elle lui adressa son sourire le plus lumineux : un sourire comme un accord, un consentement, le reflet de sa joie...

Simone – ou comme il se faisait appeler ici par ses gens « Sidi Manzoni », ou « Sidi Simone », ou encore « Sidi » tout simplement – avait fait atteler une calèche tirée par deux jolis pur-sang bai foncé. Un bonheur pour Tiphaine de retrouver l'odeur et le souffle des chevaux qu'elle aimait tant !

Portés par le bruit des sabots tintant sur les pavés, trottinant à travers les ruelles sinueuses envahies par une foule aux tenues bigarrées, ils gagnèrent d'abord la grande mosquée es-Zitouna, mosquée de l'Olivier construite au IXe siècle à l'emplacement d'une ancienne église chrétienne recelant la tombe de sainte Olive et sur le modèle de celle de Kairouan, plus ancien et prestigieux sanctuaire de l'Occident musulman. Elle était la deuxième mosquée à avoir été édifiée sur le sol de l'Ifriqiya, leur expliqua Simone. Et si vaste ! Sa salle de prière s'appuyait sur cent quatre-vingt-quatre colonnes ornées de chapiteaux récupérées et transportées de Carthage. Une prouesse insensée ! Un chef-d'œuvre ! Ils ne purent toutefois y pénétrer, l'entrée en étant réservée aux croyants musulmans. Tiphaine exprima sa déception : les églises étaient-elles réservées aux seuls chrétiens ? fit-elle remarquer, provoquant le rire tonitruant de Simone. Reste que la bâtisse avec son fier minaret dressé vers ciel, sa grandiose façade rythmée de niches ainsi que d'arcs rouges et blancs formait un ensemble remarquablement harmonieux et puissant imposant le respect.

— Tout comme nos cathédrales ! relativisa Tiphaine. Elles sont là pareillement pour rayonner et faire rêver les peuples..., osa-t-elle.

— Aussi pour les faire trembler, se courber, s'agenouiller, objecta Amaury d'un ton condescendant, un peu agacé, presque rageur.

Pourquoi cette agressivité soudaine ? Avait-elle dit une bêtise ? Pas du tout ! Au pire une banalité. En tout cas, rien qui pouvait justifier de se faire tancer ainsi. S'il avait des griefs contre la religion, elle n'y était pour rien. Tiphaine leva les yeux au ciel et expulsa un profond soupir pour exprimer ouvertement sa contrariété.

— L'homme partout craint la justice divine ! enchaîna Simone avec malice afin de faire diversion à leur brève passe d'armes.

Poursuivant leur chemin dans un silence un peu chargé, ils parvinrent aux abords de la kasbah. C'était l'antique citadelle, palais des gouverneurs almohades, entièrement reconstruite par la dynastie hafside qui l'avait dotée de hautes et épaisses murailles ainsi que de deux palais, l'un pour le gouvernement, l'autre pour les appartements privés de ses membres, de même que d'une caserne pour les soldats en charge de la défendre. Tant de démonstrations de puissance et de richesse que Tiphaine n'aurait jamais soupçonnées ! Décidément, elle était impressionnée...

Pour finir, en guise de récréation, Simone voulait leur faire découvrir le souk, à savoir le grand marché. À cette heure de fin de journée, il devait s'animer de nouveau, leur promit-il, enchanté du vif intérêt qu'ils démontraient pour sa visite. Arrivés à proximité, ils quittèrent la calèche. Il fallait déambuler à pied dans ses allées, ses venelles, ses impasses, ses placettes, expliqua le Vénitien, tout émoustillé par le bon tour qu'il allait leur jouer. Quel nouveau choc en effet ! Quel saisissement ! Assurément ils n'avaient pas anticipé un tel festival d'odeurs, de couleurs et de formes, une telle abondance !

Fruits, légumes, herbes, épices, jarres d'huile d'olive, potions mystérieuses renfermées dans des bocaux, fioles, alambics, blocs d'ambre, de musc, résines et autres parfums, savons, s'ajoutaient à une foule de produits venus d'ici et d'ailleurs : poteries, céramiques, objets de vaisselle, tissus chatoyants, vêtements, articles de cuir, chaussures, ceintures, bijoux, lanternes, plateaux, chandeliers et mille autres curiosités ! Même des animaux vivants, des oiseaux, des serins, des faucons, des perroquets, des singes, et d'autres spécimens répugnants et flasques, serpents, salamandres, même un caméléon. Un immense foutoir ! Un bazar, un tourbillon ahurissant et captivant, scandé par le brouhaha de la foule, les exhortations des marchands, le bourdonnement des badauds, les cris des clients affairés, joyeux ou mécontents. Et une telle diversité de visages, tantôt clairs, tantôt bistre, tantôt cuivrés, tantôt sombres : une infinie palette de tons, sublimée par l'extrême variété des tenues. Des hommes aux caftans colorés, décorés de motifs complexes, en croisaient d'autres glissés dans de longues djellabas blanches d'une élégance pure. Les femmes arboraient des robes longues et fluides de toutes les couleurs et de tissus divers, bruts ou plus sophistiqués, drap, cotonnades légères, lin, damas, et même soieries aux broderies méticuleuses, superbes, et se drapaient de voiles légers ou de scintillantes parures qui devaient chacun exprimer leur identité ou leur rang social, supposa Tiphaine, émerveillée par ces visions.

Tandis que le soleil amorçait son déclin, jouant ses effets d'ombre et de lumière dorée sur les murs gorgés de la chaleur du jour et sur les étals foisonnants des échoppes, Tiphaine tentait de fixer toutes ces images dans son esprit pour pouvoir les reproduire dans son carnet. Si elle y parvenait, ce serait magnifique ! lâcha-t-elle. Christos vanta alors son talent de dessinatrice à Simone. Ce dernier lui fit promettre de réaliser pour lui un dessin de sa maison. Elle accepta de bon cœur. C'était la moindre des choses ! Il la recommanderait auprès de ses relations à Venise ! Et il en avait beaucoup, souligna Christos sur un ton sibyllin qui fit glousser le bonhomme à la face rougie et tout en sueur sous l'effet de la marche.

Un hammam ! Voilà ce qu'il leur fallait en rentrant à la maison, pour se décrasser et se délasser, après cette expédition éprouvante et avant le dîner qu'il avait prévu..., ordonna-t-il d'un air enthousiaste et mystérieux.

Le marchand vénitien avait en effet fait installer dans sa demeure un de ces bains de vapeur typiques de la culture arabe. La cité en comptait déjà plus de vingt à usage public. Lui avait voulu bénéficier de façon privée de ses bienfaits nombreux.

Ici, c'était un vrai rituel conjuguant nettoyage, élimination des humeurs malignes, beauté de la peau, plaisir et même spiritualité. De retour au fondouk, Simone les enjoignit à essayer. D'abord les hommes. Puis Tiphaine seule puisque l'on s'y trouvait nu.

Tiphaine était curieuse de vivre cette expérience. C'est donc avec un mélange d'excitation et d'appréhension qu'elle franchit les portes du hammam, situé dans un recoin de la demeure. Tout de suite, une bouffée d'air chaud et humide la saisit, l'enrobant d'une senteur parfumée intense : notes profondes de menthe, de pin ou peut-être d'eucalyptus – sa sœur férue d'herboristerie en avait un jour fait venir à Canterac.

Dans la première pièce, elle trouva un banc, un crochet suggérant qu'il fallait ici se déshabiller. Elle ôta ses vêtements avec précaution, une sorte de gêne. Sentiment étrange que de se retrouver nue dans ces lieux inconnus, exposée dans son intimité, vulnérable, offerte... Elle eut un frisson malgré la tiédeur. Elle avança, hésitante, vers le fond du hammam. Là, une deuxième salle éclairée par la douce lueur de quelques lanternes posées à même le sol de pierre lisse et chaud contrastant avec l'air plus frais. Aux murs, des mosaïques colorées aux savants motifs qui semblaient danser à travers la brume... Elle s'assit un moment pour contempler le décor, en apprécier l'ambiance. Le temps aussi pour ses yeux de s'accoutumer à la pénombre. Et de s'apercevoir qu'une autre pièce l'attendait en enfilade, plus sombre encore... Courageusement, elle se leva et entra dans la troisième salle. Sous la voûte à peine éclairée par quelques bougies, un brouillard épais et étouffant l'enveloppa. Un flot de chaleur torride aussi. Comment allait-elle tenir ?

Guidée par l'instinct, elle se posa sur la margelle de pierre d'abord brûlante. Plus vite qu'elle ne l'aurait imaginé, elle parvint à s'y allonger. Alors elle ferma les yeux. Et se laissa porter. La touffeur de l'air s'infiltrait dans la moindre partie de son corps. Les gouttelettes glissaient sur sa peau, exquise caresse rythmée par le bruit feutré de l'eau remplissant les bassins de vapeur. Son esprit paraissait s'évaporer dans la moiteur paisible, extirpant ses tensions et la pénétrant d'autre chose : une sensation nouvelle, ses sens tournés vers elle-même, centrés sur son être profond et ouverts en même temps, décuplés, apaisés et aiguisés, épanouis.

Il lui sembla soudain sentir l'odeur d'Amaury, cette mixtion de cuir, de pin, d'agrumes raffinée et entêtante dans laquelle elle s'était réfugiée lors de la tempête. Quelques minutes plus tôt, il était là, assis sur cette même margelle… Nu lui aussi… Elle imagina son corps mince et ferme, son torse dur luisant de vapeur, sa peau mate humide et scintillante, ses cheveux bruns plaqués sur son fier visage, sa bouche à demi ouverte cherchant l'air frais et… sa bouche à elle. Il se penchait, écartait une boucle sur son front et venait puiser à la source de ses lèvres. Un baiser comme une urgence vitale… Lentement il descendait le long de son cou, buvait les gouttes sur la peau de sa gorge, perles de vapeur et de sueur mêlées, s'arrêtait sur la courbe de ses seins, les dégustait, les savourait avec une délicate ferveur, puis reprenait sa course implacable et divine sur son ventre tendu et frémissant, prêt à accueillir la caresse de ses baisers.

Elle rouvrit les yeux. La tête lui tournait un peu, elle supposa qu'elle avait assez prolongé l'expérience du hammam. Elle refit le chemin en sens inverse. Dans la deuxième pièce, elle passa à l'eau fraîche, bienvenue, délicieuse ! Puis s'enduit le corps d'un savon sombre avant de se laver avec un gant rugueux et de s'oindre d'une huile odorante qui avait été posée là à son intention, marquée de son prénom. Comme elle se sentait bien : régénérée, purifiée. Tout à la fois alanguie et vivifiée. Quelle belle invention que ce hammam !

Au sortir de la pièce, toujours un peu étourdie, elle croisa Amaury.

— Alors, comment as-tu trouvé ce bain de vapeur ? Tu as l'air bienheureuse ! remarqua ce dernier d'un ton gentiment moqueur.

— Plus que tu ne peux l'imaginer…, lui répondit-elle en venant frôler son corps, dans un mouvement lascif plus fort qu'elle.

Ah ! comme elle aurait aimé à cet instant qu'il l'attrape par la taille, la plaque contre lui et se jette sur sa bouche ! Mais Amaury ne fit rien, absolument rien. Il détourna les yeux et les talons, et comme elle à la porte de sa chambre, la congédia avec un lapidaire : « À tout à l'heure ! » Ah, le coquin ! Voulait-il lui rendre la monnaie de sa pièce ? N'avait-il rien compris de cette envie brutale qui l'avait traversée, de cette volupté qui l'aimantait vers lui ? Ou feignait-il de ne pas la voir par jeu, envie de faire durer les choses, ou par pudeur, ou encore par respect pour elle ? Il paraissait avoir perçu son état extatique au sortir du hammam. Peut-être ne voulait-il pas profiter de la situation ? Quel idiot ! S'il avait lu dans son cerveau les rêveries érotiques qui s'y étaient forgées, n'aurait-il pas été émoustillé et conquis ? Tiphaine ressentait une déception mâtinée de courroux. En réalité, plutôt un manque, un vide qui s'immisçait en elle… Une sensation en creux, perturbante…

Pour la chasser, de retour dans sa chambre, elle entreprit de s'habiller avec recherche. Elle en avait assez de se vêtir de façon masculine et pratique. Elle avait apporté dans son léger bagage l'une de ses robes préférées qui mettait en valeur son teint mat renforcé par l'expérience du soleil et de la mer : sa robe de soie amarante ajustée, fendue sur le devant à la nouvelle mode de Venise et largement décolletée. Elle noua autour de son cou son collier à larges maillons d'or, accrocha ses pendants d'oreilles, jeta autour de ses hanches une simple ceinture de cuir. Un trait de rouge sur ses lèvres, une pointe de safran sur ses paupières : elle était prête. Elle se sentait bien. Elle se sentait belle… Désirable aussi… De nouveau femme pour battre le fer contre Amaury. Son vêtement comme une armure, étincelante, infaillible. Son regard comme l'acier d'une épée, tranchant, agile. Et son sourire pour l'enjôler…

L'heure du dîner arriva. L'irruption de Tiphaine ainsi vêtue et transformée dans la salle à manger du fondouk fut saluée par le silence admiratif de l'assemblée exclusivement masculine réunie ce soir-là.

— Quelle métamorphose, mademoiselle de Canterac ! Quelle grâce ! Mon cher Lesparre, vous avez bien de la chance..., s'enflamma Simone, se trompant sur la nature de la relation entre Tiphaine et Amaury.

— Nous ne sommes pas ens... enfin, fiancés, bafouilla Amaury, le visage empourpré, avant de prendre la place désignée par leur hôte, à la gauche de Tiphaine, elle rayonnante, l'œil égayé par cette méprise.

— Je vous prie de m'excuser. Je suis désolé ! enchaîna Simone d'un ton joyeux démentant la teneur de ses propos.

— Ne le soyez pas, je vous prie, cher monsieur. Ce n'est pas la première fois que l'on nous prend pour des amants. N'est-ce pas, Amaury ? lança Tiphaine avant de se tourner vers lui d'un air frondeur et de poser une main trop amicale sur la sienne.

— Absolument, confirma Amaury, soutenant contre toute attente son regard.

Ce dîner commençait sous les meilleurs auspices, se félicita instantanément Tiphaine en son for intérieur. Il faut dire qu'à la table de Sidi Simone, entourée par l'essaim de ses serviteurs tourbillonnant autour des convives comme des abeilles attentives et industrieuses, régnait une atmosphère détendue et chaleureuse. Dante s'était faufilé dans l'invitation de façon peu orthodoxe. Les devoirs de son art et les nécessités de ses explorations des diverses cuisines du monde imposaient sa présence ce soir, déclara avec emphase le fantaisiste et impayable cuisinier, donnant le ton d'une joyeuse soirée.

Déjà les plats défilaient : chaussons croustillants fourrés à la viande, au thon, à l'œuf, aux épinards, au fromage, petites salades de légumes colorées et charmantes, fleurant bon les aromates et les épices. Ail, coriandre, cumin, curcuma, cannelle, girofle, gingembre, muscade, cardamome, carvi, fenouil, anis, et bien sûr poivre noir et piment, détaillèrent alternativement Simone et Dante dans une compétition acharnée et enjouée.

Puis vint le clou du spectacle devant l'œil enchanté de Simone – réjoui par sa surprise, et de la leur – et la moustache vibrante de Dante, alléché et piaffant de curiosité. Une odorante marmite, un plat gigantesque et fumant, formant un dôme recouvert de légumes et de viandes, entouré d'une ribambelle de petits bols et d'assiettes : le souverain couscous ! Le nom de ce mets traditionnel et délectable était en fait celui de la graine blonde qui en était l'ingrédient essentiel et faisait ici l'objet de toutes les attentions pour sa préparation.

Ah ! *l'amore*... la cuisine y était étroitement liée. Elle était elle-même une histoire d'amour, s'enflamma le cuisinier de bord. Simone précisa que la graine, invention des Berbères à laquelle étaient venus se mêler des éléments et épices arabes, était issue de la farine de blé mélangée avec de l'eau, puis passée au tamis. La semoule ainsi produite était façonnée du bout des doigts par les femmes, détentrices des secrets et de la tradition, puis roulée sous leurs paumes jusqu'à former des boules aussi minuscules qu'il leur était possible avant de la cuire à la vapeur et de l'égrener de nouveau. Un long et minutieux travail pour réaliser ce régal ! Le ragoût quant à lui, savamment dosé d'épices, était essentiellement constitué de mouton, le porc étant interdit par la religion islamique. Les légumes variaient en fonction des saisons. Il fallait arroser le couscous d'un peu de bouillon et l'agrémenter de divers ingrédients, raisins, amandes, pois, sauce pimentée...

— *Attenzione ! Non troppo*[1] *!* prévint trop tard Simone.

Dante s'était déjà servi abondamment. Il rugit :

1. Attention ! Pas trop !

— *Squisito !... Potente*[1] *!...*

Puis reprenant sa contenance après une petite toux, il leva son verre pour saluer d'un ton catégorique et béat, transporté, toute la compagnie :

— *Ancora una versione della pasta*[2] *!*

Tout le monde éclata de rire. Et plongea le nez dans son assiette. Amaury profita de ce moment de distraction générale pour rapprocher sa jambe de celle de Tiphaine et la coller tout contre la sienne, de la cuisse au pied. Un même frisson les parcourut tandis qu'ils goûtaient de concert leur première bouchée de couscous. Ce plat, son explosion de saveurs et de textures resteraient associés dans sa mémoire à ce premier instant de plaisir merveilleusement volé, subtilisé aux regards, se dit Tiphaine tout s'abandonnant à la douce pression d'Amaury.

Le repas traînait en longueur. Un peu grisée – était-ce le vin de Toscane ou la présence d'Amaury et leurs coups d'œil à la dérobée ? –, un peu lasse, satisfaite, elle prétexta la fatigue du jour et l'excès de cet excellent repas, dont elle remercia encore son hôte, pour regagner sa chambre. Elle devait aussi commencer le dessin qu'il lui avait commandé... Un dernier regard pour Amaury avant de quitter la pièce. Dans ses yeux, il lui sembla lire l'ombre du regret et la lueur du désir. Elle s'éclipsa dans un tourbillon d'euphorie. Assurément, elle avait remporté la partie !

1. Exquis !... Puissant !...

2. Encore une version de la *pasta* !

# 13

Elle s'était réveillée bien décidée à profiter de cette dernière journée à Tunis pour faire tout ce dont elle avait envie. Les deux jours précédents, elle avait longuement travaillé à son carnet de voyage et achevé le dessin du fondouk promis à Simone, se réservant quelques pauses exquises au hammam, des moments rien qu'à elle, émaillés de visions sensuelles avec Amaury.

Aujourd'hui, elle voulait se distraire, sortir, essayer l'un de ces fringants pur-sang arabes, se promener à cheval dans la cité, grimper sur les remparts, errer dans sa lumière, ses recoins, ses places, ses esplanades, ses venelles, capter des images, revenir au souk pour y faire des emplettes.

Amaury accepta avec enthousiasme, sans se faire prier, de l'accompagner dans ses pérégrinations. Il avait lui aussi envie de chevaucher en toute liberté, au hasard des ruelles, sans guide pour les accompagner, lui assura-t-il. Décidément, il avait progressé ! le taquina Tiphaine.

— Je t'accompagnerai au bout du monde, même au hammam si tu le désires..., la provoqua-t-il d'un air effronté irrésistible.

Elle rit, un peu gênée, releva le menton vers lui puis murmura en le fixant droit dans les yeux et le feu aux joues :

— Ce soir, si tu veux... Je t'attendrai...

Puis d'un ton ferme, faussement autoritaire, se retournant pour se hisser sur sa monture, elle ajouta :

— Allez, en route !

Plus de « mon ami » dans son usuelle convocation ! Elle avait voulu prononcer un autre mot, mais il était resté coincé dans sa gorge. Peur qu'il ne corresponde pas à celui qu'Amaury aurait pu prononcer à cet instant. Peur d'aller trop vite, de l'effrayer, de franchir un cap périlleux et irréversible. Peur de tomber à plat, de se tromper, d'être éconduite. Peur de ne pas s'en remettre... Ce n'était pas son genre pourtant d'être pusillanime... Avait-elle trop à perdre ? Elle n'avait jamais ressenti un tel poids, un tel enjeu...

Ils chevauchèrent un moment, un peu perdus dans leurs pensées, profitant du spectacle de la rue, et s'extasiant çà et là. Aux abords du souk, ils descendirent de cheval. Après avoir confié leurs montures aux bons soins d'un gamin, Amaury offrit son bras à Tiphaine et ils se mirent à déambuler bras dessus, bras dessous. Dans une boutique, Tiphaine essaya des robes et des étoles. L'affable marchand lui déballa toute sa collection dans un torrent de soupirs, d'exclamations flatteuses, de mimiques extatiques.

— Quel fabuleux comédien ! lui souffla Amaury, proche de s'étrangler de rire.

— Tu veux dire qu'il se moque ? Et que je suis affreuse ? s'offusqua Tiphaine, feignant de s'indigner.

Le choix de Tiphaine se porta finalement sur un caftan bleu nuit brodé de fils d'or et sur une djellaba indigo très simple en coton avec des manches courtes, ainsi qu'une autre toute blanche et sobre avec des manches longues. Elle trouvait ces vêtements si élégants, de bleu et de blanc : en harmonie avec les couleurs de la mer et aussi tellement plus adaptés au climat. Elle serait bien mieux ainsi vêtue pour reprendre leur traversée et connaître de nouveaux climats encore plus méridionaux. Justement, il lui fallait aussi des sandales de cuir pour marcher les pieds aérés, mais tout de même un peu protégés ! Le zélé commerçant l'envoya dans la boutique d'à côté, qui était celle de son cousin. Pour la note, ils verraient tout à la fin, qu'elle ne se soucie pas ! Elle y trouva rapidement son bonheur : un genre de souliers plats à lanières de cuir qui laissaient voir ses orteils et ses talons.

— Du cuir de chameau, le meilleur ! la félicita le cordonnier, mimant les bosses de l'animal.

— Combien pour tout cela et les robes ? s'enquit enfin Amaury auprès du premier marchand, qui les avait accompagnés dans l'échoppe de son cousin.

Il tenait à lui offrir ses achats. Ce serait son souvenir de leur passage imprévu à Tunis.

Elle revint dans la première échoppe pour lui acheter à son tour une chemise blanche comme il les aimait, cette fois agrémentée de parements nacrés, ainsi qu'une longue écharpe d'un bleu intense, celle dont les hommes ici enroulaient le haut de leurs crânes. Il pourrait s'en servir pour se cacher du soleil ou la nouer autour de son cou pour se protéger du vent et du froid. Ce bleu lui allait à merveille et faisait ressortir ses yeux bruns, le complimenta-t-elle, surprise par sa propre émotion, cet éblouissement qu'elle éprouvait en le regardant, si beau, si singulièrement beau…

— Merci, Tiphaine…, murmura-t-il en lui prenant la main et en y déposant un baiser ému.

De retour au fondouk, ils firent à Christos et Simone le récit désordonné de leur palpitante journée. Ils avaient vu ceci, entendu cela, observé, contemplé, mangé, bu, acheté plein de choses. Leur hôte s'enquit du prix pratiqué par le marchand de tissus. Il explosa de rire : le gracieux bonhomme les avait copieusement truandés !

— Pas grave, trancha Amaury, un peu vexé.

Tiphaine prit sa défense :

— Nous ne pouvions pas savoir ! Et puis tout cela est vraiment magnifique et, pour le coup, si peu cher… Enfin, ce n'est pas ce que je voulais dire... c'est de la belle qualité... et je suis proprement ravie de mes nouvelles robes.

— Vous y serez superbe, comme toujours..., lui assura Amaury, recouvrant cet air flou, mystérieux, qu'elle affectionnait, et qui la faisait fondre et rougir un peu aussi.

Ce soir, un nouvel invité avait été convié au fondouk. Simone tenait en effet à leur présenter un jeune homme particulièrement intéressant et promis indubitablement à un grand avenir. Ce garçon, qui n'avait pas encore vingt ans, portait le nom d'Abdelraman Ibn Khaldoun. Né à Tunis dans une famille d'Andalous d'origine yéménite chassée de Séville par la Reconquête espagnole, appartenant à la fine fleur de l'élite de la cité, le jeune érudit au fier visage et aux hautes pommettes avait déjà tout un tas d'idées dans de nombreux domaines : histoire, géographie, économie, théologie, philosophie, mathématiques, politique. L'étendue de ses centres d'intérêt ne semblait avoir d'égale que celle de ses connaissances. Profondément affecté par le cataclysme déclenché par l'épidémie de peste, il possédait une vision du monde assez novatrice, et défendait que tous les empires étaient nés pour mourir un jour sous l'effet de différentes causes qu'il était lui-même en train d'étudier et de mettre au jour à travers de nombreux exemples historiques.

Il leur posa de multiples questions sur leur vie quotidienne en France, les événements récents, le conflit avec l'Angleterre, les ravages de la peste, la réaction des hommes, leur conception à eux du monde et de l'existence terrestre. Ils partagèrent leur même passion pour le voyage, source de savoir formidable et, partant, de sagesse. Encore fallait-il associer la connaissance à une démarche scientifique scrupuleuse et s'attacher à analyser l'authenticité des sources de façon rationnelle, insista Ibn Khaldoun. Amaury en était tellement d'accord ! En cela, le monde avait encore beaucoup de progrès à accomplir, et la religion n'était pas forcément le meilleur pilier sur lequel s'appuyer, lui opposa le jeune Bordelais avant d'inciter Tiphaine à lui montrer quelques pages de son fameux carnet.

Le travail de Tiphaine intéressa vivement le jeune Tunisois. Il le trouva original, précis, remarquable. Le compliment à l'endroit de la jeune femme éclaira le visage d'Amaury plus encore que s'il en avait été lui-même le destinataire. Une étincelle d'admiration et de fierté sincère semblait scintiller dans ses yeux. Tiphaine ne manqua pas de noter ce détail qui n'en était pas un. Enchantée de cette reconnaissance de la part des deux garçons, elle était touchée en plein cœur par l'attitude d'Amaury, son soutien fervent, son enthousiasme. Avec lui, elle se sentait belle, intelligente, intéressante. Était-elle aussi désirable pour son esprit que pour son corps ? Elle aurait aimé le savoir là, tout de suite, et qu'il lui prouve par un baiser, par une étreinte passionnée. Impossible en la présence de leur invité tunisois... *Alors tout à l'heure peut-être, au hammam,* se souvint-elle. Oui, ils allaient s'y retrouver...

La discussion amicale et nourrie se poursuivit fort tard autour de nombreuses tasses de thé à la menthe. Ils se quittèrent en se jurant de se revoir un jour. Abdelraman leur donna son adresse, regrettant qu'ils partissent déjà. Il aurait tellement aimé pouvoir les recevoir dans le palais de ses parents. Ils reviendraient ! lui promirent de concert Tiphaine et Amaury.

— Heureux d'avoir fait ta connaissance ! lui assurèrent-ils dans un même élan amical.

Puis ils se souhaitèrent mutuellement un bon voyage : même si lui demain ne partait pas, les chemins de la vie qui les attendaient révéleraient sûrement leurs détours et leurs surprises.

— *Maa'assalama*[1] *!* lancèrent les jeunes Français.

— *Al-ḥamdu li-l-lāh*[2] *!* conclut leur nouvel ami avec émotion

1. Au revoir !

2. Rendons grâce à Dieu !

et chaleur en refermant derrière lui la lourde porte du fondouk, les laissant seuls et enchantés.

— Quelle belle soirée ! J'ai adoré ce jeune homme, notre discussion… Ce moment avec toi… Cette journée tout entière…, s'enflamma Tiphaine, frémissante, interrogeant Amaury du regard.

— Moi aussi, Tiphaine…, commença ce dernier d'une voix chaude en la fixant intensément, avec un indéfinissable mélange de désir et d'hésitation dans ses yeux sombres.

Puis soudain il se raidit et lâcha :

— Bien, ma chère… Il est grand temps d'aller nous coucher. Nous repartons demain…

Tiphaine eut envie de hurler.

# 14

Des jours qu'ils étaient en mer. Ils avaient quitté Tunis le mardi dans la matinée, doublé le cap Bon à la pointe nord-est, longé les côtes de Sicile jusqu'au Capo Passero, voguant sur les eaux turquoise accompagnés par l'escorte bondissante et gracieuse des dauphins ; obliqué nord-est dans la mer Ionienne ; frôlé le promontoire d'Hercule ; contourné le cap d'Otrante – le talon de la botte, leur avait montré Christos sur ce nouveau portulan de son ami Abraham Cresques qu'il était si fier de posséder – pour entrer dans l'Adriatique, ce « couloir » qui devait les mener jusqu'à Venise et auquel la Sérénissime avait même donné son nom : le golfe de Venise ! Venise, la destination finale de la *Perla del Lido,* le but espéré et chéri de tous les membres de l'équipage.

Par beau temps, ils pouvaient apercevoir, de chaque côté, à bâbord ou tribord alternativement, l'ombre d'un littoral, le relief d'une montagne. Pouilles, Albanie, Abruzzes, Dalmatie : les noms murmuraient leurs mystères dans un temps qui semblait s'être arrêté, ou plus exactement évanoui. Des jours qu'ils étaient en mer… Combien ? La seule marque d'une quelconque temporalité pour Tiphaine consistait dans les chapitres de son carnet. Mais les journées qu'elle y décomptait semblaient irréelles. Étirées dans le ruban insondable de la mer et du ciel, le glissement fluide du bateau, le jeu hypnotique des vagues, l'incessant ballet de monticules liquides venant se courber sur la coque, les miroitements du soleil à la surface de l'onde, la musique du vent, le chant des voiles tendues capturant son souffle. Seule la lente métamorphose des couleurs au fil des jours et des nuits rythmait cette permanence immobile dans un éternel présent où les frontières du passé et de l'avenir s'étaient dissoutes. Un univers en suspens, pensait Tiphaine, qui s'efforçait justement de ne plus penser et de s'abandonner à la rêverie de la navigation, à son émerveillement simple, primaire, brutal qui lui disait aussi bien son humaine insignifiance que sa connexion profonde avec le monde.

Debout face à la mer, à la proue du navire, elle entendit le pas déterminé d'Angelo qui s'approchait d'elle. Elle se retourna. Il avait l'air joyeux, léger. Comme d'habitude. Cela contrastait avec la gravité mélancolique d'Amaury. Depuis leur départ de Tunis, ce dernier parlait peu et semblait derechef s'être retranché en lui-même. Elle s'était fait un point d'honneur à ne rien lui montrer de sa désillusion du dernier soir passé dans le fondouk de Simone : ce rendez-vous avorté au hammam qu'elle avait tant espéré, imaginé. Pour autant, sa colère était intacte. Elle était excédée, ulcérée même par les revirements d'Amaury, ses volte-face incompréhensibles. Elle s'était sentie offensée, trahie, stupide. Se moquait-il d'elle ? Il jouait avec ses émotions de manière odieuse. Entre tristesse et courroux, elle tentait de surmonter sa déception.

Angelo se mit à lui parler de Venise, de son bonheur à retrouver sa terre natale et sa famille. Elle allait adorer la Sérénissime, c'était certain. Il lui décrit sa ville avec son enthousiasme habituel, force anecdotes, précisions, les endroits qu'elle ne devait pas manquer de visiter, la lumière sans pareille de la lagune, le lacis des canaux, la beauté des édifices, le charme des ruelles et des placettes... Le cours de cette conversation amicale, sans plus aucun sous-entendu entre eux, égaya Tiphaine et lui redonna confiance. Venise, son atmosphère et ses merveilles signeraient peut-être un nouveau chapitre de sa relation avec Amaury. Elle regagna sa cabine rassérénée. Elle avait envie d'écrire...

Tout à coup, elle entendit frapper à sa porte.

— Tiphaine, puis-je entrer ? rugissait Amaury.

Elle n'eut pas le temps de lui répondre : déjà il déboulait face à elle, les traits crispés, tremblant de rage.

— Amaury, que se passe-t-il ? bredouilla-t-elle, interloquée par la violence de son intrusion.

— Je t'ai vue encore parler tout à l'heure, ou devrais-je dire plus exactement roucouler, avec ce diable d'Angelo. Il suffit ! Tu n'as donc rien entendu de ce que j'ai tenté de t'expliquer ? l'apostropha-t-il d'une voix hargneuse.

C'en était trop ! Tiphaine s'avança vers lui et lui fit front :

— Tu plaisantes, je pense ! Je parle avec qui je veux ! Angelo est un ami. Rien de plus. Une aubaine, en tout cas, d'avoir au moins quelqu'un avec qui discuter ces derniers jours, puisque *toi* tu m'ignores ! Depuis notre départ de Tunis... On ne sait pourquoi... Amaury, j'en ai assez de ton attitude. Assez de subir tes sautes d'humeur, tes retournements ! Assez de t'excuser, de chercher à te comprendre ! Je crois d'ailleurs qu'il n'y a rien à comprendre : tu es impossible ou bien tu te moques de moi ! répliqua Tiphaine d'une voix blanche, tremblante d'indignation.

Sidéré par la fureur de Tiphaine, Amaury se figea. Il passa une main dans ses cheveux et reprit après un silence, sur un ton calme et hésitant, visiblement désemparé et désolé :

— Tiphaine... Pas du tout... Ce n'est pas cela...

— Alors c'est quoi ? Explique-moi ! poursuivit-elle avec la même colère et le toisant avec un air provocateur. Parle !

— Tu dois parfois me trouver bien étrange..., hasarda-t-il.

— En effet, confirma-t-elle d'un ton railleur, devinant qu'elle ne devait pas l'accabler davantage.

— Sache que, cette tristesse qui s'empare parfois de moi sans que je puisse la chasser, tu n'y es pour rien... Tu ne dois pas douter de ma joie à t'avoir accompagnée… enfin, à avoir relevé ce défi que tu m'as crânement lancé ! commença-t-il en s'efforçant de plaisanter avant de reprendre sur un mode grave.

» Je ne suis peut-être pas aussi fort que toi pour pouvoir laisser le passé derrière moi avec tant de facilité, de détermination et de courage que tu l'as fait… J'ignore les motifs précis qui t'ont poussée, ou contrainte, à quitter ton Périgord et les tiens… Je respecte ton silence et suis là si tu veux te confier… Le poids de mon passé est, hélas, plus pesant que tu ne peux l'imaginer et que je ne le voudrais moi-même…

» Mais voilà… Mes parents avaient conçu pour moi tant de plans : un carcan dans lequel j'étouffais. Reprendre les affaires florissantes de mon père, les développer encore, entrer au gouvernement de Bordeaux. Faire un beau mariage aussi… Tout était prévu, organisé : je devais épouser la fille d'un riche bourgeois et ainsi lier le sort de nos deux familles prospères. Ils fondaient tant d'espoirs sur moi… Je n'ai rien osé faire. Puis la peste est arrivée et elle a emporté la jeune fille que j'aimais, qui n'était pas celle qu'ils avaient prévue pour moi. Cela arrangeait leurs plans, si l'on peut dire. Je me suis ainsi retrouvé seul avec mon effroyable chagrin et un désespoir profond… J'aurais dû en effet partir avec elle, l'emmener hors de Bordeaux et ainsi la sauver… Or je n'ai pas su à ce moment m'opposer à eux, les affronter.

» Comment vivre alors avec le poids d'une telle culpabilité ? J'étais perdu. Révolté aussi contre cette odieuse injustice, le comportement stupide et vil de certains hommes pendant l'épidémie. La cécité égoïste de mes parents, leur rigidité, leur despotisme… Ma lâcheté aussi. Cependant, peu à peu, ce choc affreux m'a fait réaliser bien des choses sur la vie. Et ainsi, un matin, j'ai su que je devais me libérer de cet avenir trop tracé pour vivre ma propre existence. Ce ne serait pas facile car mes parents avaient tout misé sur moi. Moi, leur fils chéri et unique ! Enfin, devenu tel… Leur seul fils, oui, après le décès de mon jumeau à l'âge de nos sept ans. Cet accident terrible qui les a dévastés… Et moi aussi, comme tu peux l'imaginer… J'ai donc accepté ta proposition de partir car elle correspondait à mon souhait profond. Sauf que, maintenant, avec mon départ, je leur ai brisé le cœur de nouveau, c'est certain. C'est un fait intangible, un autre fardeau avec lequel je dois désormais réussir à vivre. À l'instar de tous ces morts aimés autour de moi qui me font encore cauchemarder.

— Oh ! Amaury ! J'ignorais tout cela…, balbutia Tiphaine, bouleversée, s'élançant vers lui pour le serrer dans ses bras.

Ils restèrent un moment ainsi. Enlacés. Des larmes silencieuses roulant sur leurs joues juvéniles, déversant le flot enfoui de leurs blessures. Enfin Tiphaine se détacha et prit à son tour la parole, d'une voix douce et lente, et choisissant ses mots :

— Amaury, je comprends… Je comprends tellement. Oui, tellement mieux maintenant… Ta peine me touche profondément. Mais, tu sais, je voudrais te dire que tu n'es pas responsable de ce lourd passé, de ces événements tragiques que tu as vécus malgré toi. Tu en es la victime. J'entends toutefois le sentiment de culpabilité qui te pèse et te torture parfois… Je le partage même… Ainsi, par honnêteté, pour faire écho à ta franchise, je dois à mon tour te narrer pourquoi et comment je suis partie de Canterac, abandonnant mon père et les miens…

Alors elle lui conta tout. Le projet obsessionnel de son père de la marier, puis le mariage fixé avec ce seigneur rustaud repoussant, sa révolte, sa fuite à l'insu du baron dans la nuit, puis son arrivée impromptue, un peu folle, le cœur incertain et battant fort dans leur demeure de Bordeaux, l'accueil glacial de ses parents et le sien, Amaury, compliqué à analyser. Ainsi la nostalgie, le doute, la tristesse qui parfois l'assaillaient… Pareillement à lui. La disparition cruelle de sa maman, cette enfance orpheline, comme lui de son jumeau, et cette même douleur qui resurgissait tout à coup et la terrassait toujours avec autant de vigueur. Mais ils n'étaient peut-être pas faits à l'identique et ne prenaient pas les choses – ou à tout le moins ne les exprimaient pas – de la même façon...

— Oh ! ma chère Tiphaine ! Que ne t'ai-je parlé avant ! J'avais honte... Je ne savais par quel bout commencer... Merci d'être là, telle que tu es : courageuse, sincère, droite, libre. Et si fine, si intelligente, murmura Amaury en se jetant à ses pieds.

Tiphaine lui prit les mains et le releva. Ses yeux rivés dans les siens, elle lui sourit. Amaury lui déposa un baiser au coin des lèvres. Un baiser furtif, ému et maladroit. Puis il proclama d'une voix claire, tout à la fois déterminée et émue :

— « Au bout de ce voyage, vous trouverez un trésor... Faites-vous confiance. » Ce qu'a dit Almas, eh bien, nous allons le faire. Ensemble, nous allons tracer notre route, ma Tiphaine...

Tiphaine crut chavirer de bonheur. « Ma » : un simple pronom, deux petites lettres bondissant dans son cœur. Le frôlement des lèvres d'Amaury sur les siennes. Enfin ! Et ce sourire ! Tant d'assurance soudain. Tant de lumière irradiant son fier visage ! Une foi dans l'avenir qui sonnait en elle comme une promesse, lui donnait envie de rire et de crier sa joie. Une joie enfantine, un courant d'insouciance qui l'inondait, l'enveloppait comme un doux cocon et lui donnait des ailes. Ah ! le cocon des grands bras souples d'Amaury qu'elle avait connu pour la première fois au cœur de l'ouragan ! Comme elle rêvait de s'y fondre à jamais dans la moiteur de sa cabine, les vapeurs de chaleur et de sel de ce bel après-midi d'été. L'été déjà... Ils étaient partis au printemps. Ils arriveraient en été. À Venise ! Quelle occurrence prodigieuse ! Merveilleuse ! Aurait-elle imaginé cela de sa vie il y a quelques mois ? De plus, une sublime éclaircie venait de se produire : la levée d'une énigme – qui n'en était donc pas une ! Elle comprenait enfin les réticences des parents d'Amaury envers elle et, surtout, les silences du jeune Bordelais, ses absences, ses revirements, ses zones d'ombre et de repli, le tourment de ses cicatrices encore ouvertes. Et elle éprouvait le concernant un indéfectible respect et une infinie tendresse. Une sorte de communion d'âmes aussi.

# 15

Peu à peu, gommant le voile de la brume gluante et frisquette, le mythe apparut. Était-ce cela Venise : une cité d'ombres et de brouillards ? s'interrogea Tiphaine, déroutée et un peu perplexe. Depuis le petit jour rassemblé sur le pont, l'équipage était agité, pris d'une frénésie croissante, d'une excitation palpable. Comme elle, tous scrutaient l'horizon. Observaient les contours de la ville, leur ville, sa silhouette grandissante se former devant eux. Puis soudain ce fut clair : elle était là avec ses dômes, ses tours, ses clochers, ses façades, chaque détail qu'ils semblaient redécouvrir comme à la première fois. Un être aimé ! La clameur monta, mêlée aux cris des mouettes, et se mua en un chant puissant qui disait leur allégresse, leur nostalgie trop longtemps contenue, leur soulagement aussi d'être revenus sains et saufs, leur réconfort de retrouver la terre, leur terre, leurs maisons et bientôt leurs familles, leurs femmes, leurs amours.

*Venezia, oh Venezia, le onde ci hanno portato, le stelle guidato,*
*Ma è a te, Venezia, oh Venezia, che sempre tornoniamo.*
*Venezia, oh Venezia, la dolce maestosa, la città que noi amiamo*[1] *!*

Que de sourires sur ces visages tannés ! Tiphaine était émue par la solennité du moment, cet instant de partage simple et

1. *Venise, oh Venise, les vagues nous ont portés, les étoiles guidés,*
*Mais c'est à toi, Venise, oh Venise, que toujours nous retournons.*
*Venise, oh Venise, la douce majestueuse, la cité que nous aimons !*

fort entre ces hommes rudes qui s'étaient côtoyés de longs mois, et dont l'existence paraissait si éloignée de la sienne. Amaury à ses côtés semblait vibrer tout comme elle, emporté par l'enthousiasme collectif, cette lame de fond de la joie, une fébrilité heureuse. Il l'enlaça doucement par la taille. Elle posa sa tête au creux de son épaule et entendit les battements de son cœur à l'unisson du sien.

La cité se rapprochait lentement ou, plus exactement, semblait émerger des eaux et des vapeurs, révélant ses splendeurs. Venise paraissait sortir d'un rêve et prendre forme là, devant eux, telle une impudique beauté. Des dômes dorés scintillants, une tour de briques immense coiffée d'une haute flèche en bois, deux colonnes roses surmontées d'un lion ailé, l'autre d'une statue de saint pourfendant une sorte de dragon, une enfilade blanche, gigantesque, ciselée d'arcs et d'ogives ; des coupoles, des églises, des clochers, des campaniles, des palais sculptés comme de la dentelle, des maisons colorées, des entrepôts interminables. À gauche, une vaste artère liquide, un chenal large et majestueux encore bordé de palais, d'édifices somptueux frangés d'appontements de bois où étaient accrochées de curieuses embarcations oblongues hautement recourbées aux deux extrémités. Au loin, un large pont de bois montant entre deux rives. Face à eux, l'entremêlement de briques des toits à perte de vue. Partout, des stucs, du marbre, des sculptures, des ornements, des décors, des balcons, des fresques aux couleurs subtiles, de l'or, le vert des eaux entrelaçant tout cela dans la lumière surnaturelle de rares rais de soleil filtrant à travers la brume.

Autant de trésors et, cependant, aucune muraille, aucune fortification ? s'étonna Tiphaine. Une ville ouverte, offerte sur la mer : « Sa mer », lui fit remarquer Amaury, son golfe portait son nom. La lagune était tout à la fois sa protection et sa menace, sa gardienne et sa gageure.

Peu à peu, l'impensable, l'unique se précisait à leurs yeux

écarquillés : le lacis des canaux découpant proprement la cité, s'y infiltrant par tous ses pores ; une cité de vase et d'îles flottant sur les eaux, conquise et bâtie sur elles, vivant avec elles et contre elles, et avec tant de magnificence et de faste, de douce insolence ! La très sereine Venise que rien ne semblait pouvoir déranger ! Comment imaginer l'inimaginable ? Même si Christos leur avait déjà conté la lutte permanente de Venise contre les inondations, la corrosion du sel, l'envasement de sa lagune, ils prenaient ici la mesure de son défi consubstantiel et décisif, cette situation hors du commun, extravagante même, qui l'avait irrémédiablement tournée vers le large et avait suscité sa vocation à dominer aujourd'hui le monde. Venise mouvante et triomphante : un essentiel paradoxe !

Enthousiastes et émerveillés, ils approchaient du quai San Marco. Les marins préparaient les amarres. Doucement, la *Perla del Lido* prenait place. Les premiers matelots sautaient à terre dans des cris de contentement et des exclamations de liesse. Déjà du monde pour les accueillir, les saluer, les congratuler malgré l'heure précoce. Bourdonnement des conversations, accents de l'italien qu'ils ne parvenaient pas encore à bien comprendre, nouvelles odeurs insolites à déchiffrer, auxquelles s'accoutumer… Qu'est-ce qui les attendait dans cette gigantesque et luxueuse cité ? « Cent mille habitants », avait précisé Angelo avec fierté. Trois fois plus que Bordeaux ! Une sourde appréhension gagnait le cœur novice de Tiphaine.

Soudain, elle foulait à son tour les pavés de la ville, mi-intimidée, mi-impatiente d'en découvrir les moindres détails, les moindres recoins, d'en percevoir le pouls secret. Le moment arrivait de prendre congé de l'équipage, de les remercier, de leur souhaiter bon repos et bonne chance pour la suite. Amaury et elle avaient bien sûr gardé Christos pour la fin. Le vieux capitaine les attendait avec son large et indéfinissable sourire :

— Adieu, capitaine ! Merci pour cette traversée et tout ce que vous nous avez enseigné, commença Amaury avec chaleur.

— Nous nous souviendrons à jamais de ces jours passés avec vous à bord de ce merveilleux navire. Au revoir, Christos..., enchaîna Tiphaine, sa voix nette se brisant tout à coup.

— Oui... Au revoir, mes enfants... Qui sait si nos chemins ne se recroiseront pas ? En attendant, prenez soin de vous... Et rappelez-vous les mots d'Almas et, de temps à autre, ceux d'un vieux Grec têtu ! conclut celui-ci avant de leur donner à chacun une brève et ardente accolade.

Tout à coup, ils étaient seuls, étrangers anonymes dans cette ville inconnue, au milieu de gens qui ne les connaissaient pas : libérés des regards... Libres ! Libres de faire ce qu'ils voulaient ! Libres de partir à l'aventure ! Leur aventure ! Leur romance ?... Dans l'euphorie de ce moment unique, privilégié, inouï, Amaury enlaça Tiphaine et la souleva dans les airs. Elle rit, épatée par son impétuosité, et, entourant ses bras autour de son cou, lui décocha un fougueux baiser avant de glisser le long de son corps. Quelques minutes intenses, irréelles, un peu folles à se serrer, à s'agripper, à s'enivrer du parfum de l'autre, à onduler d'un même souffle. Puis la raison et la décence reprirent leurs droits : ils se détachèrent, le souffle court, les joues rosies, et les yeux brillants d'émotion et de joie.

Il leur fallait maintenant trouver la demeure des Galatazzi, relation d'affaires du père d'Amaury. Le jeune homme avait déjà rencontré l'un de leurs émissaires, un neveu venu dans leur demeure à Bordeaux pour y négocier des accords. À l'égal des Gaillan de Lesparre, les Galatazzi étaient de riches patriciens, ils appartenaient à l'élite politique et économique de leur cité. Les deux jeunes gens pouvaient donc compter sur leur hospitalité, même si Amaury était un peu anxieux de prendre ainsi contact avec des gens influents qui connaissaient sa famille. Mais Bordeaux était si loin. Comment ceux-ci pourraient-ils savoir qu'il s'était enfui de chez lui sans en aviser ses parents ? Et de toute façon, que pourraient-ils y faire ? La distance garantissait l'inoffensivité de son père, non ? essayait-il de se persuader.

Tiphaine suggéra d'autres solutions : solliciter les contacts que leur avait donnés Simone à Tunis, faire appel à l'hospitalité de l'armateur de la *Perla del Lido*, ou encore trouver une auberge ? Amaury refusa. Ils se présenteraient chez les Galatazzi, un hôte de leur rang dont la demeure leur garantirait un confort certain. Ils n'allaient pas jouailler ! Ils allaient profiter de la chance extraordinaire de se trouver ici ! trancha le jeune homme. Tiphaine acquiesça tout de suite, ravie de ce nouvel Amaury rayonnant et résolu qui regardait la vie sous son meilleur jour.

Une autre surprise les cueillit : la cité sans murailles était aussi une cité sans chevaux ! Ici, pas de coursiers, pas de palefrois, pas de calèches pour se déplacer : tout se passait… en bateau ! C'est ainsi qu'ils durent monter à bord de l'une de ces drôles de barques à la proue et la poupe remontées en de singulières volutes. Ils appelaient cela des « gondoles », leur annonça le Signore Foscolo après leur avoir négocié le trajet et renouvelé ses invitations à leur servir de guide pour leur faire découvrir la cité – bref coup d'œil entre eux et accès de fou rire réprimé – et avant de s'en repartir, la mine importante et maugréant, présider aux opérations de douane et de déchargement.

Le *gondoliere* se servait d'une longue perche pour faire glisser l'embarcation sur les eaux vertes du bassin. Ils obliquèrent tout de suite sur la large artère.

— *Il Canale Grande !* leur expliqua le bonhomme avec un large geste enflammé désignant le cours d'eau sinueux. *Attraversa tutta la città* [1] *!*

Là, ils avaient compris ! Un défilé de merveilles sous leurs yeux ébahis. Ils n'avaient jamais vu ce style de constructions, un tel foisonnement de détails, un tel mélange aussi. Coupoles

1. Le Grand Canal ! Il traverse toute la ville !

dorées, larges galeries rythmées d'arcs en ogives finement étirés, hautes fenêtres décorées d'une profusion d'ornements divers, patères, bas-reliefs, frises ornées de feuilles de palmier, de motifs mauresques, façades mêlant la brique à des jeux de pierre de diverses couleurs, fresques éclatantes, mosaïques, carreaux de céramique polychromes, et toujours la bordure des pontons où s'amarrait la foule d'embarcations de toutes sortes. Il semblait que se jouait ici une espèce de synthèse entre les mondes, une mixtion entre l'Orient et l'Occident. En tout cas, une fusion incroyable ! Admirable ! Magique !

Tiphaine et Amaury retenaient leur souffle, leurs mains enlacées, suspendues. Elle rompit en premier le silence :

— Il aurait été dommage de ne jamais voir cela, déclara-t-elle en se retournant brusquement vers lui pour l'inonder de son sourire.

Amaury émit un rire clair.

— Assurément ! Mais nous voilà arrivés, je crois...

Déjà la gondole avait ralenti aux abords d'un ponton. Devant eux se dressait une longue et haute demeure. Au rez-de-chaussée, un large portique formé de cinq arcs soutenus par d'épaisses colonnes sculptées de feuilles d'acanthe donnant sur le canal semblait servir au service des bateaux. Au-dessus, un premier étage déroulant une longue claire-voie d'élégantes fenêtres en ogives légèrement en retrait surmontées d'une frise ouvragée découpée de blasons et de statues de héros de la mythologie grecque était le clou du spectacle, recelant sans doute les pièces de réception. Puis encore un second étage, aussi haut mais avec moins de fenêtres, et encore un troisième plus réduit sous les combles. Impressionnante arrivée !

Un gardien les accueillit dès leur accostage sur le ponton. Que venaient-ils faire ici ? Amaury dit son nom, celui de Tiphaine, et répéta les mots que lui avait enseignés Foscolo pour l'occasion :

— *Sono a peno arrivato da Bordeaux e vorrei incontrare il signore Galatazzi che conosce la mia famiglia*[1].

C'était manifestement le bon sésame et il s'en était bien sorti ! le congratula Tiphaine dans un sourire. Le visage du garde s'éclairant à peine, il claqua des mains avec morgue. Aussitôt un serviteur déboula vers eux, frétillant de courbettes. Le valet, mis avec grand soin, les fit entrer dans la galerie du bas, qui semblait en effet destinée à l'usage du commerce et à l'entreposage des marchandises, une sorte de boutique, comme le fondouk de Simone. Il les dirigea ensuite vers un imposant escalier de marbre blanc pour les faire monter à l'étage.

Après un vaste palier orné de sculptures, il les installa au salon. En vérité, un enchaînement de pièces majestueux donnant sur les balustres et le canal dans un incroyable déploiement de colonnes et d'arcades soutenant les hautes voûtes du plafond se reflétant sur la mosaïque du sol, savante combinaison de marbres précieux, de carreaux de porphyre et d'onyx : une merveille comme ils n'en avaient jamais vu ! Aux murs, des miroirs enjolivés de facettes, des tapisseries précieuses, œuvres d'art et de fil racontant des épopées et des récits mythologiques ; ici et là des consoles de marbre, de bois sombre, des chaises, des fauteuils ornés de velours pourpre, de vastes cheminées où trônaient des candélabres de bronze – à moins que ce ne fût de l'or ? –, des coffres, des guéridons et toute une collection d'autres petits meubles précieux dont Tiphaine ignorait la fonction, eux-mêmes garnis de porcelaines chinoises ainsi que de vases de verre de formes et de couleurs diverses, alliant transparence et flamboyance. Un ravissement !

Des fenêtres élancées aux fins carreaux de verre biseautés, encadrées de lourds rideaux d'une soie incarnate damassée du plus bel effet, filtrait une lumière douce, chaleureuse… Et partout

1. Je viens d'arriver de Bordeaux et je souhaiterais rencontrer le seigneur Galatazzi qui connaît ma famille.

flottait un délicieux et envoûtant parfum. Tiphaine se sentait bien, en sécurité. Curieuse... Tout de même un peu impressionnée par cet étalage d'opulence et de luxe. Amaury s'inquiétait-il ? Il lui prit la main tout à coup et ne la lâcha pas. Elle se tourna vers lui et lui sourit : ils étaient ensemble désormais et cela suffisait à son bonheur, disaient ses yeux. Ils n'osaient pas se parler de peur de commettre un impair, de se trouver impolis ou ridicules. Après une bonne demi-heure d'attente, le maître des lieux fit son entrée : Vittore Galatazzi lui-même ! Une entrée digne d'un prince : royale et triomphante !

Dans ses pas suivait son secrétaire. Galatazzi les salua et les pria de se rasseoir. Zelio son *segretario* parlait un peu le français ; cela allait faciliter leur conversation. Après les politesses d'usage, leur avoir demandé des nouvelles de M. de Lesparre et de leurs affaires bordelaises – après la guerre avec la France, la peste, quel malheur ! –, la manière dont s'était déroulé leur voyage, le noble Vénitien voulut connaître la raison de leur séjour dans la cité des Doges. Amaury évoqua un voyage d'agrément et de documentation. Lui-même rédigeait des chroniques, comme celle de la conquête de la Guyenne par les troupes anglaises réalisée pour le comte de Sherborne, et Tiphaine de Canterac avait, quant à elle, entrepris la réalisation d'un ambitieux récit de voyage illustré depuis leur départ de Bordeaux. Galatazzi parut amusé.

— Vous séjournerez dans ma demeure, disposa-t-il sur un ton qui ne supportait aucun refus.

Et voilà, l'affaire était donc conclue ! Tiphaine avait envie d'applaudir. Elle était proprement ravie de découvrir le reste de cette somptueuse demeure : mieux, ce *palazzo*, mot qu'avait conservé en italien le timide secrétaire dans sa traduction valeureuse – il semblait en effet assez terrorisé par son maître.

On leur montra leurs appartements, situés au deuxième étage. La chambre de Tiphaine déployait raffinement et confort, et toujours cette vue lumineuse sur le Grand Canal. Dans un pan de mur, derrière des tentures de soie verte, une porte la faisait communiquer avec celle d'Amaury. Étrange coutume que ce passage dérobé qui avait dû servir à réunir des amants clandestins... Troublée, Tiphaine profita du bain que les servantes lui avaient préparé. Alanguie, elle se prit à rêver qu'Amaury ouvrait brusquement la porte interdite, et se glissait à ses côtés dans l'eau chaude et parfumée. Leurs deux corps nus commençaient à s'emmêler dans le tourbillon de leurs caresses... quand elle entendit soudain Amaury s'enquérir de l'autre côté du panneau vert :

— Tiphaine, tu es bien installée ?

— Si tu savais..., souffla Tiphaine, émue d'entendre sa voix si suave, si proche...

Elle ferma ses paupières : il était là. Un frisson de plaisir la parcourut.

Un brin de toilette pour quitter ses habits de voyage et endosser une tenue plus coquette, à la hauteur de cet élégant palais et de la légendaire cité qui les attendait. Elle opta pour sa robe de coton sinople au décolleté en « v » et aux manches évasées mi-longues ornées de passementeries dorées.

— Comme tu es belle ! s'enthousiasma Amaury en la retrouvant.

Ils partirent ensuite à l'assaut de la ville bras dessus bras dessous, bondissant, enchantés comme des gosses, bercés par ce doux sentiment qui s'insinuait en eux. Première cible évidente, passage obligé : San Marco ! Aller respirer son air, se repaître du spectacle des dômes dorés, des mosaïques de la basilique étincelant sous le soleil, y admirer le flamboyant quadrige des chevaux de saint Paul ramené au siècle passé de la prise de Constantinople par le doge Dandolo, se laisser pénétrer par la beauté mystique des lieux, trembler, se prendre la main, unir leurs paumes. Contempler les folies de l'impressionnant palais des Doges, encore en cours d'agrandissement, imaginer ses décors intérieurs virtuoses, ses salles, ses salons phénoménaux, les débats et les luttes qui pouvaient s'y tenir, les discussions qui y engageaient le monde, commenter, s'extasier ! S'imprégner de la grandeur et de la puissance de la Sérénissime, vibrer d'un même accord, palpiter d'un même cœur, rire ! S'abîmer le regard dans la vision du vertigineux campanile tutoyant le ciel dans un vol de pigeons et de mouettes, vaciller, se diluer, s'évaporer dans un même nuage, une même brise, s'y retrouver. Contempler l'horizon de la lagune, y humer les parfums du grand large... Observer et rêver... Se retourner tout à coup l'un vers l'autre. Se pencher imperceptiblement. Et se chaparder un baiser. Crier leur joie !

Fourbus et enchantés, assez excités par la soirée qui les attendait, ils rentrèrent au palais Galatazzi en fin de journée. Juste le temps de se préparer pour le dîner. Tiphaine enfila cette fois sa robe de velours bleu paon la plus coûteuse, son collier et ses pendants d'oreilles en saphir coordonnés. Amaury lui aussi s'était vêtu avec soin : un pourpoint de soie blanche qui mettait en valeur sa mince et haute silhouette, de même que les reflets bruns de sa peau hâlée. Sans s'être concertés, ils s'étaient assortis, bleu et blanc, aux couleurs de la mer..., fit remarquer Tiphaine comme ils descendaient vers la salle à manger retrouver leurs hôtes, elle fière de lui à son bras, si élégant, et lui aussi, ravi et rayonnant.

— Encore plus belle que tout à l'heure..., lui chuchota-t-il à l'oreille.

— C'est toi qui me rends belle..., glissa-t-elle, le faisant rougir un peu.

Le dîner allait tenir toutes ses promesses : fastueux, fourmillant, délectable. Ahurissant surtout.

Au bout de la monumentale table de bois sombre, Galatazzi trônait littéralement face aux siens : sa femme, encore brune et belle malgré ses traits las et ses grands yeux verts fatigués ; sa fille, une beauté blonde douce et effacée ; ses deux fils, l'un assez beau ressemblant à sa mère mais avec un air matois, et l'autre timide. Zelio, l'assistant du maître, avait été convié pour les besoins de la traduction et il semblait pétrifié par cette présence exceptionnelle à la table de son patron. Plus les plats défilaient, succulents et surprenants – du jambon, des poissons de la lagune, des petits œufs noirs d'un autre élevé dans le Pô appelé caviar, des pâtes à l'encre de seiche, des crabes frits, du canard sauvage de la lagune appelé oselle, un ragoût de taureau épicé accompagné d'un sauté de radicchio – plus les autres se taisaient. La conversation devenait un intense monologue scandé par les grands gestes du seigneur des lieux, ses exclamations, ses digressions subites, ses ondulations de voix, de grands cris tonitruants succédant au ton feutré de la confidence. Un spectacle à lui seul !

Sujet bien sûr entre tous : Venise ! Venise et sa puissance. Galatazzi de leur exposer que Venise était une cité-État remarquable par son gouvernement, les multiples assemblées, commissions qui faisaient participer ses élites à son administration collégiale sans équivalent. La Sérénissime – la très sereine république que rien ne pouvait déranger, perturber, déboulonner, aucune dissension parmi ses membres, ni révolte populaire ! – possédait toutes les richesses du monde entre ses mains : l'or du ducat et du sequin qui régnaient sur tous les échanges de la planète, celui de l'Afrique, l'argent d'Europe centrale, le coton de Syrie, la soie de Chine, le poivre, les épices, les drogues de l'Orient, les malvoisies et raisins secs de Grèce, l'huile des Pouilles, le blé de Naples, du Levant, de Sicile, le sel de l'Adriatique et de Chypre, les vins, les fromages et bois de Crête, pour la construction des maisons et des nefs. Venise était la reine de ce commerce splendide et universel. Car toutes ces belles denrées n'étaient pas seulement consommées sur place. Pour partie, elles ne faisaient qu'y passer, repartant vers le reste de l'Europe, lui permettant d'encaisser au passage de colossaux subsides issus des taxes prélevées par l'État vénitien. C'était là tout le génie de l'entreprise qui valait à Venise sa prospérité et sa créativité artistique et financière uniques ! s'esclaffait le bonhomme. Venise avait aussi, comme par hasard, inventé les premières banques, une idée qui allait révolutionner le commerce du monde ! Bref, son avenir était radieux.

Zelio avait cessé de traduire depuis longtemps, ne pouvant s'accorder au débit des paroles de l'aristocrate vénitien. Soudain, ce dernier se dressa et rugit :

— *Buena notte a tutti ! Sono stanco*[1] *!*

Alors, dans un seul chœur, sa femme et ses enfants se levèrent à leur tour de leurs chaises. Décontenancés, Tiphaine et Amaury les imitèrent et prirent courtoisement congé. Ah oui, ils étaient eux aussi exténués par le flot de l'étourdissant Galatazzi !

En remontant l'escalier les conduisant à leurs appartements, Amaury lâcha, imitant la posture et la gestuelle de leur hôte :

— Sacré personnage !

— Impérial et complètement loufoque, tu l'as dit ! Fantastique et fantasque ! déclama Tiphaine, le singeant à son tour.

Un fou rire les emporta. Un peu trop tonitruant, trop sonore : un rire pour dissimuler leur émoi, masquer leur trouble, leur indécision. La lueur vacillante des torches éclairant le long corridor révélait la nervosité dans les grands yeux noirs de Tiphaine, ses doigts jouant avec le velours de sa robe. Amaury, tout aussi troublé, irrésolu, avait capturé son regard et ne semblait pas vouloir le lâcher. Il fit un pas vers elle, puis un second : ils étaient si proches que leurs souffles se mêlaient et qu'ils pouvaient voir l'ombre des flammes des chandelles danser dans les yeux de l'autre. S'ils s'avançaient encore, s'ils se touchaient, s'effleuraient juste à cet instant, ils savaient tous deux que ce serait sans retour : ils ne seraient plus capables de lutter contre l'attirance de leurs corps. Les portes de leurs chambres

1. Bonne nuit à tous ! Je suis fatigué !

respectives étaient là tout près, si tentantes, mais elles étaient d'infranchissables et définitives frontières... Alors, doucement, ils s'éloignèrent et prirent chacun leur chemin :

— Bonne nuit, Amaury ! bredouilla Tiphaine en peinant à tourner la poignée.

— *Dolce notte,* ma Tiphaine ! reprit ce dernier d'une voix enrouée par l'émotion.

En s'endormant dans ses draps de lin frais, Tiphaine ne pouvait s'empêcher de repasser le fil de ces dernières heures. Au premier plan de ses visions tellement nombreuses, multiples, insensées, le regard incandescent d'Amaury tout à l'heure dans le couloir. Les yeux de la jeune Périgourdine peinaient à se détacher de la tenture de soie olive qui camouflait la porte secrète : derrière elle, Amaury dormait-il déjà ? Ou pensait-il lui aussi à elle comme elle pensait à lui ? Viendrait-il la surprendre dans son sommeil comme à Tunis et, cette fois, l'embrasser ? Peut-être même se glisser à ses côtés pour un voluptueux corps à corps...

# 16

Un mois bientôt qu'ils séjournaient à Venise. Ils avaient sillonné la cité, quadrillé ses quartiers, exploré ses moindres recoins – mais il y avait encore tant de trésors à découvrir ! – constatant avec bonheur que l'on pouvait aussi s'y déplacer à pied, se perdre au hasard de ses ruelles, de ses ponts, avancer, revenir sur ses pas dans son dédale de constructions et de canaux étroits. Soudain, ils tombaient sur une placette, un somptueux palais, une charmante maison aux volets colorés, un balcon, une cour, un jardin, un détail singulier, statue à l'angle d'une rue, alcôve décorée, médaillon ouvragé, petit bijou caché, trésor minuscule et précieux, ou alors quelques-unes de ces perspectives éblouissantes dévoilant tout à coup au loin les eaux du Grand Canal ou celles de la lagune. Ils s'asseyaient pour contempler les flots et la Giudecca depuis les Zattere, ces quais larges et ensoleillés, observaient le glissement des bois flottés arrivant des amonts du fleuve, humaient l'air marin, s'absorbaient dans la contemplation de la lumière sans pareille, ensorcelante et si inspirante de la cité. Il y avait aussi ces *campi* inattendus et spectaculaires qui les cueillaient au détour de leurs pas, leur offrant leur invariable église, imposante ou discrète. Ils entraient…

Ils se laissaient charrier, enivrer par le charme de la cité, sans chercher davantage que le plaisir du moment. Parfois, dans leurs déambulations, marchant côte à côte sans rien dire, ils se prenaient la main et emmêlaient leurs doigts pressés ; parfois ils se retournaient brusquement, et se décochaient un baiser léger et joyeux ; parfois ils s'asseyaient, Tiphaine posait sa tête sur les genoux d'Amaury et il lui caressait longuement les cheveux ; parfois ils se regardaient simplement sans se toucher de longues minutes, à en mourir, et se ruaient soudain, à bout de forces, l'un vers l'autre pour une étreinte éperdue ; souvent ils discutaient avec frénésie, s'enthousiasmaient de ce qu'ils voyaient, parlaient de ce qu'ils entreprendraient le lendemain, le surlendemain et les mois suivants, faisaient des projets d'avenir, s'étonnaient d'en avoir un, qu'il fût le même, et se mettaient à rire, incrédules et ravis.

Ils riaient beaucoup. Comme si cette effusion légère et échappatoire permettait de ralentir l'attraction inéluctable de leurs deux corps. Ils faisaient durer l'attente, ce moment de tension délicieux, jouissaient de ce frissonnement du désir. Ils tentaient aussi de noyer leur incertitude dans l'insouciance, s'efforçaient d'oublier qu'ils étaient des fugitifs et que leurs parents devaient les rechercher en ne pensant plus.

Ainsi avaient-ils décidé de ne pas s'afficher devant les Galatazzi, relation d'affaires de la famille d'Amaury. La prudence élémentaire imposait cette discrétion. Cependant, Francesca, la fille de leur hôte, fine mouche, avait tout de suite remarqué leur tendre inclinaison. Tiphaine s'était liée avec elle, qui lui rappelait sa chère sœur Guenièvre aussi bien par son aspect physique que par son tempérament doux mais fin et perspicace. Amaury quant à lui s'était pris d'amitié pour le puîné de la famille, Giacomo, vif d'esprit et affable. Les deux jeunes Français logeaient toujours au palais Galatazzi. Leur hôte les avait priés de lui donner du « Vittore ». Ils étaient ses *nipotini*, ses neveux, faisaient partie de la famille désormais ! Mais ils avaient parfois du mal face à l'impressionnant et extravagant bonhomme au comportement dictatorial et lunatique, qui terrorisait ses gens et les siens, et leur rappelait immanquablement l'ombre lointaine des parents d'Amaury, leur sourde menace.

Avec Francesca, qui comprenait quelques mots de français, et elle-même quelques-uns d'italien qu'elle avait réussi à apprendre, Tiphaine avait pu discuter et se livrer un peu.

La jeune Vénitienne se disait charmée par sa relation galante avec Amaury, qu'elle trouvait de son côté extrêmement séduisant. Elle était particulièrement douée pour faire parler Tiphaine. Avec douceur et subtilité, prêchant le faux pour savoir le vrai, sans prononcer le mot fatidique, elle tentait d'éclairer Tiphaine sur la teneur de ses sentiments pour Amaury. Elle voulait seulement la guider sur le chemin de sa propre révélation. Pour protéger leur secret, Tiphaine n'était pas allée en revanche jusqu'à lui confier les circonstances de leur départ.

Avec Amaury, ils avaient fait usage des contacts fournis par Simone, le marchand de Tunis. Ainsi s'étaient-ils présentés un jour dans la demeure d'un certain Stefano da Rosi. Le palais de ce dernier, construit également sur le Grand Canal dans le quartier de Cannaregio plus en amont, après le pont du Rialto, témoignait de toute l'originalité du personnage, de son grain de folie même. Le riche patricien y avait rassemblé des objets venus du monde entier – dont certains avaient été rapportés par Marco Polo lui-même ! s'enorgueillissait-il – une collection de curiosités fabuleuses. Vases, porcelaines, sculptures de bois, d'os et de pierre, jade, lapis-lazuli, quartz rose, figurines d'ivoire, couronnes de rubis, saphirs, émeraudes, diamants, bijoux d'argent et de turquoise, masques, meubles de laque noire incrustés de paysages de nacre venus de l'Empire du Grand État mongol, éventails de soie, tapis de Perse, céramiques d'Iznik, marqueteries de Damas, papiers de soie de Samarkand, poteries ottomanes, égyptiennes, roses des sables des grands déserts d'Asie, animaux empaillés, chameaux, zèbres, tortues, même un tigre et les cornes d'une bête gigantesque appelée éléphant : un innombrable inventaire ! Et des livres – tant de livres ! –, des textes anciens de l'Orient, des manuscrits inestimables soigneusement calligraphiés dans des formes bizarres, tellement différentes.

Da Rosi les reçut un après-midi dans un curieux accoutrement : une longue robe de soie grenat ornée de broderies colorées, de fils d'or et d'argent, représentant des dragons dans un entrelacs de ramages et de montagnes coiffées de nuages ; sur la tête, un drôle de bonnet surmonté d'un dôme de pierres et de perles. Somptueux et excentrique vêtement, tout à l'image du bonhomme ! Après avoir lu avec circonspection et à haute voix – c'était un peu gênant – la lettre de recommandation de Simone, il les accueillit sans plus d'hésitation, dans un remarquable français et avec un empressement aimable, témoignant tout son intérêt pour les talents de Tiphaine, vantés par Simone dans sa missive.

— Les amis de mes amis sont mes amis, disposa-t-il. Vous pouvez compter sur moi. Que puis-je faire, jeunes gens, pour vous être agréable ou secourable ?

— Me permettriez-vous de dessiner quelques-uns des objets de votre prodigieuse collection ? osa Tiphaine.

— Avec le plus grand des plaisirs, mademoiselle de Canterac ! Mais si vous m'offrez un exemplaire de votre dessin, consentit celui-ci sans perdre le nord. Je mettrai à votre disposition du papier et des encres. Enfin, si vous voulez bien...

Quelle question ! Le marché fut conclu. Tiphaine était aux anges.

Ainsi s'était-elle rendue, les jours suivants, et à plusieurs reprises, au palais da Rosi en compagnie d'Amaury ou de Francesca, ou des deux, pour achever ce travail. La veille, ravi de ce dernier, le maître des lieux les avait conviés à la réception qu'il allait donner dans son palais, dix jours plus tard. « Une fête masquée... Tout Venise sera là ! » leur avait-il assuré. Enchantée et fébrile, elle était repartie. Une question essentielle lui trottant dans la tête : comment allait-elle s'habiller pour une telle occasion ? Il lui fallait un vêtement qui soit à la hauteur de l'événement et ne la fit pas se sentir une petite hoberelle venue du fin fond de sa campagne ! Ici, tout était si élégant...

Ce matin, les voilà donc parties, Francesca et elle, pour se procurer la perle rare, la tenue idéale qui les ferait rayonner parmi la crème de l'élite de la ville. Direction les boutiques du Rialto ! Il leur fallait ce qu'il y avait de mieux, avait déclaré la jeune Vénitienne. Et bien sûr elle avait ses adresses ! Un peu à l'écart de l'agitation du pont de bois, dédié au négoce des navires, aux banques et au marché alimentaire, se tenait l'atelier d'un tailleur rempli de tissus merveilleux. Elles y trouveraient leur bonheur avant de se rendre ensuite à la boutique du fabricant de masques, avait prévu Francesca.

De l'extérieur, la boutique sombre ne payait pas de mine. Mais, à l'intérieur, elle se révéla d'emblée une véritable caverne d'Ali Baba regorgeant d'innombrables trésors...

L'artisan connaissait bien sûr la Signorina Galatazzi. Sans aucune obséquiosité pourtant, avec la sérénité ferme de son savoir-faire, il les interrogea sur leurs goûts et leurs souhaits du moment puis leur présenta diverses étoffes et des modèles de robes qu'il pourrait leur confectionner dans le délai qui lui était imparti. Il y avait tant de tissus, si chatoyants, si merveilleusement brodés, cousus de décors, de petits miroirs, de pierres, que le choix était impossible : un casse-tête et un crève-cœur aussi !

Finalement, Tiphaine se décida pour une soie aurore, couleur obtenue avec une pointe de safran, ce qui la rendait si précieuse. Cette teinte subtile mi-jaune, mi-orange clair, mi-rose lui donnerait l'air d'un soleil au lever du jour ! applaudit son amie. Pour la coupe, le tailleur lui proposa la dernière mode : près du corps, une fente sur le devant audacieuse, des manches trois quarts, un décolleté arrondi et profond, le tout rehaussé de fils d'or à chaque bordure et d'un voile arachnéen drapé sur l'épaule. Pour la ceinturer, il lui suggéra une chaîne à fins maillons dorés toute simple qu'elle devrait laisser retomber sur ses hanches. Elle l'assortirait avec sa coiffure, ses cheveux bruns retenus par un cerceau de laiton tout simple lui aussi ! Francesca opta quant à elle pour une soie émeraude décorée d'arabesques cuivrées qui rehaussaient son teint pâle et un modèle tombant légèrement sur le sol, ample en bas, et bien ajusté à la taille et au buste grâce à un corsage lacé de cordelettes dorées, avec des manches longues évasées en biais du plus bel et original effet.

Elles seraient magnifiques et prêtes pour le jour dit, leur assura le tailleur. Tiphaine était un peu inquiète du prix de la robe, toujours attentive à ne pas dilapider son pécule, le seul argent avec lequel elle devait vivre désormais. Quand elle s'enquit du montant, le marchand lui fit « non » de la tête. Les Galatazzi avaient ici leur compte. Il n'était pas question qu'elle paye, c'était un cadeau de son amie, à laquelle il ne pouvait désobéir. Un peu confuse, Tiphaine rappela alors à Francesca qu'il leur manquait des chaussures. Ce serait son cadeau à elle. Elle ne transigerait pas ! décréta-t-elle joyeusement. Elles gagnèrent ainsi l'atelier du cordonnier, situé à quelques rues de là, où elles se firent confectionner des chaussons de satin dans des tons coordonnés à leurs robes, rehaussés de petits talons derrière et de perles sur la pointe de devant. Des bijoux de souliers !

Restait maintenant à trouver leurs masques pour le bal. Guidées par la jeune Vénitienne, elles s'enfoncèrent un peu plus encore dans le quartier de San Polo. Là, au fond d'une ruelle, une boutique encore plus obscure que celle du tailleur... Elles entrèrent. Un monde fabuleux s'anima sous les yeux écarquillés de Tiphaine, inquiétant et magnifique : un peuple de fantômes, visages figés de toutes les couleurs et de toutes les formes, ornés de volutes, de pointes, de chevelures extravagantes, de dorures, de sequins, de miroirs, de perles, fendus de trous en amande ou en larmes à la place des yeux.

Pendant le carnaval, le masque, conçu pour développer la fluidité sociale, servait à brouiller les pistes, le riche devenait pauvre et vice versa, expliqua Francesca. Cependant, depuis peu, le gouvernement de la ville parlait d'interdire son port parce qu'il portait atteinte aux bonnes mœurs et favorisait la débauche. Bon nombre de femmes et d'hommes s'en servaient en effet pour se rendre, anonymes, à des rendez-vous galants, parfois adultères. La moretta de velours noir était réputée par exemple pour être une arme de séduction redoutable, cachant tout le visage des femmes y compris leurs yeux, mais pour mieux libérer leurs corps… Frémissantes et papotant toujours, les deux amies essayèrent plusieurs exemplaires et portèrent leur choix sur le modèle dit « larva ». Ne couvrant que les yeux et le nez, il leur permettait de voir sans être vues, mais ne dissimulait en rien leur beauté. Au contraire, il la mettrait en valeur ! La perspective d'aller ainsi incognito de même que toutes ces histoires d'amours clandestines émoustillaient un peu Tiphaine. Elle trancha : ici c'était la tradition. Alors, s'y plier et l'expérimenter ! De toute façon, avec ou sans masque, Amaury la reconnaîtrait… Comment la trouverait-il ainsi vêtue et costumée ? Lui plairait-elle ? Elle l'espérait profondément, et brûlait d'impatience de le découvrir et de vivre cette fête folle avec lui.

Les deux jeunes filles rentrèrent tout excitées et faussement épuisées – pour mieux en rire – de leurs emplettes. Quelle belle journée ! Pour un temps, Tiphaine avait oublié les incertitudes de son avenir et les questions d'argent avec. Elle avait vécu comme une princesse vénitienne ! Elle remercia chaleureusement Francesca pour ce bon moment, ses adresses fantastiques, son amitié touchante, attentive et sincère. Elle était tellement heureuse de l'avoir rencontrée ! Mais lorsqu'elle rejoignit Amaury dans le grand salon, observant le spectacle des bateaux sur le

Grand Canal du haut des balustres, elle le trouva tout de suite préoccupé. Un air sombre avait envahi son visage quand il se retourna vers elle.

— Que se passe-t-il, Amaury ?

Amaury passa cette main qu'elle affectionnait dans ses cheveux et lâcha :

— Galatazzi est au courant... Mon père nous cherche... Il va nous falloir repartir...

# 17

Ce soir était donc le dernier. Le soir de la fête ultime. Le père d'Amaury ne les avait pas encore trouvés. D'un air grave, un peu courroucé sans doute par la situation, Galatazzi leur avait promis son silence provisoire. Il ne pouvait décemment mentir longtemps à Pierre Amanieu Gaillan de Lesparre, son pair et sa relation d'affaires en la respectable cité de Bordeaux. Conscient de cela, Amaury lui avait seulement demandé de transmettre à ses parents qu'il allait bien et qu'il les chérissait, une fois qu'ils seraient déjà loin. Galatazzi avait accepté ce marché avec une sollicitude qui les avait surpris. Mais ils sentaient bien qu'il n'était pas possible de lui demander davantage. Le bonhomme aurait pu prendre ombrage de leurs cachotteries. Il ne l'avait pas fait. Ils l'avaient remercié, tout intimidés et penauds, mais non sans émotion. Galatazzi lui-même avait semblé touché. Un cœur sensible sous ses dehors de tyran !

Ainsi, demain, ils repartaient, ils reprenaient leur voyage. De toute façon, avaient-ils conclu d'un commun accord, ils ne pouvaient continuer de résider dans cette ville. Trop de luxe dont ils n'avaient pas les moyens. Trop de morgue pour eux qui ne seraient jamais des Vénitiens. Trop de brumes aussi, de moiteur poisseuse en été, de brouillards gluants et glacés, s'imaginaient-ils, en hiver. L'envie aussi de poursuivre leur périple, leur aventure qui n'appartenait qu'à eux, de reprendre leur liberté pour en jouir, loin des regards du monde connu. Apprendre à se connaître encore davantage dans l'occurrence de nouvelles découvertes et d'émerveillements renouvelés…

Avec l'aide de Stefano da Rosi, ils avaient ainsi trouvé une nef en partance pour Constantinople. Constantinople : encore une mythique cité ! La nouvelle Rome, la Reine des Villes, la mégalopolis, la porte de l'Orient : son nom déjà les faisait rêver. Alors, adieu Venise ! Sans regrets, avancer !

Mais pour l'heure, ils partaient pour la réception donnée par leur richissime et extravagant bienfaiteur. Et pour rien au monde Tiphaine ne se serait résolue à y renoncer. Amaury l'avait bien compris et il partageait sa joie, teintée de nostalgie, en cette dernière soirée qui devait résonner comme le feu d'artifice final de leur séjour dans la Cité des Doges.

Dans la gondole somptueusement décorée des Galatazzi, symbole de leur puissance et de leur richesse, ils glissaient lentement sur le Grand Canal parmi le cortège des autres embarcations se rendant à la fête, entre chien et loup, dans le demi-jour de ce crépuscule d'été éclairé par la lueur des lanternes, devant la foule amassée sur les rives et au bord des balcons, venue les observer et les saluer. La demeure apparut peu à peu, illuminée de mille lampions accrochés aux balcons, aux fenêtres, aux piquets d'amarrage, aux rebords du ponton : une pure féerie scintillante ! Un éblouissement !

Dans sa robe aux couleurs de soleil levant – peut-être prémonitoire puisque demain c'est vers là-bas qu'ils partaient, avait-elle plaisanté avec esprit –, Tiphaine était merveilleuse. Quand il l'avait vue ce soir, Amaury en avait eu le souffle coupé. Des qualificatifs contradictoires lui étaient venus pêle-mêle à l'esprit : gracieuse, exubérante, sophistiquée, naturelle, élégante, sauvage, déroutante, imprévisible… Mais, non, elle était en fait impossible à résumer, résolut Amaury. Simplement « belle » était ce qui convenait le mieux. C'est ce qu'il avait réussi à lui bredouiller...

*Encore une fois, les mêmes mots !* Il était légèrement déçu de son manque de vocabulaire... Devant la moue un peu désappointée, charmante d'Amaury, contrastant avec son regard éperdu, elle avait ri de ce rire large et clair, enfantin, qui la caractérisait. Il aurait voulu lui dire qu'elle semblait une divinité de la mythologie droit descendue du ciel pour rayonner sur le monde. Une déesse au teint mat et à la haute stature qui lui souriait doucement, qui avait pris sa main pour monter à bord de la gondole et ne l'avait pas lâchée. Une déesse du feu, mais un feu si doux...

Cependant, les voilà qui débarquaient déjà sur le ponton, revêtant leurs masques à la hâte et s'assurant de leur mise... La cohorte des serviteurs habillés de drôles de pantalons bouffants ainsi que de tuniques de soie brodées d'oiseaux et de ramages les guidait vers les salons à l'étage. Là, la foule bariolée et soyeuse des invités richement vêtus, tous masqués, et au milieu, tourbillonnant comme un vent léger, irrésistible zéphyr, da Rosi reconnaissable à son costume aussi insolite qu'époustouflant : le grand Kubilaï Khan en personne régnant sur ses invités ! D'immenses tables chargées de victuailles, plateaux débordant de luxueux délices, carafes colorées de Murano emplies de nectars venus des quatre coins du monde. Et au fond de l'enfilade des salons, le groupe des musiciens déversant leurs premiers airs entraînants, et les premiers danseurs se mettant à exécuter leurs figures précises et délicates. Tiphaine ne connaissait pas ces danses, typiquement vénitiennes. Elle se mit à en observer les pas pour les apprendre et pouvoir danser à son tour. Voilà si longtemps qu'elle n'avait pas dansé... Quelle chance de vivre cette fête inouïe, fastueuse ! Alors, profiter !

Une heure qu'ils étaient là. L'assemblée des convives s'était faite plus dense encore, plus chatoyante, plus mouvante : une vague de couleurs et de rires. Une folie ! Amaury était parti leur chercher un verre à boire. Francesca discutait là-bas avec un groupe de jeunes gens…

Tout à coup, une main impérieuse la cueillit et l'entraîna vers le flot des danseurs : Amaury ! Elle ne l'avait pas entendu revenir… Il courba le buste pour l'inviter. Mais dans ses yeux, elle vit plutôt une injonction… Alors, relever ce défi qu'il lui lançait. Tout de suite, elle se redressa, rejeta sa chevelure en arrière, gonfla la poitrine et, la première, s'élança. La danse à deux commençait, lente, méthodique, agréable, facile… Elle maîtrisait…

Croisement de pas, paumes qui se lient et se délient, corps qui s'effleurent dans un bruissement d'étoffes, regards dérobés à travers les fentes des masques : Tiphaine se laissait porter, grisée par la musique, l'effet du vin, l'énergie d'Amaury tantôt près d'elle, tantôt s'éloignant, tantôt de face ou de côté. Un courant alternatif puissant, irrésistible comme le flux et le reflux des vagues. Elle se sentait glisser, flotter dans cette mer tiède et salée, imaginant les yeux d'Amaury détailler le moindre de ses gestes, la moindre de ses inflexions, des expressions de son visage… Ne pas le regarder… Continuer de le provoquer par son indifférence, les mouvements gracieux de son corps, un rien lascifs. Faire monter en lui la colère du désir…

Soudain, le rythme s'accéléra au son des tambourins. La danse devenait enjouée, sautillante, virevoltante, effrénée. Elle s'emballa. Ses pieds ne paraissaient plus toucher le sol. Le souffle lui manquait. Il lui sembla qu'elle allait tomber. Au dernier moment, Amaury la rattrapa et, l'empoignant par la taille, lui ordonna :

— Viens !

Ils dévalèrent l'escalier extérieur qui descendait dans la cour-jardin du palais. Il se jeta sur elle, saisit son corps à deux mains et l'attira vers lui avec passion. Glissant sa paume sous le corsage de sa robe et la plaquant sur son sein nu, il fondit sur ses lèvres offertes. Un baiser ? Non : une lame de fond, un ouragan qui ravageait tout sur son passage, une tornade rageuse, passionnée, un déchaînement de tous leurs sens. Tiphaine n'en revenait pas : une telle ardeur, une telle violence exquise, un tel abandon dans un baiser ! C'était le baiser de l'attente qui a duré jusqu'au supplice. Un baiser où l'on se sent mourir et puis renaître... autre ! Dans quelques heures à peine, ils partaient...

# 18

Comme la première fois à Bordeaux, ils avaient embarqué au point du jour, à cette heure où la nuit se lézarde et la nature s'impatiente. Mais cette fois, ils se tenaient ensemble et côte à côte sur le pont, heureux d'être là, de partager ce moment, un peu tristes sans doute de quitter leurs amis vénitiens mais sereins, le cœur gonflé d'espoir et d'un doux sentiment.

Francesca et Giacomo avaient tenu à les accompagner jusqu'aux quais près de la *piazetta* au large desquels leur nouveau bateau mouillait. La veille, Vittore Galatazzi leur avait remis une jolie somme d'argent en ducats d'or ainsi qu'une lettre de change destinée à un banquier de Constantinople. S'en voulait-il un peu de leur avoir signifié qu'il ne pouvait ignorer les recherches du père d'Amaury et de les avoir en quelque sorte chassés ? Il semblait attristé mais n'en pipait mot, et resta impassible quand Amaury et Tiphaine prirent congé après l'avoir de nouveau remercié de son hospitalité. Il tourna les talons sans préavis et disparut comme lors de leur premier dîner chez lui. Imprévisible et royal !

Stefano da Rosi leur avait quant à lui témoigné toute son expansive affection. Il leur souhaitait toute la chance du monde et leur remit, « pour aider seulement celle-ci car ils étaient formidables et promis tous deux à un bel avenir », précisa-t-il avec emphase, de multiples lettres de recommandation dans tous les endroits qu'il avait visités au cours de ses nombreux voyages, ainsi qu'un précieux cadeau à chacun. Pour Tiphaine, un diamant magnifique d'une pureté remarquable qu'il avait ramené des Indes et fait monter sur un anneau de platine délicat. Pour Amaury, un saphir éclatant serti sur une large bague d'or. « Leurs alliances », avait-il proclamé, dans un clin d'œil attendri et humide. Moment d'émotion intense qui resterait gravé à jamais dans leurs mémoires. Amaury s'était alors tourné vers Tiphaine et avait noyé ses yeux dans les siens. Dans son regard, un feu tranquille disant la joie, l'admiration, la tendresse, une certitude éclatante et douce. Émue, tremblante, elle avait battu des cils pour lui donner son consentement silencieux. Puis elle avait fermé les paupières pour retenir une larme de bonheur.

Des larmes, Francesca et Tiphaine en avaient beaucoup déversé ce matin en se disant adieu. Non ! Plutôt « *arrivederci* », « *ciao* » : c'était moins douloureux, moins pénible, moins définitif. Moins cruel. Elles n'avaient pas osé se promettre qu'elles se reverraient. Impossible serment qui aurait pu leur porter malheur... Alors, rire, sourire, pleurer, s'embrasser ! Le frère et la sœur étaient encore sur le quai quand ils montèrent à bord de la nef. Deux statues amicales et aimées agitant leurs bras. Amaury et Tiphaine répondaient à leurs effusions d'une main, les doigts de la seconde tendrement entremêlés dans une assurance veloutée.

Leur nouveau navire, *Il Leone di Mare* – en référence au lion ailé de saint Marc, symbole de Venise – était plus vaste que leur précédente *cocca*. Plus lourd aussi. Il se rendait au Levant chargé de marchandises coûteuses – cuivre, étain, laine anglaise, draps flamands, velours vénitiens, brocarts, bijoux d'or et d'argent, objets de verre sortis des ateliers de Murano, carafes, miroirs, chandeliers, vins, parfums – et en ramènerait d'encore plus inestimables denrées. Aux commandes, fanfaron et imbu de sa petite et sèche personne, le capitaine Marco Cerbero, le bien nommé, arrogant, poseur, parleur et hargneux. « Plus roquet que lion », avait résumé d'un trait Amaury, avec ce même humour mordant qui égayait tant Tiphaine. La rencontre avec le rebutant personnage leur fit immédiatement regretter la présence taiseuse, confiante, ferme mais toujours bienveillante, de Christos, le vieux Grec. D'emblée, ils le détestèrent, et lui réciproquement. Mais aimait-il grand monde à part lui-même ? objecta Tiphaine.

Le second, Timoteo, semblait plus cordial, affable et ouvert. *Une bonne tête*, jaugea-t-elle. Un homme rude et calme dans la force de l'âge : rien à voir en tout cas avec ce diable d'Angelo ! Comment se lève-t-on un matin et voit-on tout soudain profondément transformé ? La vie recelait tant de surprises ! Pour sûr, ce nouveau voyage en compterait aussi. Elle repensa brièvement aux prophéties d'Almas. Une rapide angoisse la traversa. *Retour au présent*, s'exhorta-t-elle. À ce beau matin, à ce départ, à leur chance : ce voyage extraordinaire qu'ils avaient entrepris et qui recommençait !

L'équipage du *Leone di Mare* comptait une trentaine de marins dirigés par un Dalmate à la face toute couturée de cicatrices et aux mains gigantesques dont il devait savoir faire usage. Mieux valait ne pas avoir maille à partir avec lui ! avaient-ils plaisanté. Pour le reste, la *nave* était assez confortable, son carré accueillant, son cuisinier corpulent et déjà affairé – un bon signe ! –, ses cabines toujours aussi étroites et sommaires, comparées surtout au luxe qu'ils venaient de connaître. Ils remontèrent sur le pont juste à temps pour observer le départ. Lentement, les voiles se gonflèrent et le navire se mit en marche, laissant derrière eux Venise. Ils admirèrent les derniers contours de la cité s'éloignant dans les lueurs d'un petit matin clair, saluèrent une dernière fois les silhouettes de leurs deux amis devenues minuscules dans le lointain. Un mois qu'ils étaient arrivés là. Un mois qui leur avait paru aussi dense, intense qu'un an. Ils repartaient, mais ils n'étaient pas pareils...

Ils gagnèrent la proue pour regarder vers l'avant, l'horizon de leur nouveau voyage. Le vert de la lagune cédait peu à peu au bleu-gris de la mer. Et leur émerveillement était intact. Pas de doutes ce matin : quels que soient les péripéties qu'ils allaient rencontrer, les dangers qu'ils allaient affronter, leur place était ici dans cette odyssée sans destination précise qui les réunissait. Ils n'avaient pas besoin de parler. Le silence de la mer et le chant du bateau s'harmonisaient à la musique de leurs cœurs. Une sorte de connexion avec la nature, les éléments, l'eau, le soleil, le vent qui les reliait intimement. Lien ténu, obscur, mystérieux et cependant si solide. Indéfectible ?...

Soudain, Tiphaine tourna la tête vers Amaury dont le regard était toujours rivé vers le lointain. Il lui apparut tel qu'en lui-même : fier profil aux traits fermes et au teint pur embelli par le soleil, tout auréolé par l'entremêlement de son épaisse tignasse brune. L'image sembla se fixer en elle de façon fulgurante et indélébile. Et alors l'évidence jaillit comme une révélation : elle l'aimait ! Elle ne savait pas bien pourquoi, ni comment, ni pour quelle raison à cet instant précis, mais elle savait qu'elle l'aimait. Bien qu'elle n'ait jamais aimé, elle le savait désormais avec la douce violence de ses jeunes certitudes. Et cette prise de conscience brutale était tout à la fois terrassante, délicieuse et effrayante. Elle avait envie de le lui crier ! Non ! Attendre encore pour lui dire... Attendre le moment parfait. Dans l'intervalle, savourer cette pensée... La faire durer pour mieux faire croître leur passion... Chauffer à blanc leurs corps enflammés par le désir... Être vraiment sûre...

Elle hésita :

— Amaury...

— Oui, hasarda-t-il, un peu inquiet.

— Embrasse-moi, implora-t-elle.

— Avec plaisir, rugit-il, réjoui, en joignant ses lèvres aux siennes.

Quand elle rouvrit les yeux après ce foudroyant baiser, elle crut apercevoir Cerbero les lorgner de loin de son œil torve. Elle s'en voulut qu'il les ait ainsi surpris. Quelque chose lui disait qu'ils devraient se méfier du déplaisant bonhomme.

Le soir au dîner, réunis au carré, ses mauvais pressentiments se confirmèrent. Il régnait une tension indicible parmi les cadres du navire. On était loin de l'atmosphère aimable et chaleureuse de la *Perla del Lido*. La conversation butait sur des silences répétés ; même le repas était moins généreux, plus spartiate. Le capitaine semblait régner sur toute la hiérarchie de l'équipage et susciter chez ces hommes plus de circonspection que de déférence ou même de crainte. Le repas prit fin rapidement. Tiphaine et Amaury remontèrent sur le pont « pour profiter de la fraîcheur de la nuit et du spectacle des étoiles », annoncèrent-ils en prenant congé prestement.

Tiphaine s'ouvrit de ses doutes à Amaury.

— Je n'apprécie définitivement pas ce Cerbero. As-tu observé comment tous le regardent et n'osent ou ne veulent trop lui adresser la parole ? l'interrogea-t-elle aussitôt qu'ils furent seuls, avec un air de gravité qui étonna le jeune homme.

— C'est vrai, l'ambiance était bien pesante à table. Mais ne t'inquiète pas, dans trois semaines, quatre au pire, nous serons arrivés à Constantinople, et nous quitterons définitivement ce navire et son foutu capitaine ! Ses relations avec son équipage : ce n'est pas notre problème. Tentons juste de nous en accommoder ! lui suggéra Amaury sur un ton léger qui se voulait rassurant.

— Tu sais, je crois bien qu'il nous a vus nous embrasser tout à l'heure... Je n'aime pas ça..., insista Tiphaine.

— Ah bon, tu n'as pas aimé ? lui rétorqua ce dernier, malicieux.

— Mais non ! Ce n'est pas ce que je voulais dire ! s'esclaffa-t-elle, avant d'ajouter tout en rougissant un peu et en se penchant vers lui pour lui susurrer à l'oreille : J'ai adoré... au contraire...

— Écoute ! l'interrompit alors Amaury en levant un doigt intrigué.

Un son harmonieux et pur, velouté, bucolique, presque boisé s'élevait de la poupe de la nef. Amaury attrapa la main de Tiphaine et l'entraîna vers ce qui ressemblait fort au jeu d'un instrument de musique qu'ils n'avaient jamais entendu. Cachés dans l'ombre de la voile d'artimon, assis sur des caisses, ils en découvrirent l'auteur : un jeune matelot armé d'un objet constitué d'une dizaine de plusieurs tubes de dimension croissante assemblés entre eux en une sorte de croissant. Le marin promenait ses lèvres sur les ouvertures de l'instrument, y distillant son souffle avec délicatesse et concentration, ses yeux à demi clos, pénétré sans doute, tout comme eux, par la beauté hypnotique de sa musique, ses accents mystérieux et envoûtants. Ce chant si simple, si naturel, et pourtant si plein, si riche, semblait se diluer parfaitement dans l'immensité enténébrée des flots, emplir toute la nuit : la mer, le ciel et les étoiles ! Un paradoxe de force et de fragilité. Une petite merveille qu'ils ne voulaient pas interrompre…

Il leur semblait vivre un de ces moments privilégiés et uniques, un de ces instants d'émotion rares et inoubliables qui faisaient le bonheur d'être en vie chaque jour. Tiphaine se balançait imperceptiblement, ondulait, frémissante, langoureuse, happée par le charme de la mélodie et la profondeur bleutée de la Voie lactée. Amaury l'attira doucement vers lui. Leurs bouches s'unirent aussitôt, emportées comme des aimants trop proches. Puis, peu à peu, au rythme entêtant de la musique, leurs langues se mirent à se chercher, à se trouver, à se fuir et à s'enchevêtrer, et leurs corps à ondoyer de plus en plus vite l'un contre l'autre à travers les étoffes de leurs minces vêtements. Un baiser comme un art. Comme une exploration savante, appliquée et fervente. Enivrante. Une fusion qui en appelait une autre…

# 19

Deux semaines et demi qu'ils étaient partis de Venise. Les vents étaient favorables et la mer assez calme. Ils venaient de doubler Modon et Coron, les deux « yeux » de la Sérénissime à la pointe sud de la péninsule du Péloponnèse desquels la République surveillait le trafic en Méditerranée en direction de la Crète et des autres îles de la mer orientale qu'elle contrôlait jalousement, leur avait enseigné leur nouveau guide, Timoteo, le second, aimable et assez érudit.

À bord, ils s'ennuyaient un peu. Tiphaine n'avait pas grand-chose à décrire dans son nouveau carnet en papier vénitien. Amaury lui avait ramené un jour, de ses déambulations, plusieurs exemplaires de ces feuillets reliés à la couverture tout enluminée d'arabesques et de dorures qu'il avait dénichés pour elle dans un atelier secret de San Marco. Des petits bijoux qui l'avaient enchantée mieux que ne l'aurait fait n'importe quel joyau ! Aussi parce qu'ils disaient son soutien et son admiration pour son talent d'écrivaine et d'illustratrice. Amaury ne cessait de l'encourager et de louer son travail auprès des gens qu'ils rencontraient. Bref, il croyait en elle. Et cet appui la portait. Mieux : il la reliait à lui.

Ainsi l'esprit et le cœur de Tiphaine étaient accaparés par ses sentiments pour le jeune Bordelais. L'humeur d'Amaury était à l'image des flots : sereine et lumineuse. Et Tiphaine se nourrissait de ce bonheur simple de le voir sourire. Cette image fixée de lui qui lui murmurait la force de son amour soudain révélé à elle-même. Bientôt, elle lui dirait… Elle attendait l'instant parfait…

Ils avaient cependant résolu de ne pas s'afficher en public, essentiellement à cause de l'odieux capitaine Cerbero, toujours aussi désagréable, malveillant, détestable même vis-à-vis de son équipage. Ils s'en tenaient donc à une distance polie, évitant de montrer leur tendre inclinaison et se méfiant de lui. Dans cette optique, ils avaient soigneusement caché leurs pièces d'or et leurs bijoux, qu'ils avaient répartis en plusieurs endroits de leurs cabines sous les lattes du plancher, décidant par ailleurs de conserver un minimum vital en permanence sur eux, modeste trésor camouflé sous leurs vêtements. C'est Tiphaine qui avait eu l'idée de cette précaution. Amaury avait approuvé. C'est vrai que l'on était loin du climat de confiance et de sérénité régnant à bord de la *Perla del Lido*. Ici, l'atmosphère était trouble et pesante. Et Cerbero y était pour beaucoup.

La veille au soir, ils avaient tendu l'oreille pour essayer de saisir ce que racontaient un groupe de marins réunis sur le pont, en grand conciliabule. Les hommes, manifestement tendus, semblaient dérouler des récits de pirates, chacun y allant de sa propre anecdote personnelle ou histoire qu'il avait entendue, rapportée par l'un des leurs. Un vieux matelot dégarni paraissait raconter un souvenir en mimant avec force gestes et un certain talent au vu de l'attention portée par son auditoire.

— Ce matin-là, nous étions en automne, je m'en souviens comme si c'était hier, la mer était étonnamment calme. Plate comme une planche ou une jeune fille, comme dirait mon cousin qui ne pense qu'à ça. Enfin, bref, quelque chose d'anormal en cette saison…, entama le marin, préservant le suspense. Et voilà que, tout à coup, je vois surgir de la brume, si épaisse que pour la fendre il aurait fallu la découper au couteau, un navire totalement ravagé, dévasté, en lambeaux… Une ruine… Et peuplé de quoi, je vous le demande en mille ? De morts-vivants. Oui !

Des morts-vivants dans un cercueil de bateau... Vous avez bien entendu ! Un spectacle hideux à vous glacer les sangs !... Leur nef a longé la nôtre dans un silence macabre, terrifiant. Plusieurs minutes en suspension affolantes... Puis elle s'est effacée dans le brouillard aussi soudainement qu'elle était venue. Mais, moi, j'en suis resté figé, paralysé d'épouvante. J'en grelotte encore, voyez, quand j'y repense...

— Oui. J'ai déjà entendu ça..., renchérit un autre matelot, tout aussi inspiré et terrorisé. Il paraît que certains pirates issus de peuplades lointaines et étranges possèdent des pouvoirs magiques, comme celui de créer de la brume pour se dissimuler et camoufler leurs attaques jusqu'au dernier moment. Le brouillard qu'ils fabriquent, épais et gluant comme de la poix, les accompagne partout où ils vont commettre leurs crimes... Imaginez cela : agir sans être vus...

*Oui, imaginez cela...*

Tiphaine regarda Amaury et lui attrapa la main. Légendes, divagations ou risque réel ? Les pirates hantaient les îles de la Méditerranée depuis des siècles, mais les marins aimaient aussi se laisser bercer par des histoires pour passer le temps et, comme les enfants, jouer à se faire peur. Toutefois, les deux amoureux n'avaient jamais observé à bord de la *Perla* de Christos des airs aussi sombres que ceux qu'ils voyaient ce soir. De quoi s'alarmer ? Se poser la question était déjà s'inquiéter. Et le climat régnant à bord les mettait mal à l'aise...

Dès le lendemain du jour où ils l'avaient entendu, ils avaient en revanche parlé avec bonheur au jeune joueur de flûte, dans cet italien chantant qu'ils commençaient tous deux à maîtriser un peu. Ils l'avaient remercié, complimenté, encensé même, pour sa musique. À peine flatté, juste content, le garçon s'était présenté avec le plus grand naturel. Il s'appelait Andreas, était d'origine grecque et venait de fêter ses seize ans. Il était devenu marin à l'âge de douze, comme son père, engagé très tôt dans la marine vénitienne, suivant l'exemple de son grand-père, de son arrière-grand-père et il ne savait combien d'autres de ses ancêtres avant lui.

Le jeune Grec leur avait conté l'antique légende de son instrument. Il était une fois le dieu Pan… Tombé fou amoureux de la nymphe Syrinx, il l'avait pourchassée avec passion jusqu'aux rives du fleuve Ladon. Mais voulant échapper aux ardeurs de Pan, Syrinx vit son vœu exaucé : elle fut là aussitôt transformée en roseaux. Des roseaux qui se mirent à bruisser, agités par le souffle du dieu courroucé, et lui donnèrent une idée… Passant ainsi de la colère à la désolation, Pan décida alors d'en assembler quelques branches pour entretenir la mémoire de sa chère nymphe disparue. Ainsi avait-il créé l'instrument qui les avait tant émus et lui avait-il donné son nom : la flûte de Pan ! C'était un vieux berger qui avait enseigné son jeu à son grand-père, qui lui-même l'avait appris à son père, et ce dernier à lui, poursuivit Andreas.

— Encore une histoire de famille ! s'extasia Tiphaine, ravie par la passion du jeune marin.

Cet instrument pastoral seyait aussi bien aux mouvements des collines qu'aux ondulations de la mer, précisa ce dernier avec une conviction subtile. Tous les marins appréciaient sa musique, ce qui leur avait valu à tous, au cours de leurs carrières, une place à part et une certaine notoriété familiale.

Andreas était vif, intelligent, doté d'une force tranquille, une sorte de sagesse teintée d'une douce mélancolie remarquable pour son jeune âge. Ses parents lui avaient donné son prénom, tiré du grec *andros* signifiant « homme », car il symbolisait le courage et la virilité.

— Parce que le courage serait un attribut exclusivement masculin et que les femmes ne pourraient en faire preuve ? s'indigna Tiphaine.

— Bien sûr que oui… enfin, que non ! avaient répliqué les

deux garçons, égayés par sa sortie virulente, scellant ainsi la franche camaraderie de leur trio.

Les concerts d'Andreas, faits de mélodies improvisées ainsi que de quelques morceaux qu'il avait retenus et enrichis, prolongeaient leurs soirées sous les étoiles, quand il n'était pas de quart, bien sûr. Son art, reconnu par tout l'équipage, le mettait un peu à l'abri des éclats et des changements d'ordres brutaux décrétés par l'autoritaire Cerbero, dont il semblait quant à lui se ficher complètement.

— Qu'est-ce qui peut bien l'atteindre ? avait demandé un soir Tiphaine à Amaury.

— Pas grand-chose, avait répondu Amaury, admiratif et proprement impressionné par l'aura du jeune marin et sa sérénité.

Hier soir, ils avaient veillé fort tard dans la nuit. Il faut dire qu'il faisait de plus en plus chaud. Difficile de s'assoupir dans la moiteur des cabines, surtout après les étreintes passionnées qu'Amaury et Tiphaine réussissaient à voler, avant de se quitter pour leurs nuits solitaires et si proches. Quelques coudées à peine entre leurs deux portes et leurs sens en émoi...

Ce matin, elle en frissonnait encore. Heureusement, un vent fort s'était levé pour dissiper leurs ardeurs...

Tout à coup, la vigie hurla : « Navire à tribord ! » Ils se retournèrent, inquiets. En effet, une galère fonçait à vive allure vers eux. Or elle n'arborait aucun pavillon. La panique gagna le pont. Cerbero brailla des ordres désordonnés. Qu'on donne de la voile pour profiter de ce vent puissant et s'éloigner ; qu'on vire *illico* à bâbord pour esquiver ! La peur faisait trembler sa voix. Timoteo, le second, tentait d'encourager ses marins, s'efforçait de les haranguer pour les coordonner, les exhortant tout à la fois à l'action et au calme. Au calme avant la bataille... Ils avaient compris. Contrairement à Tiphaine et à Amaury qui étaient pétrifiés, hébétés, interdits. Puis tout s'enchaîna très vite.

Le bateau adverse, fort bien manœuvré et rapide, entama un

magistral arc de cercle et vint se positionner en un tournemain bien parallèlement au *Leone di Mare*. Il était maintenant à peine à cinq ou six toises. Si près que l'on pouvait distinguer les faces des marins qui s'y trouvaient : une horde hétéroclite et sinistre de guerriers aux peaux sombres, aux yeux scintillants d'une lueur déterminée et cruelle, et aux larges sabres courbés et brandis. À leur tête, celui qui semblait leur chef : un géant à la barbe drue et noire vêtu d'une tunique décorée de bijoux et d'amulettes, sa chevelure hirsute enroulée dans un vaste turban bleu sombre chapeauté de plumes d'aigle impressionnantes. À son flanc, une lourde ceinture garnie de poignards et de couteaux. Mais c'était surtout son regard qui était le plus terrifiant : tranchant comme l'acier, animé d'un éclat inhumain, démoniaque même. Les deux amoureux comprirent à leur tour l'imminence et l'ampleur du danger.

Tiphaine avait poussé un cri, s'était jetée sur le torse d'Amaury, et lui la tenait solidement plaquée contre lui. Elle écoutait le tempo de son cœur résonner et s'accélérer. Les pirates allaient monter à l'abordage, envahir leur navire, engager la bataille, les passer par le fer… Leur chef rugit. Un hurlement rauque, impérieux et sauvage. Horrifique ! Alors la voix chevrotante, épouvantée de Cerbero s'éleva en même temps que ses deux bras maigrelets :

— Qu'on se rende !

— Ah, le couard ! balbutia Amaury.

Trop tard. Déjà, les pirates étaient à bord, s'emparaient du bateau, saisissaient leurs armes, attrapaient, ligotaient les matelots sidérés par la décision de leur capitaine. Ah, l'incapable et lâche ! Il les avait donnés par peur de mourir ! Peut-être les avaient-ils sauvés par cette reddition hâtive… Sauvés mais pour quoi faire : pour quel avenir ? Prisonniers de la horde, ils étaient devenus, sans avoir rien tenté. Le cauchemar commençait.

Au bout de quelques minutes à peine, le chef des pirates s'avança d'un pas résolu vers Amaury et Tiphaine. Il les avait immédiatement repérés. Que faisaient ces deux jeunes gens étrangers et bien mis à bord de cette nef marchande en provenance de Venise ? Outre la prise du navire, resté merveilleusement intact en l'absence de combat, avec toute sa riche cargaison et tous ses matelots, l'homme avait dû pressentir l'aubaine de cette capture humaine incongrue. Toujours pelotonnée dans les bras d'Amaury, Tiphaine, entendant les pas du pirate se rapprocher, se retourna brusquement vers lui avec fougue. Son père, le baron Ambroise de Canterac, valeureux chevalier au service du roi de France ayant livré de multiples batailles et remporté moult victoires, lui avait toujours appris que la témérité pouvait sauver sa vie. Alors faire face... Ne pas baisser les yeux. Affronter cette mine féroce et rigolarde. Braver la peur qui lui déchirait les entrailles...

Elle leva le menton et lui adressa son regard le plus noir. Surpris, amusé, le chef des pirates émit un petit rire méprisant, puis déroula un doigt satisfait et odieux sur sa joue raidie par la terreur, s'arrêta à son cou et lui arracha sa chaîne d'or. Allait-il poursuivre ? La fouiller ? Tiphaine tremblait. Elle tenait en effet dissimulée sous sa chemise, contre son ventre, la lettre de change de Galatazzi, et dans un mouchoir bien plié, les deux bagues que da Rosi leur avait offertes avec quelques ducats. Leur ultime trésor... Le reste était dissimulé sous le plancher de leurs cabines. Si le chef des pirates le découvrait, ils n'auraient plus rien.

Déjà, l'un des forbans venait d'arracher la chemise d'Amaury, découvrant une petite bourse garnie de quelques pièces d'or... Soutenir encore son regard... Ne pas lui donner l'air de redouter, d'être coupable... La brute avança de nouveau sa main et la saisit par le col de sa tunique. Puis d'un coup la repoussa presque à la faire choir. Enfin, d'un claquement de doigts, il ordonna à ses sbires qu'on les attache et qu'on les emmène à côté, sur leur propre navire.

Elle sentit la douleur de la corde s'enfonçant dans la chair tendre de ses poignets. Puis la main hargneuse du pirate la bouscula et entreprit de la tirer vers la passerelle. En touchant le pont de la galère pirate, elle crut que ses jambes allaient flancher. Mais déjà le forban sans pitié lui faisait dévaler l'escalier. Plongée dans le noir interminable, angoissante. Tiphaine sentait ses jambes s'emmêler, son cœur taper fort dans sa poitrine, ses tempes battre à faire exploser son crâne... Les mots violents, quelque injure, la gluance d'un crachat sur son visage, la brute la poussa méchamment à terre, attacha de nouveau ses liens. La porte claqua et se referma sur l'obscurité humide de la cale : le cauchemar prenait corps.

Heureusement, Amaury était là, toujours avec elle. Ils ne les avaient pas séparés. Pas bâillonnés non plus. Ils pouvaient se parler. Mais pour combien de temps encore ?

— Tiphaine, ma Tiphaine, ça va ? Je suis là. N'aie pas peur. Nous allons vivre, nous sauver, lui murmura Amaury, avant de lui susurrer d'un ton encore plus doux : Je t'aime. Si tu savais comme je t'aime...

Alors son cœur se gonfla et s'envola ; le cauchemar se brisa soudain et s'ouvrit sur un rêve :

— Oh ! Amaury ! Moi aussi, mon amour, je t'aime !

Et leurs bouches s'unirent en un baiser bouleversé et éperdu. Ils ne sentaient plus les liens qui les serraient.

# 20

Depuis quand étaient-ils dans cette cale ? Ils avaient perdu la notion du temps avec celle du jour et de la nuit. Ils avaient essayé de compter, compter les moments où le sommeil les avait emportés malgré tout, compter combien de ces maigres et infectes pitances on leur avait servies, tenté d'entendre les bruits du dehors, la rumeur des hommes, celle de leurs geôliers, voire celle des autres prisonniers comme eux, les membres de l'équipage du *Leone di Mare*...

Où étaient ces derniers ? Et Andreas le joueur de flûte, leur ami ? Qu'était-il advenu d'eux ? Les pirates les avaient-ils tués ? Non, probablement pas... Ils étaient de la chair humaine utile, marchandable, une force de travail précieuse, inespérée même. Les matelots de la nef vénitienne devaient être enchaînés aux rames de la galère ou bien enfermés quelque part dans l'un ou l'autre bateau, dans l'attente d'être vendus lors d'une prochaine escale pour devenir esclaves. Comme ils le seraient eux-mêmes bientôt selon toute probabilité. À moins qu'ils ne fussent échangés carrément contre rançon... Le chef des pirates avait peut-être senti l'affaire juteuse que constituait leur capture.

Mais il se trompait bien, le scélérat ! Leurs parents ignoraient en effet où ils étaient partis après avoir été informés depuis de leur séjour à Venise. Pour eux, ils devaient être disparus définitivement, morts peut-être. Bref, ils n'étaient là pour personne...

Terrifiante réalité. Vertige de solitude. Mais pas de désolation encore : malgré l'incertitude absolue, la peur, l'inconfort humide, la saleté, la difficulté de leur posture, la dureté de leurs liens, la séquestration, l'isolement, la nourriture abjecte, l'eau rare et fétide, malgré tout, Tiphaine et Amaury gardaient l'espoir. Ils savaient qu'ils ne pouvaient compter que sur eux-mêmes. Mais c'était déjà beaucoup. D'être deux. Et de s'aimer comme ils s'aimaient. Ils avaient créé une bulle d'amour. Et c'était leur rempart.

Ils parlaient beaucoup pour passer ce temps interminable, distordu, évanoui et peuplé d'angoisses. Ils se racontaient leurs enfances, leurs parents, leurs amis, leurs parties de rire, leurs peines, leurs émois, leurs blessures, leurs étonnements, leurs enthousiasmes, leurs projets, leurs rêves. Hier et demain : ils y engloutissaient l'insoutenable présent. C'était pour l'heure leur seule manière de lutter contre la captivité. Discuter, plaisanter, inventer des jeux verbaux aussi.

— Devine à qui je pense.

— À moi ?

— Idiot !Si tu rencontrais une fée… quel pouvoir magique lui demanderais-tu de t'accorder ?

— Voler ! Devenir transparent ! avait proposé tout de suite Amaury.

— Oh oui, nous transporter immédiatement n'importe où, mais ailleurs ! avait renchéri Tiphaine. Ou alors, tout simplement, pouvoir contrôler nos rêves, agir sur eux et les modeler pour nous évader par l'esprit…

— Pas mal, oui ! Bonne idée ! Mais, il y a un problème…, avait-il objecté, sibyllin.

— Ah bon ? Lequel ? s'était-elle étonnée.

— Moi, c'est dans la vraie vie que je désire te chérir ! J'aspire à t'aimer pour de vrai ! avait-il proclamé avec une fureur joyeuse.

— Pour de vrai ? Tu veux dire charnellement ? avait-elle riposté.

— Oh oui ! avait-il grondé en feignant de plonger sur elle, tout de suite empêché par ses liens, et provoquant leur improbable hilarité.

Ainsi ils réussissaient ce tour de force : parvenir à éprouver de la joie, rire, se sourire, être heureux. Heureux dans cet infâme cachot mouvant, en pleine mer, au milieu de barbares dont ils ignoraient tout, à commencer par le sort qu'ils leur réservaient : « Une folie d'amoureux ! » arrivaient-ils à plaisanter.

Soudain, fourbus par leurs paroles ou assommés par ce temps escamoté, ils s'écroulaient, tendrement enlacés, vaille que vaille luttant contre leurs entraves, sur la mince et crasseuse paillasse qui leur servait de lit. D'autres fois, Tiphaine s'assoupissait et Amaury la contemplait. D'autres fois encore, c'était l'inverse. Comme ils adoraient se regarder dormir et se repaître du spectacle de leur corps abandonné, territoire offert, convoité, désiré, encore inexploré et pour l'heure, inaccessible. Demain, ils se connaîtraient jusqu'au bout. Jusqu'à la moindre parcelle de leur peau, de leurs organes, le tréfonds de leurs fluides et de leurs âmes réunis dans le chant de l'amour. Ils jouiraient ! Cette certitude, émanation d'une sorte de justice cosmique à laquelle ils adhéraient secrètement, alimentait leur espoir et consolait leur peur, cette immonde sangsue qui remontait parfois à leur insu le long de leurs dos rompus et surgissait à leurs esprits sitôt terrassés.

Puis Tiphaine était tombée malade. Une fièvre subite, foudroyante, terrible et térébrante, qui la faisait grelotter, accompagnée d'une toux caverneuse qui la secouait de longs spasmes déchirants et de violentes douleurs qui transperçaient ses os, ses muscles : tout son corps harassé de frissons et perclus de souffrances. Elle gémissait parfois. Amaury était inquiet. De plus en plus inquiet à cause de ses absences qui se prolongeaient, de cette torpeur agitée qui l'avait gagnée. Il veillait sur elle et dormait peu, caressant ses cheveux, humidifiant son visage avec sa portion d'eau – devait-il la faire boire ? l'eau était peut-être contaminée –, la berçant de mots doux.

— Je suis là, mon amour. Accroche-toi. Ça va passer.

Amaury ne voulait pas imaginer le pire. Bien sûr, le mot imprononçable lui était venu à l'esprit. Le grand mal était arrivé par bateau. Alors forcément… De nouveau, allait-il emporter celle qu'il aimait de tout son être ? La vie lui réservait-elle encore l'une de ces injustifiables injustices ? Pas de rats ici. Seulement des punaises et des puces qui les assaillaient de leurs piqûres sournoises… Il les repoussait une à une avec acharnement et veillait sur son amante avec dévotion. Mais le cauchemar redoublait. Et Tiphaine gisait là, à demi inconsciente, son corps d'habitude si vibrant de vitalité agité de brutales secousses. Allait-il la perdre ? Comme il avait vu partir sa douce Mélisande… Sauf que cette fois il était avec son aimée, déterminé à se battre à ses côtés.

Un matin, il s'était traîné jusqu'à la porte de la cale, avait tambouriné avec ses poings et ses pieds, braillé de tous ses poumons pour alerter les pirates et leur demander de l'aide pour la soigner. Ils avaient sans doute des remèdes, des tisanes, des potions pour faire baisser la fièvre. Certains d'entre eux étaient peut-être atteints par le même mal. Pour toute réponse, il avait reçu un grand coup de pied dans la face qui lui avait ouvert le sourcil et avait fait gicler son sang. Quels crétins ! Ils seraient mieux inspirés de prendre soin de leurs prisonniers pour pouvoir bien les utiliser ensuite, avait-il enragé avant de recouvrer son sang-froid et de reprendre sa garde inlassable et ardente.

— Tiphaine, ma Tiphaine, ma chérie, mon amour…

À travers le brouillard de sa fièvre, Tiphaine percevait les murmures d'Amaury, la douceur appliquée de ses mains, mais elle arrivait de moins en moins à lui répondre. Elle aurait tant voulu le rassurer, mais toutes ses rares forces semblaient se concentrer sur son souffle suivant. Une respiration après l'autre, gagner la bataille. Avancer battement par battement.

Ses pensées, d'ordinaire vives et claires, paraissaient dériver dans un labyrinthe de visions lumineuses et noires. Les frontières entre la réalité et le rêve s'estompaient, se mêlaient dans un chaos affreux. Tout à coup, une image, une voix traversa la tourmente et s'imposa à elle dans les brumes de sa conscience : Almas ! Le géant débonnaire de Lisbonne se penchait vers elle, son ombre gigantesque, sa face sombre et bienveillante irradiée par ses yeux étincelants comme des diamants. Voilà qu'il lui parlait : « Mon enfant, je suis là. N'aie pas peur. Souviens-toi que chaque pas est une lutte qui te rendra plus forte ; que chaque larme, chaque douleur sont l'épreuve de ton bonheur futur. Car tu vaincras, Tiphaine ! Aucun doute ! Je suis là avec toi. Je te l'ai promis. Aie confiance ! »

Elle avait crié, hurlé même le nom d'Almas. Amaury fit aussitôt le rapprochement avec les paroles du bienfaisant prophète lisboète. Oui, lui le premier, il devait y croire ! Ne plus douter, la guider sur le chemin de la guérison, rassembler toute son énergie pour la porter, l'aider à triompher de cette maladie qui la dissolvait, de cette fièvre qui la ravageait. « Le pouvoir de l'esprit sur le corps », leur avait enseigné l'ancien prisonnier devenu pirate par contrainte. Il savait, lui, de quoi il parlait ! Dieu ? Il n'en était pas bien sûr... Tant de malheurs sur terre, d'atrocités, de massacres commis en son nom... Mais cet homme simple en revanche, pétri de son expérience, de sa bonté et de sa générosité rayonnantes, il avait foi en lui et en cette force mystérieuse qui émanait de sa personne, et qu'il distribuait aux autres avec grâce et conviction !

Alors il partagea sur-le-champ avec Tiphaine son apparition tutélaire et salvatrice :

— Oui, ma chérie, mon amour, Almas est là avec toi ! Avec nous ! Tous ensemble, nous allons remporter ce combat ! proclama-t-il dans un souffle. Je t'aime !

Sur les joues hâves de la jeune femme, un sourire s'esquissa et ses lèvres rosies par la fièvre se mirent à bouger : trois courtes syllabes qui lui disaient « moi aussi ». Puis elle ferma les yeux et sombra derechef dans les abîmes.

Alors commença l'attente anxieuse. Les heures prochaines seraient décisives, il le savait. Amaury convoqua par la pensée toutes les personnes chères et aimantes qu'il avait connues, pour propager leur énergie positive au chevet de Tiphaine. Elles se joindraient aux ondes d'Almas pour extraire tous les miasmes du corps assailli de sa bien-aimée ! Il revit le siège du château de Canterac. La jeune Périgourdine s'était battue aux côtés des siens avec résolution et bravoure contre les troupes anglaises du comte de Sherborne. Pour cela, il l'avait admirée alors même qu'elle était son ennemie. Était-il déjà amoureux d'elle ? Sans doute... Sans se l'avouer... Quel imbécile il faisait ! S'il l'avait réalisé alors, ils n'en seraient pas là aujourd'hui : tous deux prisonniers de barbares et, elle, à lutter pour sa survie... Si l'histoire se reproduisait, si la vie lui resservait la mort de son amour, il ne pourrait se le pardonner... Tiphaine ! Sa merveilleuse Tiphaine ! Il l'aimait aussi pour sa vaillance, cette intrépidité qu'elle portait en elle, chevillée à son être, son audace rare, son aplomb exceptionnel, sa force solaire et si... innocente. Ah ! quelle insoutenable cruauté !

Mais non, rester optimiste, positif, calme, attentif, au lieu de hurler cette rage qui lui tordait le ventre. Ne pas l'effrayer, la bercer, la porter...

— Tiphaine, ma Tiphaine, ma chérie, mon amour, accroche-toi. Je suis là, psalmodiait Amaury, recueilli au plus profond de lui-même pour y puiser son essence vitale et la lui transmettre.

Il aurait voulu lui transférer son propre sang à la place du sien vicié par les germes du mal, lui prêter son cœur pour soulager le sien assiégé par la fièvre, lui insuffler son souffle inaltéré et clair, la guider vers des rêves suaves et libérateurs, combattre à sa place. Dans un éclair de béatitude, une illumination extatique, il réalisa tout à coup qu'il venait de découvrir l'amour, le vrai amour : celui qui coule comme l'eau de la source et qui transcende ; celui qui protège, guérit et aide ; celui qui respecte l'autre, le chérit tel qu'il est ; celui qui lui sert d'écrin, magnifie sa personne, l'enchante, l'alimente, la révère ; celui qui inspire mutuellement, suscite une meilleure version de soi ; celui qui augmente et celui qui crée ; celui qui dépasse tout, se nourrit de tout et ne se termine pas : l'immarcescible et inconditionnel amour ! Il n'était pas possible que ce trésor s'évapore à peine identifié, déniché, vécu, pas encore consommé ! Inconcevable qu'il se dissipe à jamais dans la nuit de la mort. Il allait mettre sa propre vie dans la balance : s'ils devaient mourir, ce serait tous les deux !

Tiphaine avait entendu le cri d'Amaury. Il résonna en elle comme un déchirement. Non, elle ne pouvait pas l'abandonner, accepter son mortifère défi, souscrire à son sacrifice. Il fallait vaincre à deux… ou bien périr ensemble ! Elle l'aimait trop pour le laisser faire et abdiquer. Alors, mue par une puissance souterraine, elle rassembla ses ultimes forces. Mais, déjà, un nouvel accès de fièvre envahissait son corps et son esprit, et les noyait dans ses ténèbres brûlantes.

# 21

— Ma petite chérie, que vois-tu dans ces nuages ?

À travers le chaos de la fièvre, c'était la voix mélodieuse de sa maman qui lui parlait. Elle se souvenait parfaitement de la scène.

C'était un matin du début de l'été ou de la fin du printemps. Il faisait tiède, déjà. Elle devait avoir six ans. Peut-être sept.

Elles étaient allongées sur l'herbe dans le petit pré à côté du château, perché, si joli, qui domine tout le val et donne envie de crier que c'est beau ou qu'on est content. Face à elles, le ciel intense où flottaient quelques nuées blanches. Au loin, la rivière encore haute scintillait de ses reflets d'argent. Elle adorait cet endroit. Elles y venaient souvent. Pour parler. Ou simplement regarder et se taire.

Autour d'elles, le tapis des herbes hautes piqueté de coquelicots éclatants, de marguerites gracieuses, d'avoines folles, des premiers bleuets timides et des derniers boutons-d'or, à peine remué par la brise douce. Un grand papillon jaune passa ; un second plus petit, d'un gris-bleu velouté, tacheté de points sombres, s'attardait dans un bouquet d'ombelles. Elle respira l'odeur du foin qui se ferait bientôt et sonnerait le temps de la fête qu'elle aimait tant, mêlée à celle des fleurs et au parfum de sa mère, sucré et rassurant. Leurs deux têtes se touchaient, entremêlant leurs chevelures, l'une blonde, l'autre brune. De prime abord, on disait qu'elles ne se ressemblaient pas. Impression première, trompeuse. Si l'on y regardait de plus près, mère et fille, elles étaient bien. Et dans la lumière douce de ce beau jour d'été, leurs deux bouches identiques souriaient de la même manière et disaient leur bonheur commun d'être là.

— Je vois un lapin avec de grandes oreilles ! lança-t-elle droit au ciel, sans réfléchir à ses paroles.

— Ah oui ! Belle idée, ma chérie ! approuva sa maman avec ce rire suave, caressant et clair, qui résonnait dans toute la maisonnée et emplissait leurs cœurs de sa bonté irradiante comme de sa joie spontanée.

Encouragée, elle ne s'arrêtait plus.

— Et dans celui-là, là-bas, maman – tu le vois, le gros, là ? –, eh bien, je vois un oiseau géant ! Un peu comme dans les contes de fées que tu me lis. Il a des pouvoirs magiques... Il fait un peu peur... Mais, en fait, il est gentil.

— Ah oui ? À quoi tu vois, toi, qu'il est gentil, ma Tiphaine ? interrogea encore sa mère, agaçante.

— Je te dis qu'il est gentil. Je ne sais pas pourquoi. Je le sens. C'est tout, riposta-t-elle, un peu fâchée.

Derechef, sa mère éclata de rire et lui déposa un baiser sur la joue. Réconfortée, elle continua, s'enhardit. Elle aimait bien ce jeu, et les bisous aussi.

— Et celui-là, tout en haut du ciel, on l'aperçoit à peine, il est tout fin, tout léger, tu le vois ? Lui, c'est un bateau avec des grandes voiles blanches qui vogue sur l'immense mer azur, s'enflamma-t-elle.

— Ma Tiphaine, quelle imagination merveilleuse tu as ! C'est une force, tu sais, qui t'accompagnera toujours, lui répondit sa maman, avant de poursuivre dans un courant d'émotion. Ma chérie, imagine que les nuages sont un peu comme de grandes toiles blanches où tu peux peindre tes rêves... Partout où tu te trouves, tu peux y voir aussi la beauté du monde. Il suffit de lever les yeux vers le ciel...

— Ou de les fermer pour la dessiner dans sa tête, opposa-t-elle, fière de sa trouvaille.

— Absolument, ma chérie ! Tu as tout compris ! Comme tu es remarquablement intelligente, je vais te confier un secret que même certaines grandes personnes ignorent... Voilà : si un jour je ne suis pas là, avec toi, comme aujourd'hui, tu pourras toujours trouver dans ces nuages les histoires que je t'y déposerai, pour te les raconter. Elles te rappelleront que je penserai toujours à toi, où que je sois, lui déclara sa mère.

Un éclair de tristesse traversa ses grands yeux verts. Tiphaine fit mine de s'étonner. Elle connaissait pourtant la réponse, effrayante, impossible, mais elle voulait l'entendre malgré tout.

— Un jour tu ne seras plus là ? questionna-t-elle.

— Tu sais bien, ma chère enfant... Je resterai dans ton cœur..., lui susurra sa maman en la plaquant soudain contre sa poitrine.

— Ou dans les nuages..., murmura-t-elle. Je t'aime, maman.

— Je t'aime, ma chérie. Infiniment...

Elles se turent un moment. Sa mère lui caressa tendrement les cheveux. Tiphaine écoutait les battements de son cœur. Ils la berçaient. Une abeille bourdonnait, un geai livrait son cri strident et râpeux, amusant. Sa maman reprit ; la gaieté revenue dans sa voix.

— Ma chérie, tu sais, ces instants que nous vivons vont devenir des souvenirs. Les souvenirs sont des choses précieuses. Essentielles même. Ils sont comme les pétales de cette fleur : fragiles, éphémères, mais ils embaument toute une vie. À travers le temps, ils éclairent notre chemin et nous donnent cette force intérieure vitale transmise par l'amour de ceux que nous chérissons et qui nous chérissent. La plus belle des choses...

— Est-ce que les gens que nous aimons, forcément, ils nous aiment ? demanda-t-elle, car elle n'y avait pas pensé avant.

— Non, pas forcément. On peut aimer sans être aimé en retour.

C'est la vie… Mais parfois il y a les deux. L'amour réciproque. Le plus beau. Tu le trouveras un jour.

— Mais je l'ai déjà trouvé : toi et moi !

— Oui, tout à fait, ma chérie. Mais là, je voulais parler d'un mari ! Comme ton père pour moi, le père de tes enfants futurs…, expliqua sa maman.

— J'en veux pas, moi, de mari ! Moi, ce que je voudrais, c'est monter sur un grand bateau comme celui-là dans le ciel avec ses belles voiles toutes blanches gonflées de vent. Et partir ! Et voler !

— Tu le feras, ma chérie, si tel est ton rêve. Tu y parviendras.

— Et je serai forte comme toi ?

— Plus encore, ma Tiphaine. Je te le promets.

Dans le ciel obscurci de son cerveau assailli par les nuées de la mort rôdant autour d'elle, elle distingua soudain une forme, familière, aimante, réconfortante. Comme un phare au milieu de sa nuit de tempête : le délicat visage de sa maman qui lui souriait tendrement et lui disait de se battre avec la même fermeté qu'elle avait parfois pour la pousser, l'exhorter à mieux faire, ou la gronder. Pour sûr, Tiphaine n'allait pas démentir sa promesse, la décevoir, la tuer une nouvelle fois de chagrin. Sa chère, douce et merveilleuse maman. Elle, trop tôt disparue. Son ange qui l'accompagnait et guidait ses pas avec son amour aussi vaste que le ciel et la mer. Elle allait guérir.

# 22

— *Git ! Ayaga kalkin ! Git ! Git ! Kizli !*

La porte de la cale venait de s'ouvrir brutalement et deux pirates fondaient sur eux dans un flot de paroles au sens incompréhensible, mais au ton clairement menaçant. Ils défaisaient les cordes retenant leurs jambes, les empoignaient sans ménagement et les menaient en direction de l'escalier remontant vers le pont. Hallucination ou réalité ? Nouveau tour de la fièvre ? La lumière, à laquelle ils n'étaient plus habitués, les aveugla. Étaient-ils en train de rêver ? Ou déjà morts ? Aux portes de l'enfer ou du paradis ?

Progressivement moins éblouis, leurs yeux se mirent à s'accoutumer. Ils commencèrent à distinguer un rivage, une sorte d'appontement au bord d'une petite anse et d'une mer très bleue. Tout au fond, un paysage de collines arides et de pierres. Beau et âpre. Oui, il semblait bien que tout cela était réel et que la galère pirate venait d'accoster. Mais quelle était cette terre ? Et quel sort les y attendait-il ? Nouveau frisson d'angoisse… Accès d'accablement… Sensation de la fin peut-être imminente…

Tout à coup, Amaury réalisa le véritable miracle qui venait de se produire : non, il ne divaguait pas ; c'était bien Tiphaine en chair et en os qui était là, debout, à ses côtés !

— Ma chérie, tu es sauve ! hurla-t-il sans réfléchir. Guérie ! Comment te sens-tu ?

— Pas mal… Un peu faible… Engourdie… Étourdie… Mais beaucoup mieux… il me semble…, articula-t-elle tout en paraissant chercher ses mots et se sonder elle-même.

— J'ai eu si peur ! confessa Amaury, la voix brisée par l'émotion, mais hésitant encore entre un peu d'incrédulité et un grand bonheur.

Il aurait voulu pouvoir la serrer dans ses bras pour confirmer cette joie qui l'inondait, mais ses liens l'en empêchaient.

— Mon amour !

— Moi aussi, je l'avoue. J'ai eu peur… Si peur de te perdre, Amaury…, souffla Tiphaine, encore titubante, incertaine, avant de réaliser et de lâcher, dans un accès de liesse qui semblait déjà lui redonner des forces : Je suis tellement heureuse de te retrouver, mon amour ! Eh, mais regarde là-bas ! Tu vois qui je vois ? s'exclama-t-elle.

Sur le pont, ils venaient de reconnaître à l'instant plusieurs matelots de l'équipage du *Leone di Mare*, parmi lesquels Timoteo, le second, l'ombre de lui-même, devenu un vieillard en quelques jours. Ils étaient tous enchaînés aux rames, l'air hagard, les traits émaciés, épuisés, accablés, les regards absents. Pas d'Andreas en revanche. Qu'était devenu leur ami ? Et pas plus de Cerbero… Le maudit capitaine qui les avait livrés semblait avoir disparu. Mort peut-être ? C'est tout ce qu'il méritait, l'odieux bonhomme, l'incompétent, le couard ! songea Tiphaine, portée par ce sursaut d'énergie de la rage.

Sur ordre du chef des pirates, on les fit débarquer. Premiers pas méfiants sur cette terre inconnue…

Ils marchèrent un long moment sur un étroit sentier côtier, encadrés de près par la sinistre colonne parlant haut et fort dans une langue gutturale, inquiétante et ponctuée de rires gras. Ces hommes étaient des brutes, des sauvages. Pas un pour rattraper l'autre. Aucun espoir pour eux d'éveiller leur pitié et leur humanité. Ils en étaient dépourvus. Ils entamèrent ensuite l'ascension de la colline : un petit chemin caillouteux et raide serpentant dans une montagne sèche où ne poussaient que quelques touffes de plantes odorantes, buissons d'épineux et genévriers tortueux, ployés sous la fournaise d'un soleil brûlant accablant la nature, faisant craquer la terre, la prenant en otage. Terrible métaphore...

Tiphaine avait du mal à progresser. Amaury tentait de la soutenir tandis que les forbans, intraitables, les exhortaient à avancer plus vite. La marche rapide sur la pente escarpée les faisait transpirer. La crainte aussi... Encore faible, Tiphaine semblait pouvoir s'écrouler à chaque nouveau pas. Et Amaury pour elle redoutait de nouveau.

Ils parvinrent enfin au sommet de la colline. À peine le temps de se retourner vers l'aval et de découvrir le panorama vertigineux déroulant à leurs pieds chancelants, exténués, l'enfilade des roches grises, ocre et beiges dans l'infinité du ciel rejointe par l'immensité bleue intense de la mer : leurs geôliers les poussaient dans une maisonnette, plus exactement une misérable cabane de pierres sèches sommairement assemblées, recouvertes d'un amas de branchages en guise de toit. Par terre, un mélange de graviers et de terre battue. Dans un angle, un anneau de fer pour tout symbole de leur avenir.

Derechef, les pirates les y attachèrent et refermèrent derrière eux la lourde porte de bois. Le grincement d'une chaîne qui s'entoure, le claquement d'un cadenas qui se clôt : voilà, ils étaient de nouveau détenus, enfermés, emmurés. Face à eux, un pauvre mur décrépit fendu d'une mince lucarne entravée de barreaux découvrant un bref lambeau de ciel : leur nouvel horizon.

Tout ça pour ça ! Vaincre la maladie pour se retrouver de nouveau à survivre ? Reflux de désespoir...

— Je meurs de soif ! gémit Tiphaine. Les scélérats, que vont-ils faire de nous ? Où sommes-nous ? Où nous ont-ils emmenés ?

— Sûrement dans leur repaire... Je pense à un territoire de

l'Empire ottoman… Ou à l'une de ces îles de la Méditerranée orientale où ils ont nombre de leurs cachettes, paraît-il…, analysa brièvement Amaury.

— Mais pourquoi nous ont-ils séparés des autres ? objecta celle-ci, sa voix tremblant d'angoisse malgré elle.

— Déjà nous n'allons pas finir à ramer jusqu'à une mort prochaine ! tenta de la rassurer Amaury. Pour moi, c'est plutôt le signe qu'ils veulent nous garder vivants, pour nous échanger, par exemple.

— Ou nous vendre… comme esclaves…

Regrettant aussitôt ses sombres augures, Tiphaine revint au sarcasme :

— Eh bien, s'ils veulent nous maintenir en vie, ces nigauds, encore faudrait-il qu'ils nous donnent de l'eau !

Alors Amaury, à bout d'inquiétude pour sa bien-aimée et d'exaspération, hurla avec fureur dans toutes les langues dans lesquelles il avait pu apprendre ce mot, même en grec, comme le lui avait enseigné Christos :

— *Eau ! Eau ! Agua ! Aiga ! Acqua ! Nero ! Water !*

Protéger encore sa Tiphaine, son amour, prendre soin d'elle après le mal qui avait failli l'emporter, la sauver envers et contre tout, se rebeller contre ces bandits bestiaux. Il devenait fou. En vain. Aucune réaction, aucune réponse de leurs tortionnaires. Étaient-ils même encore là ? Ou les avaient-ils abandonnés à leur funeste sort ?

Ils mouraient de soif. Plusieurs heures à attendre. La chaleur étouffante asséchait leurs bouches et leur faisait oublier la faim. Seul un mince filet d'air passant à travers l'étroite fenêtre pour rafraîchir leurs corps ligotés court à l'anneau de fer, rompus et douloureux sur le sol rugueux. Surtout bouger le moins possible… Éviter de penser. Ne pas trop parler pour ne pas ajouter à la morsure de la soif… Se sourire simplement pour maintenir l'étincelle d'amour et le courant de vie…

La nuit était déjà tombée depuis longtemps lorsqu'ils entendirent des bruits de pas au-dehors. Peur. Espérance. Un combat au creux de leurs entrailles… La porte s'ouvrit sur un jeune forban en guenilles. Sans un mot, le gamin leur déposa leur ration : un broc d'eau, un morceau de pain, un bout de fromage, une pêche pour deux. Et il s'en retourna aussitôt, refermant derrière lui avec soin la masure, cette prison de terre et de pierres qui était désormais leur demeure.

Manger les mains liées : ils s'y étaient accoutumés par la force des choses. Ils s'aidèrent comme ils pouvaient. Ces quelques gorgées d'eau et ce frugal repas leur semblèrent un festin. Un cruel festin. Mais c'est ainsi qu'ils célébrèrent la renaissance de Tiphaine : une brève parenthèse d'allégresse, une fragile éclaircie, un îlot de bonheur dans un océan d'adversité ! Ils étaient tous deux réunis et vivants ! Et cette pêche, ce fruit mûr, velouté, gorgé de sucs et de soleil, leur sembla un humble mais ineffable délice. Un instant gagné sur la détresse et l'incertitude.

# 23

Dix-huit jours et dix-huit nuits qu'ils étaient là. Ils les avaient comptés, et soigneusement marqués à l'aide de galets qu'ils avaient récupérés à travers le sol de la cabane et alignés le long du mur envahi de lézardes. Comptabilité à double tranchant qui disait la chance de leur survie aussi bien que le malheur de leur situation et la cruelle précarité de leur avenir.

Ils vivaient des journées emplies de rien, rythmées par la seule visite au crépuscule du jeune pirate qui leur apportait leur quotidienne et chiche pitance ; des nuits hantées de rêves, de cauchemars, ponctuées par les traînées mauves de l'aurore pointant à la fenêtre, précédant l'inéluctable ascension du soleil venant darder ses rayons implacables à travers la mince toiture de branches. Permanence renouvelée et impitoyable renforçant l'atmosphère de désolation et de néant. Ah ! si, heureusement, il y avait le vent ! Ici, il n'était jamais pareil. Et ils avaient appris à goûter ses variations, à apprécier sa musique, souvent légère, à peine bruissante, qui pouvait parfois devenir plus violente, voire carrément sauvage. Dans sa version douce, le vent d'ici leur rappelait les suaves mélodies d'Andreas. Anxiété, déchirement, chagrin, abattement : qu'était devenu leur ami au divin instrument ? Parfois, il leur semblait entendre sa flûte, ses chants merveilleux et mystérieux s'élever au cœur de leurs nuits peuplées de fantômes. Tous ces gens disparus autour d'eux… Ils chassaient promptement leurs hallucinations, ou leur désespérance, selon. Tentaient de raisonner de façon pragmatique.

Et Timoteo ? Et Cerbero ? Combien de temps allait survivre le premier, condamné à ramer jusqu'à la fin de ses jours dans d'atroces souffrances ? Quant au deuxième, était-il mort, puni de ses fautes, ou bien resté sauf par une situation inique ? Pouvait-on imaginer qu'il les avait trahis en pactisant avec les pirates ? Et Stefano da Rosi, leur protecteur vénitien, leur ami qui leur avait trouvé cet embarquement, était-il possible qu'il ait eu vent de la prise du *Leone di Mare* ? Et Vittore Galatazzi, leur hôte influent et puissant à qui rien n'échappait ? Et Francesca et Giacomo, ses enfants, leurs chers camarades de Venise, que faisaient-ils à cette heure ? Ils avaient de la chance d'avoir une si belle vie, d'être libres... Auraient-ils dû rester avec eux à Venise ?

Et Christos, le capitaine qui leur avait tant appris ? Sans doute était-il reparti naviguer sur sa merveilleuse *Perla del Lido*. Ils y avaient quant à eux tant de beaux et bons souvenirs... Le vieux Grec ne pouvait pas se douter qu'ils avaient été capturés par des pirates. S'il l'apprenait, il serait effondré. Et que leur dirait-il en cet instant ? Quel conseil leur prodiguerait-il, lui qui savait tant de choses ?

Ils avaient évoqué la première fois où ils s'étaient vus. Amaury se souvenait d'elle depuis le premier matin où il était venu au pied de la forteresse de Canterac avec la troupe du comte de Sherborne les sommer de se rallier à la cause d'Édouard III d'Angleterre, ou bien de périr, le matin du défi. Lui, il était aux côtés du chef anglais qui l'avait engagé pour rédiger la chronique de sa conquête de la Guyenne... Dans les lueurs d'une aube rose et pure, il avait tout de suite remarqué une belle et grande jeune fille qui se tenait fièrement dressée en haut des remparts de Canterac, debout sans peur sur les courtines, au milieu des soldats du baron Ambroise – son père, il l'ignorait alors. Il se rappelait son vêtement d'homme un peu trop élégant, un pourpoint d'un bleu éclatant – de la soie probablement –, des chausses de velours brun ciselant de longues jambes athlétiques, ses cheveux sombres noués en une longue queue-de-cheval retenue par un ruban du même bleu flottant dans le vent léger… Une silhouette altière, affirmée, lumineuse… Une féminité flamboyante que ne pouvait dissimuler aucun habit masculin – « Ne t'en déplaise, ma mie, tu es bien trop femme ! » avait dit Amaury dans un rire. Sa beauté puissante, singulière, et cette volonté farouche, indomptable, qui émanait d'elle avaient tout de suite suscité sa curiosité et son admiration… Ensuite, lors des batailles du siège, il l'avait cherchée maintes fois du regard, mais il ne l'avait pas trouvée. Jusqu'au dénouement, le duel final qui avait décidé du camp de la victoire, et ce fameux dîner, extravagant et réjouissant, de la réconciliation entre leurs deux camps où ils s'étaient véritablement rencontrés et parlé pour la première fois. Quel impérissable souvenir fondateur de leur belle histoire !

— Je me rappelle parfaitement comment tu étais mise : cette robe de velours aux couleurs de paon que tu as aussi portée le premier soir où nous étions à Venise, qui te sied si bien… Et ce maquillage léger sur tes lèvres, tes pommettes, tes grands yeux de biche : tu étais irrésistible ! avait avoué Amaury, ému.

— Mais non, mon amour ! C'était les vapeurs du vin et le festin de Blandine qui t'avaient tourneboulé ! avait plaisanté Tiphaine. C'est toi qui étais magnifique… Ténébreux, élégant, séduisant, brillant. Un peu arrogant, quand même ! J'avais imaginé que tu allais peut-être m'embrasser quand nous nous étions mis à jouer à cache-cache à travers le château – une idée d'Aubin pour se retrouver seul avec son Eleanor, tu te rappelles ? Mais tu ne m'avais adressé que des regards… J'étais un peu déçue… La vérité, c'est que tu m'avais touchée et agacée en même temps. Comme tu sais si bien le faire !

— Les semaines d'après, je ne pouvais plus m'empêcher de

penser à toi, même si je m'y refusais obstinément et sans savoir trop pourquoi.

— C'est donc moi qui ai été obligée de venir à toi ! Ça, tu vas me le payer cher ! elle avait rugi pour le taquiner.

— Ah oui ? Et tu vas me punir comment ? J'ai hâte de connaître ton châtiment…, l'avait provoquée Amaury.

— Terrible il sera ! Je n'ai qu'une parole ! avait-elle tranché en levant le menton.

— Oh ! j'en frémis, avait conclu le jeune homme, l'œil rieur et éperdu d'amour.

Pour passer le temps, noyer leur angoisse, la douleur de leurs membres ankylosés et inconfortables, ils passaient ainsi en revue toutes ces rencontres qu'ils avaient faites au cours de leur voyage. Une belle galerie de portraits déjà ! Souvent, ils se remémoraient les prédictions d'Almas, le géant de Lisbonne. « Vous êtes partis pour un très long voyage. Vous rencontrerez de nombreux périls… Mais finalement vous en triompherez… Au bout de ce voyage, vous trouverez un trésor… Un trésor tout simple… Ce sera à vous, et vous seuls, de l'identifier, puis de l'apprivoiser pour savoir le faire vôtre. » Ils s'y accrochaient… Pour se donner espoir. Ils se rappelaient aussi son conseil : « Vous ne pouvez contrôler tout ce qui vous arrive dans la vie. En revanche, vous pouvez contrôler la manière dont vous percevez ce qui vous arrive. La seule vraie liberté de l'homme, elle est dans cette capacité à décider de sa propre perception des choses. Cette force de l'esprit, elle est en vous. » Là, ils avaient du mal… Comment trouver dans leur situation non pas quelque chose de purement positif mais, au-delà, une façon de recolorer les choses et de recréer, sous un jour différent et supportable, cette réalité affreuse qui était la leur ?

Ils n'étaient pas des surhommes. Seulement eux : deux jeunes gens plutôt courageux, assez intelligents et follement amoureux. Mais leur amour ne suffisait plus. Surtout, il avait besoin d'espace pour éclore, s'exprimer, se déverser ! Il avait besoin de liberté pour vivre. De moyens financiers aussi, pour se projeter. Or, en les capturant, les pirates les avaient privés de leurs deux pécules, l'argent amené de chez eux, pièces d'or et d'argent de France, complété par les ducats de Galatazzi. Ils avaient dû trouver leurs modestes trésors cachés sous le plancher de leurs cabines dans la nef vénitienne... Il ne leur restait plus désormais que l'escarcelle dissimulée par Tiphaine sous sa chemise, contenant une lettre de change, quelques ducats, et les bagues de diamant et de saphir de Da Rosi. Disparus aussi leurs effets personnels, leurs vêtements, les bijoux de Tiphaine et ses précieux carnets. Elle pourrait s'en souvenir, les refaire si... Si seulement... Non : ne pas penser au pire.

Ne pas penser tout court. Ne pas conjecturer, réfléchir, analyser. Avancer. À la devise d'Aubin, ils devaient désormais ajouter : « Avancer sans bouger. » Mais comment faire ? Comment conserver l'énergie minimale nécessaire pour résoudre cet impossible paradoxe ? Combien de temps devraient-ils et pouvaient-ils encore tenir ? Ils ne savaient plus bien où puiser... Au fur et à mesure que les jours s'égrenaient, avec pour témoins les petits cailloux de leur prison, symboles innocents de ce temps figé, pétrifié, inhumain, leur espoir s'effritait et ce lent délitement leur semblait aussi inexorable que la course de l'astre à l'assaut du ciel à travers leur lucarne. Peut-être allaient-ils mourir ici, desséchés tout simplement, craquelés, fendus en mille comme cette terre suppliciée, éventrée, décharnée par la canicule, n'ayant rien connu ou presque de la vie, au moins l'amour, leur amour pas encore charnellement consommé ?

C'était le plus probable puisqu'il ne se passait toujours rien. Absolument rien. Les pirates étaient peut-être repartis en mer, leur navire chaviré, coulé ou leur chef liquidé lors de quelque abordage. La vie de ces hommes ne durait guère que trois ou quatre années d'après ce que leur avait raconté Foscolo...

Parfois, Tiphaine s'éveillait brusquement dans la nuit toute en sueur avec des images d'elle vendue sur un marché, rachetée par un khalife, enfermée dans un harem au milieu de dizaines de femmes défiantes, jalouses et fourbes, asservie à cet homme brutal et abject dont elle devait subir les odieux assauts. Si cela arrivait, pour sûr, elle se donnerait la mort. Alors, plutôt mourir ici, dans les bras d'Amaury.

Mourir, survivre ou vivre ? Tenter de s'échapper ? Ils avaient entrepris de creuser avec leurs mains et les cordes de leurs poignets autour de l'anneau de fer qui les maintenait attachés. Un travail de fourmi qui leur avait arraché la peau et laissé les doigts et les paumes tout sanguinolents. Et le cercle de métal tenait toujours, profondément enfoncé dans le sol, inébranlable. Quand ils entendaient les pas du jeune pirate, Tiphaine s'étalait aussitôt de tout son corps et de sa chemise crasseuse sur le trou à peine esquissé. Ils tremblaient qu'il ne le découvre… Chacun de leur côté, ils se sentaient sales, démunis, puants, répugnants et osaient à peine se toucher, s'embrasser. Et cette distanciation forcée qui les désolait nourrissait leur lente désagrégation.

Cet après-midi, ils somnolaient, accablés par la touffeur de la cabane, quand le grondement sourd d'un groupe d'hommes les tira brusquement de leur léthargie. Avaient-ils rêvé ? Non : le bruit se faisait de plus en plus distinct, accompagné de conversations en turc. Les pirates ! Ils étaient de retour… Juste le temps de glisser vers le trou pour le masquer, de se blottir l'un contre l'autre peut-être pour la dernière fois… Le tintement du métal, le grincement de la porte : leur chef à la mine patibulaire et au vaste turban couronné de son plumail d'aigle effroyable était là face à eux. Toujours le même regard perçant, sans pitié, redoutable. Il intima à Tiphaine l'ordre de se lever et de se mettre à tourner devant lui, tout en se rapprochant d'elle pour mieux la scruter. Après l'avoir examinée de toutes parts, il recula de quelques pas et, semblant apprécier l'ensemble, émit un petit rire satisfait, suivi de quelques paroles à l'intention de son acolyte ; puis il tourna les talons, laissant à ce dernier le soin de cadenasser la cellule.

À peine la porte refermée, Tiphaine s'effondra :

— Mon sort est scellé… Il va m'emmener, réussit-elle à balbutier entre deux sanglots, son visage baigné de larmes posé sur les cuisses d'Amaury.

Désemparé, ce dernier entreprit de lui caresser les cheveux. Que répondre en effet ? Que faire ? Le verdict de Tiphaine était aussi juste qu'implacable. Monstrueusement vrai.

De longues minutes, ils restèrent ainsi. Abasourdis par l'horreur qui se profilait. Puis, soudain, Amaury rompit l'insoutenable silence. D'une voix écorchée où se mêlait l'émotion à la rage, il trancha :

— Non ! Il n'en est pas question. Nous allons nous sauver.

Le calme semblait être revenu à l'extérieur de la maisonnette, laissant supposer que le groupe des pirates était reparti et qu'ils avaient peut-être encore quelques heures pour agir : une brève et fragile opportunité avant que tout fût fini ? Ils devaient quoi qu'il en fût en profiter. Leur ultime chance. Ce serait quitte ou double : ils vivraient ou mourraient…

Amaury exposa son plan. Tiphaine était d'accord. Ils n'avaient pas d'autre choix. Attendre la visite quotidienne de leur jeune geôlier – si elle avait lieu… Profiter de l'instant où ce dernier se pencherait pour déposer par terre leur pitance et lui fendre le crâne à l'aide d'une de ces pierres qui jonchaient le sol. Puis couper les cordes qui les maintenaient avec ce coutelas qu'il portait à sa ceinture. Enfin, s'enfuir promptement, profitant de la pénombre de la nuit tombante. A priori, c'était simple. Évident.

— Impeccablement conçu, le félicita Tiphaine, avant de conclure : Nous allons réussir, Amaury. Alors, en route !

Le langage de l'amour attendrait. Il n'était plus de mise à cet instant. Il fallait agir avec froideur et détermination. Redevenir camarades de lutte et non plus amants.

Ils entreprirent de rechercher dans leur court périmètre le caillou qui serait le plus efficace : pas trop gros pour pouvoir le cacher dans leur main, pas trop petit pour produire assez d'impact, le plus pointu possible pour avoir le meilleur tranchant. Une fois leur arme de fortune sélectionnée, ils répétèrent la scène à plusieurs reprises : ils devaient se coordonner parfaitement pour agir par surprise, au moment propice, et qu'Amaury soit le plus libre possible de ses mains entravées, afin de pouvoir assener le coup avec suffisamment de force pour estourbir le gamin, ou le tuer... Oui, c'était cela l'idéal : le tuer. Comme cela, il ne les pourchasserait pas, ne donnerait pas l'alerte tout de suite... Cela leur laisserait le temps de s'échapper, d'être loin, de se mettre à l'abri du danger, de trouver une cachette dans cette terre déserte et hostile qu'ils ne connaissaient pas. Tuer ? Ils frémirent. Jamais ils ne l'avaient fait, ni l'un ni l'autre. Ils avaient vu déjà des gens tuer ou se faire tuer. Mais eux en seraient-ils capables ? En serait-il capable, lui, Amaury ?

— Tu sais bien que, pour sauver la femme que j'aime, je ferai tout. Tout ce que je pourrai, et que je me battrai jusqu'au bout... Au bout de mes forces, de ma vie ! s'enflamma Amaury.

— Oh ! mon amour ! Tu es allé déjà pour moi au presque bout du monde... Je t'aime ! lui répondit Tiphaine, illuminée de ferveur.

Alors, lentement, avec dévotion, ils s'embrassèrent. Un baiser long, profond. Un de ces baisers qui laissent une empreinte indélébile, une marque, comme l'une de ces vieilles cicatrices qui de temps à autre se rappelle à sa douleur. Ici, douleur et bonheur mêlés, bonheur intense et précaire, plaisir délicieux et vacillant. Un baiser en équilibre, un baiser sur le fil du rasoir, en l'espèce le tranchant hasardeux d'un modeste caillou sur quoi se jouait leur avenir. Peut-être le dernier de leurs baisers.

Ils restèrent un moment allongés l'un contre l'autre. La

seule chose à faire pour l'heure, et en vue de conserver toutes leurs forces, était de se reposer. Car le compte à rebours vers le soir avait bel et bien commencé. Attente fébrile, vaporeuse... Quand la lumière se mit à décliner et le ciel à s'embraser, ils se redressèrent. Ils devaient se tenir prêts. Prêts à bondir, à frapper. Et à s'évader.

Le gamin tardait à venir. Ils n'osaient rien dire par une sorte de précaution apotropaïque, mais ils commençaient chacun à s'inquiéter. Et si le retour des pirates avait tout bouleversé... Si leur jeune geôlier ne se présentait plus jamais avant leur départ, à tout le moins celui de Tiphaine, imminent, menaçant, effroyable... Leur séparation définitive. La fin. Le terme de leur voyage, de leur amour et de leur vie...

Il leur sembla soudain reconnaître le bruissement du cuir de ses sandales sur la terre sèche du sentier. Ils se mirent aux aguets.

S'efforcer de ne rien laisser transparaître de leur tension extrême... Surtout ne rien changer à leur posture habituelle... Rester affalés et las, amorphes... Des proies inoffensives...

Le jeune pirate ouvrit lentement la porte, s'avança vers le fond de la pièce, machinal, sûr de lui, puis s'accroupit pour leur déposer les habituelles victuailles. Alors tout s'enchaîna très vite. Un coup ne suffit pas. Au premier, il hurla. Au second, il criait et gigotait encore. Enfin, au troisième, il s'effondra, face contre terre. Alors, vite trouver son arme. Tiphaine glissa ses mains sous le corps inerte et parvint à en extirper le précieux couteau. Vaille que vaille, ils l'attrapèrent de concert et se mirent à frotter leurs cordes sur la lame. Une main libre, puis deux, trois, enfin quatre ! En un éclair ils firent exploser les liens retenant leurs chevilles, se levèrent et se ruèrent vers l'embrasure de la porte.

Ils scrutèrent prudemment l'extérieur, attentifs et tendus. La peur était là, au creux de leur ventre. La nuit n'était pas encore totale. C'était l'heure entre chien et loup. Ils observèrent plusieurs fois dans toutes les directions : de quel côté se diriger ? Reprendre à droite le chemin qui descendait, par lequel ils étaient arrivés, ou bien obliquer à gauche directement à travers la garrigue ? En un regard, ils s'accordèrent et se lancèrent.

Ils avaient opté pour la seconde solution : l'inconnu des broussailles dévalant directement la montagne. Se hâter tout en restant vigilants, filer dans la pénombre sans risquer de trébucher sur une pierre, une racine, regarder leurs pieds et à la fois l'horizon, prendre garde aux ombres...

Au bout d'une quarantaine de minutes, une heure peut-être ou davantage – ils ne savaient plus très bien tant leurs cœurs battaient fort et leurs souffles étaient courts –, ils aperçurent une silhouette solitaire. Quelques minutes à la scruter : la forme qui semblait un homme bien qu'elle fût curieusement courbée, tordue comme un de ces genévriers effrayants parsemant l'étendue inconnue autour d'eux, était toujours seule et ne paraissait pas bouger. Alors ils décidèrent de s'avancer. Mains levées, doucement pour ne pas l'effrayer. Quelques pas tremblants, silencieux, circonspects. Soudain, l'individu les aperçut et eux en même temps, ils réprimèrent un cri d'effroi. Ce n'était pas un homme... Plutôt un fantôme... Une sorte de mort-vivant.

Emmailloté dans un manteau crasseux en haillons, appuyé tant bien que mal ou plutôt vautré sur un bâton courbe, un grand corps décharné replié comme sous l'effet d'un ouragan de souffrance. Sous la capuche surgit une face ravagée de plaies immondes, lésions à chair ouverte, rouges et blanches, morceaux dépigmentés, cicatrices anciennes : un visage comme un champ de ruines après la bataille, gonflé de bosses abjectes, de protubérances hideuses, un visage assailli, rongé par la maladie, au centre, un nez aplati, évanoui, dévoré lentement, plus de bouche presque : un lépreux ! Et au milieu de cet amas de chair décomposée, putréfiée, difforme, le pire : plus qu'un filet de regard, l'ombre d'un regard disant l'absolue solitude, le rejet, la malédiction. Ils frémirent. Parvinrent à esquisser un improbable sourire. Entre dégoût, crainte et compassion, ils étaient écartelés...

Lentement, l'homme leva sa main, ou plutôt son moignon, ses doigts noueux comme des racines desséchées cherchant désespérément une eau nourricière et vitale désignèrent un point dans le lointain, et il leur fit signe de le suivre. L'ébauche d'une expression... Une esquisse d'air humain qui convainquit leurs cœurs et emporta leur confiance.

Au bout de quelques minutes de marche, accablante pour l'homme claudiquant à grand-peine sur sa mauvaise béquille, les contours de quelques bâtisses apparurent. Un village ? Non. Plutôt un hameau semblant jouxter le rivage...

Le lépreux s'arrêta et leur fit comprendre que c'était à eux de jouer désormais. Ils joignirent les mains pour le remercier.

— Amaury et Tiphaine, lui dit cette dernière d'une voix claire et chaude, en le fixant intensément. Merci...

Elle n'avait plus peur de croiser le regard vide du lépreux et il lui sembla y déceler tout à coup une lueur de vie, la douceur d'une reconnaissance.

— Un grand merci, monsieur. Au revoir ! Que Dieu soit avec vous ! enchaîna Amaury, très ému.

Puis l'homme tourna son dos éreinté dans un silence total et disparut dans la nuit de son oubli.

— Quelle cruauté ! Quelle faute peut justifier une telle punition ? Quel Dieu peut accréditer telle exclusion, autoriser telle inhumanité ? s'indigna Tiphaine.

— Tu as raison, ma chérie... Mais quelle dignité dans son absolu malheur nous montre ce pauvre homme ! releva Amaury, encore touché.

— Oui, quelle leçon de vie..., conclut Tiphaine, les yeux emplis de larmes.

— Allez, ma chérie..., la réconforta Amaury, passant affectueusement la main sur la joue tremblante de son aimée.

Retrouver leur sang-froid, leurs cerveaux... De nouveau avancer... Contrôler tous leurs gestes et leurs respirations... S'approcher silencieux, prudents, mesurés, résolus, mais tous leurs sens en alerte...

Ils n'étaient plus maintenant qu'à quelques dizaines de toises des habitations... Ils pouvaient distinguer un homme qui se tenait devant l'une d'elles. Un second le rejoignit et tous deux commencèrent à discuter. Ils tendirent l'oreille : non, cette langue n'était pas du turc et ces gens paraissaient être d'ici. Rien à voir en tout cas avec des pirates. Ils se regardèrent et, d'un hochement de tête, scellèrent de nouveau leur hâtive décision.

Sortir de l'obscurité... S'avancer vers eux... Paisibles... Assurés... Souriants, même, en dépit de leurs cœurs affolés...

Coups d'œil interloqués des deux hommes. Voire un peu effrayés. Méfiants. Ils paraissaient crispés. Nerveux. Prêts à réagir sans doute et à se jeter sur eux pour les intercepter et les immobiliser... Les amoureux s'arrêtèrent, levèrent les mains en gage de paix, se courbèrent avec révérence, inquiétude, relevèrent la tête, s'efforcèrent de leur adresser un sourire, un sourire timide, incertain, confirmé par un regard plein d'espoir, quelques mots apeurés et pacifiques. Le plus vieux les interpella et leur fit signe de s'approcher. Ils obtempérèrent et balbutièrent leurs noms. Les deux hommes les saluèrent à leur tour :

— *Yassas !*

Ils avaient déjà entendu ce mot dans la maison d'Almas, à Lisbonne : c'était du grec... Ils se prirent la main, à peine réconfortés, pas encore sauvés...

Continuer d'avancer posément... Sans aucun geste brusque... Sans paroles intempestives propres à inquiéter les deux villageois... Quelques pas...

Les deux Grecs les invitèrent à entrer dans la première maison. Une femme les accueillit, vieille, belle sous ses rides nombreuses. Elle affichait un air doux, bienveillant. Elle leur fit signe de s'asseoir sur le banc devant une antique table. Elle leur apporta à boire – de l'eau fraîche, du vin blanc fruité – et de quoi se sustenter aussi – du pain, du fromage caillé, des fruits, des petits gâteaux secs. Ils répondirent par le mot que leur avait appris Andreas :

— *Efkharïsto !*

Les deux hommes leur sourirent, flattés et rassurés. Puis l'un d'entre eux, le plus jeune, ressortit de la maison après leur avoir signifié, sa large paume ouverte vers le sol, de rester là, bien tranquilles, de ne pas avoir peur, qu'il allait revenir...

Plusieurs minutes s'écoulèrent. Conversation de regards suspendue et sans mots. Enfin, l'homme revint, accompagné d'un autre. De taille moyenne, costaud, trapu, impressionnant. Une présence. Un œil clair. Magnétique. Il s'adressa à eux dans un genre de latin occitan ressemblant au vénitien : il les interrogeait. Alors ils tentèrent d'expliquer qui ils étaient, d'où ils venaient, pourquoi ils étaient là, ce qui leur était arrivé. Une fois leur exposé terminé, l'inconnu à son tour prit la parole. Un ton ferme. De ceux qu'on écoute. Il expliqua s'appeler Panayotis. Il était le chef de ce village, le seul de leur petite île des Cyclades. Depuis plusieurs mois, Donoussa était tombée aux mains de ces pirates. Ces derniers y faisaient régner la terreur, capturaient leurs filles et leurs fils, pillaient leurs biens, leurs ressources. Tout ce qu'ils avaient et qui était peu. Eux, ils étaient des bergers, des pêcheurs. Avant ils vivaient heureux, loin de tout mais heureux... Ah ! ces maudits pirates, il voulait les en débarrasser, les exterminer, les occire ! L'homme s'emportait, furieux, débordant de colère et d'amertume.

— Des monstres sanguinaires ! Quant à vous, jeunes gens, vous avez eu beaucoup de chance de leur échapper... Ils vont être fous de rage et se mettre à vous rechercher dans tous les recoins de l'île...

Il se calma, se rassit, leur prit les mains : qu'ils en soient assurés, ici ils étaient en sécurité ; leurs maisons leur étaient ouvertes et ils les défendraient comme eux-mêmes.

— *Kalosorisma*[1] ! répétèrent tous leurs hôtes avec chaleur.

— *Efkharïsto*, répondirent-ils.

Ils ne savaient pas quoi dire d'autre.

Puis la vieille femme les conduisit vers une petite pièce attenante à sa maison. Une modeste chambre : une paillasse posée sur un soubassement en pierre, une table, une chandelle... Ça sentait bon le propre, le myrte et l'air iodé de la mer... Les voilà seuls. Étourdis. Et libres. Et face à l'évidence : leur évidence. Une urgence aussi qui se passait de mots.

Tiphaine se campa devant Amaury pour le dévisager sans retenue. Dans les yeux fauves du jeune homme brillait le feu d'un désir trop longtemps contenu et empêché : la même flamme qui la consumait, elle... Lentement, elle fit glisser sa robe le long de son corps, la robe de coton bleu indigo qu'elle avait trouvée à Tunis et qu'il lui avait offerte, puis sa mince chemise de lin en dessous. La voilà qui était nue...

Tremblant comme une feuille, reins cambrés, poitrine hérissée, effrontée, haletante, goûtant son effet sur lui, l'impudeur de sa posture, la douce brûlure du regard de son amant sur son corps dénudé, elle s'avança d'un pas. Amaury restait immobile, terrassé par l'émotion, la solennité du moment. Ils l'avaient tant attendu, ce moment, tant espéré, imaginé et failli ne jamais le vivre ! Et en ce jour ils l'avaient finalement trouvé, le moment parfait : une nuit d'été tiède et douce, une nuit de délivrance et d'espoir, une nuit de tous les dangers, de tous les bonheurs, de tous les serments. Alors, le faire durer, le graver à jamais en eux-mêmes...

Amaury contemplait Tiphaine. Comme elle était belle ! Sublime, bouleversante de force et de fragilité, lumineuse, irradiant dans les vacillements de la bougie, les ombres du clair de

1. Bienvenue.

lune jouant avec les courbes parfaites de son corps, illuminant sa chair ferme et veloutée, la lueur des étoiles scintillant dans l'encre sombre de ses yeux.

Il se rapprocha à son tour, écarta une mèche folle déroulée sur son front et retira sa main. La regarder encore... Ses seins ronds et fiers, l'aréole brune de ses tétons effrontés, sa taille haute et fine, son ventre ferme et doux, la rondeur de ses hanches, le triangle brun de son sexe, ses longues jambes athlétiques... Il la voyait frémir, frissonner devant lui, et cette ondulation la rendait divine. Elle, elle buvait son trouble, s'y perdait.

— Mon amour..., murmura-t-il d'une voix rauque.

— Oui ! acquiesça-t-elle dans un souffle.

Alors, dans un seul et même mouvement, ils fondirent l'un vers l'autre. Leurs bouches pour commencer leur exploration : un long baiser, sauvage et éperdu, leurs mains prenant le relais, d'abord intimidées, de plus en plus fiévreuses, avides. Quel bonheur que de se toucher enfin, se palper, se pétrir, se découvrir ! Tiphaine arracha la chemise d'Amaury. Ah ! la vision et le contact de sa peau nue ! Elle en avait rêvé toutes ces longues semaines, et ce rêve l'avait portée, transportée, sauvée peut-être...

Chavirés par leur abandon, ils basculèrent sur le lit. Un regard pour se redire leur amour. Mais déjà leurs ventres s'accolaient, se pressaient, se cherchaient, leurs corps s'enchevêtraient, s'emmêlaient et se trouvaient, et leurs doigts reprenaient leur course insatiable. Surprise et certitude. Délices et fureur. Vertige. Courant irrépressible. Déferlante. Soudain, ils s'unirent. Amaury fut en Tiphaine !

Elle gémit. Non, ce n'était pas de la douleur ! Sensation inouïe que ce membre fort qui la pénétrait, se mettait à bouger, en avant, en arrière, avec de plus en plus de véhémence, de puissance, de plaisir aussi. Elle l'accueillait, prenait place, l'accompagnait. Elle devenait folle. Folle de rage, de bonheur et de jouissance ! Elle voulait que cela ne s'arrête jamais et lui que cela dure toujours ! Mais tout à coup, une explosion déchira le moindre de leurs atomes : la décharge ultime, le cataclysme et la révélation ! Tiphaine poussa un cri qu'elle ne s'était jamais entendue produire. Une sorte de râle, de feulement. Une plainte joyeuse, primitive et essentielle ! Amaury lui sourit de bonheur. Doucement, ils retombèrent, tendrement enlacés, pour l'éternité d'un temps qui n'existait plus. Ils étaient désormais seuls au monde. Plus là pour personne d'autre qu'eux-mêmes. Ils se touchèrent, incrédules et heureux, pour s'assurer de la réalité du moment. Oui, c'était vrai ! C'était bien eux : ils étaient là et ils s'aimaient, et rien d'autre ne comptait !

— Tu es merveilleuse..., balbutia Amaury.

— Tu es magnifique... un peu comme le serait un soleil noir ! exulta Tiphaine.

— Toi aussi, tu es unique, et je veux passer ma vie à t'adorer ! mugit Amaury dans un rire tonitruant.

Combien de temps passèrent-ils ainsi avant qu'un doux sommeil ne les emporte ? Quand les premières lueurs du jour filtrant à travers la fenêtre les réveillèrent, ils étaient toujours étreints. Nouvelle flambée de désir. Fulgurance vitale. Nécessité absolue de se donner à l'autre et de le posséder à la fois.

Dans la lumière crue du matin, ils s'emplirent l'un de l'autre avec une urgence apaisée, plus tendre, moins violente, mais tout aussi délicieuse que la veille. Quelques minutes de flottement exquis... Puis l'envie impérieuse de vivre les saisit : désir de profiter de leur liberté rudement conquise, besoin d'aller simplement respirer au grand air et d'y crier le bonheur de leur amour tout neuf.

À cet instant, le rire cristallin de Tiphaine emplit la chambrette :

— Viens, mon amour ! Viens ! Sortons !

— Tu sais bien que je te suivrais jusqu'au bout du monde ! D'ailleurs, c'est déjà fait ! lui rétorqua Amaury, aux anges et déjà debout sur ses jambes, flamboyant et joyeux.

Ils s'habillèrent en vitesse et coururent au-dehors. Et ils s'arrêtèrent, sidérés. Hypnotisés.

Ce qu'ils voyaient confinait au sublime. Les quelques maisonnettes charmantes du hameau, bâties avec cette même pierre grise et beige issue de la roche, ses mille tonalités profondes patinées par le vent et le soleil, s'éparpillaient à travers les broussailles, les buissons de romarin bien verts, l'ombre douce des figuiers, les oliviers argentés aux troncs larges et noueux – des sculptures ! –, les fruitiers chargés de pêches, d'abricots, d'arbouses, les lauriers-roses et leurs dégradés de couleurs fluorescentes qui s'étendaient tel un éden jusqu'au rivage. Le rivage : quel rivage ! Face à eux, à quelques toises à peine en léger contrebas, envahissant l'horizon, tout l'espace même : l'immensité bleue. Et quel bleu, là aussi ! Ils n'en avaient jamais vu d'aussi intense, d'aussi pur, saturé de cette teinte merveilleuse : la quintessence du bleu qui rejoignait l'azur, s'y dissolvait, s'y amplifiait, s'y prolongeait dans un magistral spectacle. Un chef-d'œuvre de la nature : la musique du bleu jouée rien que pour eux ! Extase. Plénitude. Allégresse. Tourbillon d'émotions.

Fallait-il qu'ils aient enduré toutes ces épreuves pour découvrir telle merveille ? Sans doute...

Des larmes de joie roulaient sur leurs joues émaciées, creusées par la fatigue et la faim. Avaient-ils trouvé ici le fameux « trésor tout simple » prédit par Almas l'ancien forban devenu leur prophète ? Non, probablement pas. Ils n'avaient plus rien et les pirates, les vrais, les sauvages, qui leur avaient tout dérobé ou presque, étaient toujours là : une menace bien tangible et effrayante à peine à quelques lieues du village, leur refuge précaire, avec ses aimables et humbles habitants qu'ils terrorisaient et dont ils voudraient peut-être se venger pour les avoir recueillis, eux, ex-otages...

La mélodie de la terre et de la mer réunies devant eux dans cette ode magnifique leur fit soudain penser à leur ami Andreas.

Qu'était-il advenu de lui ? Mort ou vif ? Sauf et libre ? Ou bien prisonnier de ces barbares ? Un nuage assombrit leur immense et fragile bonheur. Et tout de suite une idée s'imposa et les illumina de son évidence paradoxale : de la mort à la joie, ils avaient marché sur cette mince ligne de crête et avaient vécu le précaire équilibre qui donnait à l'existence sa plus intense saveur. Oui, tout pouvait s'arrêter d'un jour à l'autre, cesser, disparaître, s'effacer ou se tordre dans les affres d'une maladie terrible. Mais cette fin inéluctable et pourtant impensable, insoutenable, ce néant affreux qui pouvait vous plonger dans un désespoir abyssal ou vous faire bondir sur les sommets de la révolte était le sel même de la vie : son essence exquise. Ils venaient de comprendre qu'il n'y avait pas d'amour de vivre sans désespoir d'exister.

# 24

Parenthèse. Parenthèse de vacances, de bonheur, de plaisir et d'amour. Après ces dures épreuves, ils avaient décidé de tout oublier, un moment. Réflexe de vie. De survie, même. Recharger leurs âmes et leurs êtres. Expulser le malheur par la joie simple et primale. Se nourrir de l'expérience de leurs sens exaltés. Se noyer dans cette plénitude. Oublier. Et exister. Ainsi leurs journées s'écoulaient, voluptueuses, et leurs nuits défilaient, torrides, passionnées, éperdues de tendresse.

Ils avaient découvert à proximité du hameau une crique délicieuse. Une plage de poche à l'abri des rochers et du vent, ourlée d'un sable blond aérien comme de la farine, s'alanguissant vers les eaux cristallines et tièdes. Ils venaient s'y baigner tous les matins et tous les soirs, s'abreuvaient du spectacle de la mer, de ce bleu miroitant, coruscant, transparent, animé de mille reflets argent, turquoise, marine, émeraude. Ils nageaient à demi nus, s'étreignaient dans les flots, goûtaient la saveur de leurs lèvres, de leur peau exhaussée, décuplée par le sel. Ils étaient devenus des poissons, des galets, des herbes de mer, des algues. Ils ne pensaient plus. Ils étaient heureux. Ce lieu était leur paradis rien qu'à eux. Ils remontaient au hameau après avoir admiré les dernières lueurs du couchant embraser la mer et le ciel, l'astre depuis longtemps évanoui dans l'horizon immobile, pour dîner avec leurs hôtes villageois, invités de maison en maison.

Ils revenaient parfois tard, après leur modeste mais toujours savoureux repas, pour s'aimer sous les étoiles jusqu'au bout de la nuit et de leurs corps enflammés, exténués d'extase et cependant jamais vraiment repus.

Ils parlaient peu. Les mots auraient trahi la puissance de leur passion, rompu le sortilège, les auraient contraints à raisonner, analyser, envisager la réalité et, fatalement, à s'interroger sur l'avenir. Leur vie se passait au seul présent de leur amour et de leur désir incommensurables. « Ne pas réfléchir, s'aimer », semblait leur nouveau mantra. S'aimer de toutes leurs forces, de tous leurs sens, de toute leur chair, de la moindre parcelle de leurs peaux nourries de soleil et de vent. Ils ne comptaient plus les jours.

Ils avaient recherché le lépreux qui les avait guidés. Ils ne l'avaient pas trouvé. Ils lui avaient déposé des victuailles à l'endroit où ils l'avaient rencontré. Ils étaient revenus le lendemain et tout avait disparu. Alors ils avaient renouvelé chaque jour leur aumône, ce minimal secours qu'ils devaient à cet homme misérable et bienveillant qui les avait aidés malgré sa douleur et son exclusion de la société des hommes. Ils avaient appris son nom des habitants : il s'appelait Kosmás. Avant, il était charpentier, une force de la nature, un honnête homme, et si beau que toutes les femmes étaient folles de lui.

Ce soir, c'était soirée de *panigyri,* soirée de fête au village. Ils devaient se réunir tous, l'ensemble des habitants du hameau – à peine une trentaine d'âmes dont une dizaine d'enfants – autour du traditionnel ragoût de chèvre mijoté avec des légumes, de l'ail, des oignons, des baies de genièvre, du thym, de l'origan. Un délice rustique, modeste et réconfortant, à l'image de ces hommes, de ces femmes simples et affables, chaleureux, qui leur avaient ouvert leurs portes et leurs cœurs aussi. Un langage sommaire de sourires discrets et de regards francs grâce auquel ils avaient tissé des liens silencieux.

Pour faire honneur à leurs hôtes, Tiphaine avait lavé sa robe de coton indigo, Amaury sa chemise de lin blanc. Ils s'étaient savonnés, parfumés avec une décoction de myrte et de feuilles de figuier. La jeune femme coiffa ses cheveux en une longue natte et y déposa, juste à l'orée de ses sourcils bruns bien dessinés, une couronne de branches de romarin piquées de fleurs de laurier-rose qu'elle avait confectionnée dans l'après-midi pour l'occasion. Un bijou champêtre éclatant de couleur qui illuminait son visage hâlé, faisait ressortir la flamme de ses yeux noirs et s'harmonisait parfaitement avec sa naturelle, juvénile et puissante beauté.

— Tu es magnifique. Tout simplement magnifique, déclara Amaury, soufflé, des étoiles plein les yeux. Une nymphe… Ma déesse…

— Et toi plus beau que jamais, mon amour. Tu sais, je te regarde et je n'en reviens pas. C'est un rêve de t'aimer. J'ai tant de chance…

— Allez, rejoignons la fête avant que je ne me jette sur toi ! enchaîna Amaury, espiègle, en la soulevant par la taille.

— Tout à l'heure ! lui chuchota-t-elle avant de lui claquer un baiser dans le cou et de se dégager.

Les villageois avaient disposé des tables sur la placette face à la petite église, et suspendu des lanternes et des guirlandes de fleurs. Il régnait une heureuse atmosphère, celle d'un village paisible, content de se retrouver. Sur la table maîtresse, des victuailles bien rangées : fromages, filets de porc et de maquereau séchés au soleil, anchois frais, légumes marinés, olives, pains plats ornés de graines, dolmas et autres légumes farcis, des cruches de vin blanc et de l'eau fraîche du puits. Une abondance rare…

Les premières notes d'un instrument à cordes, mi-luth mi-guitare, appelé ici *pandoura* s'élevèrent, bientôt rejointes par le son aigu et puissant d'une sorte de cornemuse, la *tsambouna*, associé à la scansion guillerette d'un tambourin. Et les premiers danseurs de se lancer !

— Invite-moi ! demanda Tiphaine à son amant avec une joie enfantine et le tirant vers la piste improvisée sur les dalles de pierre.

— Mademoiselle..., la pria Amaury, esquissant une révérence et bondissant déjà pour l'entraîner.

Ils se mirent à tenter d'imiter les autres puis, rapidement en échec, ils choisirent d'improviser leurs pas, provoquant la bonne humeur de l'assemblée et les regards amusés des enfants, surpris par ces étrangers désinvoltes agités de façon assez peu orthodoxe ! Rien ne leur importait moins ! La musique était gaie, son tempo de plus en plus vif, endiablé, grisant même... Quel bonheur que cette pause d'insouciance après tous les périls qu'ils avaient rencontrés ! L'air du soir était suave, les rires fusaient, la nourriture diffusait ses odeurs délectables, le vin blanc était agréable, fruité, enivrant, le vent léger, idéal, et la nuit pleine d'étoiles avait commencé d'envelopper au loin l'encre étale de la mer. Un idyllique écrin pour vivre leur amour en paix, loin de tout, en totale harmonie avec cette belle nature ainsi qu'avec ces gens accueillants et sincères, authentiques, diffusant leur bonté rude et sûre, et leur générosité, dans une pure atmosphère de fraternité.

Tout à coup, la voix de stentor de Panayotis retentit, déchirant tout l'espace.

— Ils mettent le feu à la chapelle ! La sainte chapelle d'Agios Georgios !

« Ils » : tous avaient compris de qui il s'agissait. Voilà que ces exécrés pirates rappelaient leur insoutenable présence au cœur de la fête avec la plus sinistre violence, interrompant la liesse, la musique, les danseurs et les conversations, figeant les visages et courbant les dos écrasés soudain sous le poids d'un indicible fardeau. La chapelle de saint Georges était la plus ancienne de l'île et l'un des lieux de culte vénérés par ses habitants, avaient appris Amaury et Tiphaine. Elle était une part de leur passé, un élément essentiel de leur paysage et de leurs souvenirs. Un morceau d'eux-mêmes. Ils comprenaient leur bouleversement.

*De facto*, les villageois s'étaient tous tournés vers l'est, en direction de la falaise où elle se dressait, et observaient, mutiques, horrifiés, les premières flammes embraser leur sanctuaire. Des vieillards s'étaient mis à pleurer. Des femmes. Des hommes aussi. Des enfants, des nourrissons même...

Pourquoi les pirates l'avaient-ils incendiée ? Pour asseoir leur domination, démontrer leur pouvoir, les terroriser encore davantage s'il en était besoin ? Ou par pure et simple cupidité, pour voler la croix du Christ et l'unique icône ? Vaines richesses que ces quelques morceaux de bois à peine dorés ! Non, ils avaient violé l'inviolable : leurs âmes. Au-delà de cette insupportable tentative d'intimidation, cet acte odieux et symbolique était-il le prélude à de nouvelles attaques, les prémices d'un nouveau dessein des pirates consistant à envahir leur île tout entière et à les asservir, eux, demain ? Il fallait réagir ! trancha Panayotis avec une fureur glacée.

— Se lever, se rebeller, les chasser. Mieux : les exterminer ! mugit-il, lui d'ordinaire si posé.

Les mines étaient inquiètes, dévastées par l'événement, soucieuses, tourmentées. Peu à peu, les mots du chef redonnaient des couleurs, relevaient les fronts, suscitaient des grondements d'approbation et des brandissements de poing. Sourdait la lente clameur de la révolte. Tiphaine et Amaury se sentaient embarqués avec ces gens qui les avaient accueillis comme appartenant à leur communauté, solidaires de cette lutte qui était aussi la leur et qu'ils avaient un instant mise de côté, entre parenthèses...

De jeunes hommes déjà s'étaient rangés aux côtés de Panayotis ; ils firent de même. Peu à peu, tout le hameau était là, réuni autour de son chef valeureux et charismatique. La fête prenait le tour d'un définitif conseil de guerre rappelant à Tiphaine l'ambiance des soirs de siège à Canterac, quand ils se préparaient à subir l'assaut des Anglais, et frémissaient de crainte et d'excitation mêlées. Entre effroi de ce qui les attendait et hâte d'en découdre, la même brûlure vissée au creux de soi, vous prenant en tenaille...

Il fallait maintenant échafauder un plan minutieux, cohérent, infaillible. Ils étaient une dizaine d'hommes dans la force de l'âge, quatre jeunes, huit femmes qui voulaient combattre, donc vingt-deux plus ces deux jeunes Français, soit vingt-quatre contre une trentaine de pirates. Le combat était jouable. Mieux : ils en sortiraient vainqueurs ! proclama Panayotis. La détermination avait gagné les cœurs, les esprits : oui, le temps de la libération avait sonné.

L'attaque était la meilleure défense, avait disposé le chef du village. L'idée était de s'approcher nuitamment de la galère pirate en venant par la mer – les forbans ne s'y attendraient pas – et de s'infiltrer à bord pour y mettre le feu.

— Œil pour œil, dent pour dent, décréta celui-ci, soulevant l'adhésion grondante de ses troupes.

Tiphaine pensa tout à coup à l'explosion du beffroi de Sherborne qui avait sauvé Canterac. Comment reproduire ici cette poudre de feu dont Termenès, l'architecte voyageur, leur avait délivré le secret ? Elle tentait de rassembler ses souvenirs... Soudain sûre d'elle, elle leva la main et s'adressa directement à Panayotis ainsi qu'à toute la communauté d'une voix assurée et lente, répétant ses mots pour être bien intelligible : avaient-ils du soufre, du salpêtre, du charbon de bois ?

Avec ces divers ingrédients soigneusement transportés et enflammés au dernier moment, ils pourraient fabriquer la poudre explosive magique inventée par les Mongols. Son effet était formidable, et elle l'avait vu de ses propres yeux lors de l'attaque de son château de Périgord par les troupes anglaises.

Elle avait réduit en miettes une gigantesque tour de siège placée devant leur citadelle. De la même manière, le bateau des pirates – et eux avec, les maudits ! – volerait en éclats, avant de disparaître dans les flammes, leur annonça-t-elle avec une détermination tranquille.

Panayotis la regarda, intrigué. Puis il leva les bras, ses yeux clairs luisant d'une étincelle enragée, avant de reprendre en grec :

— Les flammes de l'enfer ! Merci, Tiphaine ! tonna-t-il. Nous allons trouver toutes ces choses pour confectionner cette poudre. Et pulvériser ainsi la galère et tous ces pirates de malheur !

— *Zitô ! Zitô ! Thánatos stous peiratés*[1] ! reprenait l'assemblée galvanisée.

Restait maintenant à déterminer les hommes qui formeraient le commando. Sous son commandement, Panayotis désigna le forgeron du village, un homme mûr et solide maîtrisant le feu qui produirait l'étincelle décisive, un jeune berger sec et agile qui ferait merveille pour escalader le pont, un pêcheur au regard sombre et implacable qui conduirait la barque, un grand gaillard pour transporter le bois qui servirait à nourrir l'incendie et un autre plus âgé, plus petit, à l'air méchant et revanchard – et pour cause, sa fille avait été enlevée par ces bandits et il ne l'avait plus jamais revue. Le reste de la troupe attendrait dans deux autres embarcations et, au cas où, les rejoindrait, si besoin…

Amaury s'avança : il voulait être de ceux qui monteraient à bord pour les aider en cas d'embuscade ou d'échauffourée, pour tenter de libérer aussi d'anciens marins capturés, et peut-être récupérer leurs biens volés, mais de cela il ne dit rien… Tiphaine eut à peine le temps de s'y opposer. Trop tard : Panayotis avait tout de suite accepté le concours bienvenu d'Amaury. Elle se mit à trembler de tous ses membres. Son amant, son amour allait risquer sa vie sous ses yeux tandis qu'elle serait dans l'une des autres barques… Elle allait frémir, redouter, chanceler… En même

1. Hourra ! Hourra ! Mort aux pirates !

temps, elle admira aussitôt la bravoure de son bien-aimé. Non, il ne la décevait pas : il était solide, fier et courageux. C'est aussi pour cela qu'elle l'aimait. Par conséquent, elle devait être à sa hauteur, et démontrer son propre cran et sa résolution.

De toute façon, comment vivre heureux en étant un couard ? Et comment envisager l'avenir sans se libérer de la menace de ces pirates qui les avaient enfermés et avaient failli la vendre pour esclave ? Ils risquaient de nouveau de s'en prendre à eux et aux villageois. Il n'y avait pas d'autre solution que la révolte et la conviction. Puis, la lutte de ces humbles et généreux habitants était aussi la sienne. Ils étaient devenus leurs amis : Elena, la vieille dame qui les avait accueillis chez elle avec douceur, Yiannis son fils taiseux et taciturne, au rare et singulier sourire, la jeune, jolie et tourbillonnante Sophia qui leur avait confectionné des vêtements, Dimitrios le gamin malicieux qui leur avait dévoilé ses endroits secrets et préférés de l'île, à qui Tiphaine avait commencé à apprendre le dessin, son père Nikos, le pêcheur qui les emmenait dans sa barque et leur avait montré comment pêcher la daurade, Panayotis bien sûr, le chef qui leur avait offert son asile, sa confiance et son réconfort. Tant d'autres visages aussi auxquels ils s'étaient attachés en si peu de temps...

La vie allait si vite, ces dernières semaines... Alors, se laisser porter par son courant irrésistible ! Elle se remémora cette phrase d'Épicure qu'Hubert Hautefort, le sénéchal de son père – qu'elle considérait comme son oncle, voire un second papa, et dont la mort lors du duel final avec les Anglais, qui les avait sauvés, l'avait anéantie –, lui avait enseignée alors qu'elle était adolescente : « Les plantes qui résistent au vent se cassent, tandis que les souples survivent aux ouragans. » Elle venait de vivre plusieurs ouragans. Elle les avait traversés sans rompre. Alors, moins que jamais elle devait imaginer le pire. Il lui fallait au contraire accueillir le jour d'après en le remerciant simplement de se produire. « Ne pas réfléchir. Avancer. » Avancer tête haute et foi au cœur. Encourager son bien-aimé. L'accompagner où qu'il aille. Se tenir à ses côtés quoi qu'il advienne, mais pour le meilleur ! se jura-t-elle. *Foi de Canterac !*

La réunion guerrière se poursuivait. Restait maintenant à rassembler des armes – couteaux, poignards, lances, fourches, tout ce qu'ils avaient –, à les affûter – le forgeron prit l'affaire en main – et à trouver les ingrédients de la poudre de feu. Sur ce dernier point crucial, Panayotis avait son idée : il se rendrait dans la grande île voisine de Naxos... Pour conclure, les habitants du hameau trinquèrent tous ensemble, d'un seul élan ardent, à la réussite de leur expédition. Saint Georges serait avec eux ! attesta le pope avec ferveur, exhortant tout le monde à venir prier à l'église les jours suivants, avant la date évidente de leur libération. Puis, chacun s'en retourna chez lui, et commença l'attente. Anxieuse, fébrile, impatiente, nerveuse...

Une journée... Puis trois... Puis cinq... Enfin, Panayotis revint ; il avait tout trouvé. Il donna ses consignes avec sa coutumière autorité, cette combinaison de fermeté, de persuasion et de calme qui donnait confiance à tous. On répéta la scène à plusieurs reprises jusqu'à ce que tout parût parfaitement huilé et que chacun se sentît assuré dans son rôle. Enfin, ils étaient prêts. Demain, au milieu de la nuit, ils terrasseraient ces sauvages, et libéreraient leur terre de leur joug intolérable et barbare.

Courte nuit de veille pour Tiphaine et Amaury. Que se dire sans convoquer un ton trop dramatique, donner prise à de noires visions porteuses d'ondes négatives et de potentiel malheur, et sans titiller prématurément le spectre rampant de la peur sournoise ? Alors, au lieu de parler, lentement s'aimer. Se donner l'un à l'autre à gestes mesurés et précis, économes, pour ne pas s'épuiser, conserver toutes leurs forces, garder leur énergie et même la nourrir à la fontaine de l'autre... S'unir doucement, avec tendresse... Puis se bercer de caresses en attendant le jour. Comme si celui-ci était un jour comme un autre... S'assoupir enfin, au petit matin, délicieusement évanouis... Se réveiller un peu tard... S'étirer au soleil avec langueur et volupté... Et puis courir au-dehors, insouciants, déchaînés comme des gamins ! Se jeter dans la mer ! Nager et nager encore... Revenir sur la plage... S'embrasser ruisselants. Et contempler. Juste contempler la beauté du monde... Profiter de l'instant... Lâcher prise : si jeunes, ils avaient compris le secret. Almas, leur guide, leur mentor aux yeux de diamant, pouvait être fier. Mais veillait-il sur eux encore ? Ils en avaient grand besoin.

# 25

Trente minutes qu'ils étaient partis du petit port du village. La barque de tête n'était plus qu'à quelques coudées de la nef des pirates. À son bord, les membres du commando : Panayotis leur chef, Nikos le marin-pêcheur, Pantelis le forgeron, Stavros le berger, Theodoros le paysan aux bras larges, Amorgos le boulanger pressé de venger sa fille, et Amaury le jeune Français. À une bonne encablure, vers le large et vers l'est, suivaient les deux autres embarcations. Tiphaine était dans la troisième avec un groupe de jeunes, hommes et femmes, motivés mais novices. À l'image de tous.

Un vent du nord puissant s'était levé depuis deux jours, balayant l'île et la mer. La survenue du *meltemi* constituait à la fois un avantage, car il couvrait le bruit qu'ils pouvaient faire, et un inconvénient en ce que la forte houle compliquait les opérations d'accostage. Il fallait s'approcher aussi doucement que fermement sans risquer de cogner la carcasse du bateau, dans une nuit couverte de quelques nuages, à peine éclairée par un mince croissant de lune. Une chance... Le ciel semblait avec eux. Et si la tension était extrême, elle les divertissait à sa manière de la peur qu'ils éprouvaient tous. Ils n'étaient pas des guerriers. Seulement des hommes ordinaires. Animés par le souffle de leur révolte. La peur ? Leur meilleure et leur pire conseillère, les avait prévenus leur chef, l'énigmatique et courageux Panayotis – d'où tenait-il sa force tranquille, cette capacité à mener les hommes, à trouver les mots justes ? La peur garderait tous leurs sens en alerte, leur avait-il expliqué. Il fallait l'écouter mais ne pas y succomber. Lui résister pour qu'elle ne se transformât pas en terreur paralysante ou en affolement faisant faire n'importe quoi. Se tenir concentrés, préparés à bondir, déterminés à agir, à dérouler le plan qu'ils avaient soigneusement répété, jusqu'à la victoire certaine !

Ils ramaient en mesure dans le plus grand silence. Nikos leur fit signe d'arrêter et, d'un coup de pagaie aguerri, parvint à les positionner bien parallèlement à la galère pirate. C'était le moment de l'escalader. « Maintenant ! » D'un bref hochement de tête, Panayotis donna le signal. Aussitôt, Stavros se mit à grimper prestement le long des flancs du navire. Pas question de lancer un grappin, cela aurait été trop bruyant... Le leste berger emportait la corde qui permettrait aux autres de gagner à leur tour le pont de la nef pirate. En quelques secondes arrivé à son but, il arrima celle-ci, et ses camarades lui emboîtèrent le pas ; Panayotis d'abord, tenant avec précaution le dangereux sac de poudre, puis Amorgos armé de son couteau, puis Theodoros portant le tonnelet équipé de sa ficelle dans lequel il faudrait l'insérer avant de l'incendier, Pantelis ensuite avec son silex et son morceau d'acier pour produire la cruciale étincelle, et enfin Amaury fermant la marche, poignard à la ceinture.

Rapide et frêle cohorte à l'assaut de la nef ennemie ! Bientôt tout serait fini. Ils auraient réussi, se répétait Amaury pendant son intense ascension. Jamais il n'avait combattu, ni à la guerre, ni en tournoi. Il abhorrait la violence. Lors du siège de Canterac, alors écrivain de la campagne du comte de Sherborne, ce qu'il en avait vu là-bas, il l'avait trouvé monstrueux : une expression de l'humanité dans sa plus sordide conception, une pure abjection, une absurdité sanguinaire. Les animaux ne se comportaient jamais de la sorte. Et dire que les hommes se croyaient supérieurs à eux ! *Cependant, il y a des combats légitimes et irréfutables comme le nôtre cette nuit. Oui, débarrasser cette terre de ces barbares maléfiques qui ont failli m'enlever mon amour, la vendre et l'asservir est une cause légitime !* fulminait Amaury, pour s'encourager aussi.

C'est alors qu'il lui sembla entendre un son... Était-ce un tour que lui jouait son cerveau perturbé par la crainte ? Il tendit l'oreille... Non, ce n'était pas un vulgaire bruit : c'était une musique... La musique... d'une flûte... une flûte de Pan ! Pas le temps de réfléchir : en un éclair, il lâcha la corde, sauta sur le pont et se mit à dévaler l'espace le séparant de la mélodie fameuse... Quelques secondes de course irréelles... Andreas ! Le jeune Grec était là face à lui, souriant, amaigri, mais... vivant !

D'un coup de sa lame, il trancha les liens de chanvre retenant son ami – son art propre à donner du cœur aux autres galériens lui avait peut-être épargné les chaînes ? Où étaient les autres prisonniers ? Enchaînés au fond de la cale ? Pas le temps de se parler. Alors les chercher : impossible !

Une brève accolade. L'urgence de nouveau.

Ils devaient quitter maintenant les lieux au plus vite. Un coup d'œil vers le reste de la troupe. Le tonnelet était déjà disposé et Pantelis le forgeron sur le point d'embraser la ficelle... Imminence mortelle...

À cet instant, un pirate surgit de l'obscurité, son sabre à la main, hurlant, fondant vers eux. Andreas l'esquiva et, d'un geste habile du pied, le fit trébucher. Juste le temps pour Amaury de planter son poignard dans sa gorge. Le sang gicla, le corps s'écroula. Mais déjà les premiers crépitements du feu et les premières flammes avaient réveillé les pirates, et la troupe hostile se mettait en ordre de bataille... Ils étaient la cible...

Pas le temps de rejoindre les autres ! De toute façon, Amaury ne les voyait plus. Ils semblaient être repartis vers la barque. Vivaient-ils quant à eux leurs dernières secondes ? La fin ? Leur fin ? Alors, dans une ultime fulgurance, il attrapa Andreas par le bras et se mit à courir avec lui à toute vitesse vers le bastingage. Sauter : pas d'autre choix !

Ensemble, ils s'élancèrent vers les flots enténébrés. Un élan. Un envol... Une chute. Une plongée... L'eau fraîche et noire. Panique... Incertitude...

Remontée à la surface. Toujours le danger. Le sifflement des flèches. Les vociférations des pirates déchaînés, enragés... Mais, au loin, les cris de leurs camarades...

Alors, nager, oui, nager comme des forcenés vers eux ! La fuite effrénée ralentie par leurs chaussures et leurs vêtements qui leur collaient à la peau. Allez, quelques coudées encore... La barque de Nikos se dessina dans l'obscurité mouvante... Elle était là ! Ils y étaient arrivés !

Tout à coup, des doigts agrippèrent la nuque d'Amaury, deux mains se clouèrent sur ses épaules et le poussèrent vers le fond, se resserrèrent autour de son cou. Moment de consternation. Amaury se retourna : épouvante. Désespoir. C'était le chef des pirates. Deux globules noirs effrayants à la surface de l'eau face à lui, armés de tentacules frénétiques et immondes qui s'agitaient et s'accrochaient à lui, à la peau de sa gorge... Un monstre marin qui l'aspirait vers les profondeurs noires de son repaire et allait l'y ensevelir...

Il tirait, l'enserrait, et l'étranglait ... Amaury se débattait comme il pouvait, mais il était à bout de forces. Il se sentit s'affaisser et s'enfoncer, irrémédiablement avalé, englouti par l'obscurité visqueuse...

Un goût amer dans sa bouche : était-ce celui de son sang ou la saveur de la mer qui serait son tombeau ? Amaury sentit ses jambes mollir, son corps s'alanguir, ses pieds lourds comme des boulets qui l'entraînaient vers le fond et ses yeux, à l'inverse, si étonnamment légers qu'ils tourbillonnaient à l'intérieur de ses orbites...

Tiphaine au loin avait aperçu les éclaboussures du combat. Dans sa barque, à quelques toises de là, elle n'avait rien manqué de l'attaque. Elle avait tout vu, tout suivi. Mieux que tout le monde décrypté le déroulement des faits, et distingué la silhouette d'Amaury s'élançant du pont pour se jeter dans la mer et échapper aux pirates avec une autre qui lui avait semblé être celle d'Andreas. Elle avait tant tremblé qu'elle avait cru s'évanouir, se disloquer. Puis elle avait crié à son saut prodigieux, à cette évasion héroïque, miraculeuse. Elle l'avait ensuite soutenu, porté à chacune de ses brasses, dans sa fuite pour s'éloigner des pirates et retrouver les autres. Elle l'avait vu se rapprocher de la barque de Nikos ; elle l'avait cru, imaginé, sauvé ! Mais là, elle supposait bien que quelque chose clochait... Que son bien-aimé avait été rattrapé... Qu'il luttait pour sa vie. Et qu'il était en mauvaise posture... Alors, ni une ni deux, elle ne réfléchit pas et elle sauta à son tour dans la houle obscure.

Brève immersion dans l'eau fraîche... Elle remontait à peine qu'elle se mit à nager vers lui avec la fureur de son désespoir et tout l'espoir de son amour...

La voilà en approche... En urgence... D'Amaury, elle n'apercevait que quelques mèches de cheveux ballottées par les vagues, un remous où disparaissaient des doigts. Elle ne voulait pas imaginer. Pas y croire. Et d'un seul coup de reins forcené, elle plongea dans les flots inquiétants.

À travers les eaux troubles, elle croisa aussitôt le regard de son homme. Il implorait mais déjà il n'était plus tout à fait le même : il se perdait... Elle saisit son couteau – Dieu merci, elle l'avait toujours attaché à sa ceinture ! –,le serra fort dans son poing...

Un dernier mouvement des jambes pour être au plus près de l'assassin. Elle arma son bras et, d'un grand coup, enfonça sa lame en plein cœur du pirate. Le sang jaillit, se répandit : onde rouge sirupeuse qui éclatait dans le bleu nuit de la mer. Une bouche qui s'ouvrait sur un ultime cri. Une tête qui basculait en arrière. Un corps qui s'aplatissait soudain et se laissait porter. Il était mort, le salaud !

Elle se rua vers Amaury pour le ramener à la surface des flots. Son grand corps était pesant... Trop pesant pour être encore en vie ? Elle réprima un hurlement de désespérance. Elle le gifla avec rage. *Non, tu ne vas pas mourir, me laisser !* Soudain, les yeux d'Amaury se rouvrirent : face à elle, cette lueur fauve merveilleuse était revenue ! Elle exulta. Elle l'embrassa. Et lui, il lui sourit. C'était un comble ! Un comble de peur et de joie. Le zénith du bonheur perdu et retrouvé *in extremis* !

Ils se remirent à nager vers la barque amirale, lentement, à bout de forces. Panayotis et les autres les appelaient, les soutenaient, les attiraient vers eux comme le chant des sirènes... Enfin, ils étaient là ! Leurs compagnons les hissèrent à bord et ils se jetèrent à l'intérieur, épuisés. Juste le temps de reprendre leur souffle, de cracher un peu d'eau et de se relever : un fracas assourdissant, un tonnerre apocalyptique, un éclair fulgurant, colossal déchirèrent l'espace. Le miracle de la poudre noire s'était produit !

Instant de stupeur, d'effroi, d'émerveillement aussi. Les voilà tous contemplant le spectacle effrayant et prodigieux : une onde d'or et de braises, de flammèches, de centaines de morceaux de bois incandescents, de chair humaine aussi, qui envahissait le ciel de la nuit. Combien d'hommes étaient morts et, parmi eux, d'innocents prisonniers ? Spasme d'horreur. Bref remords. Le temps n'était pas à l'apitoiement mais à la constatation, et celle-ci était simple : Tiphaine avait retrouvé Amaury, et Amaury avait retrouvé Tiphaine ! Et la réalité s'imposait face à eux : la galère ennemie était bel et bien en flammes et en miettes, littéralement pulvérisée...

Alors, progressivement, se forma au cœur de la troupe la clameur de la victoire. Elle emplit les corps et se mua en un cri primal, profond, enfantin et joyeux, venu de leurs entrailles. Ils avaient vaincu ces sauvages, ces pillards barbares qui voulaient leur imposer leur loi ! Ils avaient détruit leur navire et exterminé tout son équipage ! Ils explosaient à leur tour, mais de joie, se tombaient dans les bras, riaient, se congratulaient.

Tiphaine et Amaury s'étreignirent : ils devaient s'assurer que l'autre était bien vivant. Le toucher, humer l'odeur de sa peau, la redécouvrir, s'en repaître. Tiphaine avait cru mourir en quittant Amaury et en le voyant partir… Elle lui avait dit simplement, avant d'embarquer, « À tout à l'heure ! », pour conjurer le sort, faire comme si de rien n'était… La voilà revenue à elle, à eux, à leur futur, exaltée et heureuse ! Ils avaient réussi et éliminé ces infâmes ! Elle avait tué elle aussi pour sauver son amant… Un bref frisson lacéra son dos.

— Mon amour, est-ce que ça va ? Comment te sens-tu ? lui demanda Amaury, subitement inquiet.

Il savait ce que cela faisait d'avoir ôté la vie, et lut à cet instant, dans les yeux de son aimée, ce reflet lugubre et macabre qui ne trompait pas.

— Oui… Ça…

Tout à coup, le cri de Nikos retentit et les interrompit. Le marin aux yeux chevronnés désigna quelque chose dans la nuit : c'était un homme qui nageait… Sûrement un autre pirate qui s'était jeté à l'eau et essayait de fuir, longeant la côte vers le nord-ouest.

— Il faut voir où il va ! enjoignit Panayotis.

Derechef, la barque de tête se mit en route et les autres se lancèrent dans son sillage. Le convoi des villageois entreprit de suivre le nageur à distance raisonnable pour ne pas l'alerter. Le supposé pirate arriva enfin à une crique, sortit des eaux et disparut furtivement dans une anfractuosité de la roche. Quelques minutes d'attente… Comme rien ne se passait, Panayotis ordonna l'assaut.

Débarquement échevelé, fougueux, déterminé, porté par leur récente victoire. Un trou sombre se dessinait en effet dans la falaise… Ni une ni deux, ils s'engouffrèrent dans la grotte, circonspects et tendus, armes au poing. Une première salle sombre dans laquelle ils s'enfoncèrent, puis une lueur qui les guida vers une deuxième… Le repaire des pirates ?…

À pas lents, ils s'approchèrent. Au signal de leur chef, ils déboulèrent. Ils étaient là, en effet : les forbans ! Une dizaine, avachis, rassemblés autour d'un maigre feu et d'une cruche de vin, soûls probablement. Panayotis et sa troupe élargie, hommes et femmes, se jetèrent sur eux par surprise, les immobilisèrent sans grande peine tant ils étaient plus nombreux, et entreprirent de les ligoter à l'aide des cordages et des chaînes qui étaient là…

Que faire de ces hommes ? Les tuer à leur tour ?

— C'est tout ce qu'ils méritent ! jura Amorgos, les yeux brûlants de haine.

Panayotis leva la main pour arrêter l'élan de la vengeance.

— Fouillez la grotte, ordonna-t-il. Que personne ne s'échappe !

Dans la lumière vacillante de la torche, ils découvrirent les lieux : quelques mauvaises paillasses, une table de bois, un amas de couteaux et de sabres déposés sur le sol, des amphores, quelques caisses.

— Leur butin ! chanta Theodoros, aux anges.

Ils se ruèrent dessus et firent gicler les couvercles. À l'intérieur, des armes encore, tout un arsenal de lames de toutes tailles et formes, des ballots d'épices, des flacons, des tissus de soie, un bric-à-brac d'objets, coupes, vases, vaisselle, statuettes, boussoles, instruments de navigation, cartes, parchemins… Sentiment de déception diffus. Frustration passagère. Résignation rapide. Au fond de la grotte, leurs yeux distinguèrent soudain un autre coffre, plus petit, armé d'un épais cadenas. Ils s'avancèrent avec précaution, solennité même… Calmement, Pantelis se pencha et fit sauter la serrure d'un coup de couteau, découvrant à tous son contenu. Ils restèrent bouche bée. Ils n'en croyaient pas leurs yeux. C'est alors que, tout à coup, surgit un autre homme.

Dans ses bras, plaqué contre lui, il détenait un enfant qu'il menaçait du tranchant d'un poignard rutilant posé sur sa gorge.

— Cerbero ! rugit Amaury qui avait tout de suite reconnu l'ancien capitaine du *Leone di Mare*. Traître, faquin qui nous a vendus ! Lâche ce gamin tout de suite ou tu vas périr de mes mains !

— Arsenis, mon petit ! s'écria Stavros. C'est le fils de Yiannis, mon beau-frère, ils les avaient enlevés avec sa mère, ma sœur ! expliqua le berger, bouleversé. Mon garçon, n'aie pas peur !

— Rendez-moi d'abord le trésor et laissez-moi partir, nous serons quittes et je libérerai le gosse ! s'époumona l'odieux capitaine vénitien avec la voix éraillée d'un dément.

— Tu es déjà mort, crapule ! mugit Panayotis en faisant tournoyer son sabre autour de son crâne et de son corps tout entier dans une ronde funeste.

Puis il fondit sur lui. Et d'un coup, il lui trancha la tête.

— Sa sale gueule de félon et de couard, conclut Amaury pour toute épitaphe.

# 26

Ils étaient rentrés peu avant l'aurore, à cette heure magique où le jour perçait la nuit de ses lueurs timides, merveilleuses, et distillait dans le bleu sombre du ciel et de la mer ses premiers reflets subtils, envoûtants, instant éphémère, féerique, quasi mystique, où le monde basculait vers la promesse d'une journée toute neuve et emplie de possibles. Pour eux, c'était encore plus vrai, encore plus fort, plus intense, formidable, stupéfiant, émouvant : un monde nouveau se levait sous leurs yeux fatigués mais heureux. Ils avaient gagné. Ils avaient libéré leur terre, et leur avenir leur appartenait désormais tout entier. Ils pourraient vivre en sécurité et en paix !

Après l'effervescence et l'allégresse des retrouvailles avec les autres villageois, les acclamations, les bravos, les vivats, ils s'étaient dirigés sans se concerter, comme happés par une force lumineuse, en une lente procession, vers le rocher où se dressaient les restes de la chapelle d'Agios Georgios incendiée par les pirates le soir de la fête. Tous les habitants du hameau étaient là, réunis au bord de la falaise déroulant la mer à leurs pieds, dans un moment de communion ardent et simple. Une joie profonde et sereine se peignait sur les visages. Panayotis lui-même semblait rayonner, silencieux et bouleversé.

Ce fut le pope qui prit la parole. Il remercia le saint et Dieu de les avoir protégés, loua la troupe qui avait si bien opéré, avec tant d'intelligence et de bravoure. Maintenant, il leur fallait remercier le ciel qui les avait guidés, soutenus et portés. Pour cela, ils devaient dès demain reconstruire leur église, effacer à jamais les stigmates de ces pirates malfaisants et maudits. Paix à l'âme de tous ces morts ! D'innocents captifs avaient péri cette nuit, par leur faute et pour leur juste cause. Ils devraient s'en souvenir tout au long de leur vie… Alors, reconstruire la chapelle aussi en leur hommage… Réciter tout de suite une prière…

Le chœur des villageois s'unit en une mélopée puissante et vibrante. Des larmes d'émotion, de soulagement, de bonheur roulaient sur les joues hâlées, semblant évacuer les peines, les chagrins, les souvenirs douloureux de ces jours difficiles qu'ils avaient vécus sous la terrible menace. Expulser ces malheurs, ces blessures, cette souffrance… Accueillir autre chose : le temps nouveau du bonheur tranquille…

Puis la prière se transforma en chant : un chant païen et joyeux qui parlait des divinités de la terre, de la mer, Gaïa, Demeter, Neptune, Zeus, Héphaïstos et tous les autres, tout ce panthéon des dieux de l'Olympe, leurs ancêtres. Le joueur de pandoura prit son instrument. Et une flûte de Pan nouvelle se joignit à lui. Andreas, le seul rescapé des pirates avec Arsenis, le petit garçon frêle à la tignasse tout ébouriffée, était le symbole vivant de leur libération. Comme Tiphaine et Amaury étaient heureux d'avoir retrouvé leur ami, mais comme il semblait lui tranquille, sa mélodie coulant aussi claire que son immuable et merveilleux sourire. Un ange !

Panayotis voulait maintenant parler à son tour. Il remercia un à un les membres de sa troupe, qui avaient réussi l'impossible. Un salut tout particulier pour cette jeune Tiphaine qui leur avait apporté la recette de la poudre de feu. Sans elle, ils n'auraient pas réussi comme ils l'avaient fait. Ces deux jeunes Français qui avaient valeureusement échappé aux mains des pirates n'étaient plus des étrangers mais des gens d'ici. Ce village était désormais le leur, proclama le chef d'un ton ferme et ému.

Pour le reste, tout un chacun avait apporté sa pierre à la victoire. Il était fier de tous, de leur courage et de leur belle énergie. Avec elle, ils reconstruiraient la chapelle et bâtiraient leur avenir. Avec le trésor des pirates, aussi. Rien de faramineux propre à changer leurs vies de labeur. Juste de quoi les aider à rendre leur quotidien un peu plus aisé : renforcer leurs maisons, les rendre plus confortables, qui les agrandir, qui en construire de nouvelles, qui rénover son bateau, qui s'acheter de nouveaux outils pour le travail aux champs, qui un bouc, un bélier, qui de nouveaux filets, des hameçons. Il allait répartir le butin des pirates entre tous de façon équitable. S'ils en étaient d'accord, il pensait également conserver une certaine somme, ou des objets qu'il pourrait revendre sur la grande île, pour investir dans les commodités du village, la reconstruction de la chapelle, une nouvelle croix, l'entretien de l'église, du chemin principal, des pavés de la place, la construction d'un appontement pour les embarcations. Ils en discuteraient ensemble lors d'un prochain conseil et d'une prochaine fête. Oui, célébrer leur bonheur : ils en avaient aussi le devoir ! conclut le chef avec sa fougue recouvrée et acclamé par tous.

Déjà le soleil s'était levé, inondant le ciel de traînées roses et orange enveloppant le paysage et la mer de rayons ambrés, dans une féerie prélude à la chaleur de l'été. Derrière les sourires sereins, les mines accusaient la fatigue d'une nuit blanche harassante qui avait succédé à des jours de préparatifs anxieux. Progressivement, en ordre dispersé, dans le bourdonnement de leurs conversations feutrées, les villageois prirent le chemin du retour en direction de leurs maisons, pour un repos mérité.

Tiphaine et Amaury hésitèrent. Non, ils ne voulaient pas rentrer...

— Si nous nous promenions encore le long de la côte… Il fait si bon…, suggéra Tiphaine.

— Oui, ma chérie, acquiesça Amaury en lui prenant la main et en y déposant un baiser. Allons… En route !…

Tiphaine savoura ce « Allons » qui avait remplacé leur ancien « Allez ». Comme les temps avaient changé ! Et comme ce « nous » emplissait son cœur d'une joie profonde qu'elle n'aurait jamais imaginé ressentir un jour : une onde, une marée incoercible et douce…

Ils marchèrent un long moment ainsi, étroitement enlacés, accolés, blottis, Tiphaine sa tête au creux de l'épaule d'Amaury, sur l'étroit sentier dominant la mer. Éblouis par la beauté des lieux, la lumière admirable, le scintillement des flots, le souffle du vent et de l'immensité emplissant leurs poumons, leur cœur, leur esprit : leurs deux âmes réunies dans un accord parfait. Un chien noir et blanc un peu maigre mais joli et vif, au regard pétillant et aux oreilles longues, expressives, mobiles à l'émotion, s'était joint à eux, zigzaguant entre leurs pas et jappant joyeusement en réponse à leurs rires. En sa compagnie cordiale, insouciante, attentive, déjà affectueuse, ils arrivèrent aux abords d'une maisonnette de pierres au sommet d'un petit tertre s'affaissant vers les eaux en une plage minuscule.

Face à eux au loin, dans le bleu intense, enivrant, sans cesse renouvelé, les contours de deux grandes îles se dessinant à peine dans la brume du matin : oniriques mirages ! Et, plus près de la côte, un îlot, ou plutôt un immense rocher plat, intensément plat, comme si un géant ou un dieu l'avait tranché d'un coup d'épée magistral et fantaisiste, et déposé là pour capter tous les rais du soleil et dorer ses falaises comme des tranches d'une miche de bon pain sortie d'un four céleste renvoyant la lumière dans un éclat parfait. Une vision grandiose et apaisante. Merveilleuse. Fascinante. Quelque chose de magique, surnaturel et amical à la fois. Un pouvoir magnétique. Un bonheur instantané ineffable. L'impossibilité de s'en détacher...

Ils s'assirent sur la pierre qui semblait posée là pour eux. Et le chien s'allongea à leurs pieds, son museau piqueté de rose sur ses pattes soyeuses.

— Et si nous restions ici ? hasarda Amaury, la voix gagnée par l'émotion.

— Oh oui, mon amour ! exulta Tiphaine avant de l'embrasser avec fougue. Nous pourrions retaper cette maison... Vivre là, adopter ce charmant cabot, écrire, jardiner, pêcher, nager... Cette vue est tellement belle... On aimerait la contempler des heures, des jours, des années... D'ailleurs, fais-moi l'amour ici et maintenant ! ordonna-t-elle.

Alors elle offrit son corps au ciel et fondit sur son amant. Une envie impérieuse de célébrer les lieux et de le célébrer lui ainsi que leur amour la submergea. Une envie de festin érotique, de ripailles sensuelles, de noces charnelles ! De débauche et de promesse, aussi : lui dire combien elle l'aimait, lui renouveler ses vœux d'adoration. Un besoin de communion suprême. Un besoin de s'emplir de lui, de s'abreuver du philtre de leur amour. D'ensemencer également cette terre, leur terre nouvelle, des fluides de leur jeunesse et de leur bonheur triomphants.

Elle prit son sexe dans sa bouche et se mit à le déguster doucement, avec une vigueur croissante. Elle voulait l'attiser, faire gravir leur plaisir jusqu'à l'extrême limite. La licence de sa posture, le regard brûlant d'Amaury sur elle, les ondulations de son ventre dur et sculpté, la vigueur de sa verge raidie par ses caresses excitaient son ardeur dans une ivresse de tout son être.

Pressentant le vertige du point de non-retour, elle cria soudain :

— Viens ! Prends-moi.

Alors Amaury la retourna et, empoignant ses fesses, l'investit d'un coup ainsi qu'elle l'avait espéré. Ah ! comme il devinait ses souhaits intimes, lisait les visions de son cerveau déchaîné, survolté de passion !

— Ma chérie ! rugit Amaury d'une voix de dément, enfourchant ses fesses.

Qu'elles étaient belles, ces fesses rebondies, ces courbes douces veloutées, lascives et mouvantes sous ses assauts ! Qu'il était bon, ce sexe dur et doux, brûlant, qui lui offrait sa ferveur, une savante fureur : tout ce qu'elle voulait et plus encore ! Et elle qui l'accompagnait, amplifiait son mouvement, ralentissait, accélérait, déviait, déroutait et revenait de plus belle. Et lui qui tantôt se laissait faire, tantôt reprenait la main, variait la cadence, contrôlait, puis lâchait tout ! Un galop éperdu où chacun dépassait l'autre, et l'autre le rattrapait à son tour pour aller encore plus loin, encore plus vite. Leurs gémissements s'élevaient comme un chant païen, une incantation aux dieux de l'Olympe veillant sur eux depuis l'azur immaculé. Non, ralentir la fuite… Faire durer encore cette fièvre, infernale et céleste, jusqu'à l'ultime jouissance… Alors elle pivota et se planta sur son membre, victorieuse amazone. Elle le voulait partout, dans tous les sens de son corps, de son ventre, de son esprit. Elle était devenue folle, et lui, forcené de plaisir. D'un seul et même cri, ils hurlèrent leur serment !

Combien de fois s'aimèrent-ils sur le sable tiède, leurs jeunes corps souples et robustes assoiffés de désir, éperdus du bonheur d'être vivants ? Ils avaient traversé tant de périls et en avaient triomphé. Ils avaient trouvé leur trésor. Ce trésor tout simple annoncé par Almas : c'était leur amour ! Et ce lieu admirable, idyllique, serait l'écrin où ils le cultiveraient et le feraient grandir.

Il ne leur restait plus grand-chose : un diamant, un saphir – leurs alliances ! –, une lettre de change, quelques ducats d'or, leur part à venir du butin des pirates… Mais qu'importait ! Ils avaient trouvé une terre, des amis, des frères, des sœurs, un chien. Une modeste cabane ouvrant sur un panorama somptueux qui valait tous les palais fastueux qu'ils avaient visités. Et surtout, ils venaient de comprendre que leur amour était né dans la liberté du voyage et que, dans la liberté seulement, il pourrait s'épanouir. Tel était son secret.

Revenir chez eux ? Hypothèse absurde ! Que les y attendait-il ? Le courroux de leurs parents. Le carcan de leurs familles. Des guerres encore. Des épidémies nouvelles. Le froid mordant de ces dernières années de glaciation… Ici, ils avaient le soleil, ce luxe des pauvres et des solitaires. Or ils n'étaient pas seuls… Alors, adieu Bordeaux et Canterac !

S'aimer ici ! Instamment. Se poser là, au soleil, sur cette île divine…

Repartir un jour, peut-être… Découvrir Constantinople, les rivages de la mer Noire, Jérusalem, les lieux saints, les déserts d'Arabie, Damas, Bagdad, Samarkand, les grandes steppes d'Asie, les plaines et les montagnes de Perse, les mystères de l'Inde, les confins de l'Empire mongol, Pékin… Ils rêvaient encore à tant d'horizons lointains pour se nourrir eux-mêmes, séparément et ensemble !

Ensemble : mot magnifique et vertigineux…

En attendant, être heureux tous les deux. Profiter du bien précieux de la vie qui les avait réunis, malgré l'adversité qui les avait au contraire fortifiés.

Soudain, Tiphaine sembla avoir une idée. Réfléchissant à voix haute, avec cette mine concentrée adorable qu'elle prenait parfois, elle lança, songeuse :

— Et si je réécrivais mes carnets perdus ? Cette fois, ce serait… différent ! Non pas un compte rendu froid, neutre, sans âme… Je voudrais un récit haletant, plein de vie, d'événements, de péripéties. Une trame de connaissances enrichie par l'émotion, le sentiment, la passion…

Amaury passa sa main dans ses cheveux, ce geste qu'elle

adorait, et la regarda avec cet air amusé et ravi qu'il avait parfois et qui la faisait chavirer de bonheur.

— Tu veux dire une sorte de roman ? Et tu me mettrais dedans, mon amour ? l'interrogea-t-il avec malice.

— Bien sûr... Enfin, si tu es sage ! pouffa Tiphaine, rejetant sa crinière brune en arrière avec cette exubérance innocente et sauvage, tellement sensuelle, qui la caractérisait si bien.

— Ah, nous n'en n'avons pas fini ! rugit de plaisir Amaury, faisant bondir le chien, tout excité et radieux, sur leurs genoux emmêlés encore et frémissants de désir.

Et tous deux partirent d'un éclat de rire aussi vaste que l'horizon.

Si vous vous rendez un jour sur la charmante île de Donoussa, au sommet d'une petite colline embrassant la mer Égée, vous trouverez ainsi une maisonnette de pierres connue sous le nom de « la maison des jeunes Français », témoin du passage de nos deux héros. Elle a traversé les siècles, s'est enduite de chaux blanche et parée de volets bleus. Elle est toujours bien modeste, mais depuis sa terrasse, la vue est un pur joyau.